LE CLUB DES PHILOSOPHES AMATEURS

RETROUVEZ TOUTE LA COLLECTION
AUX ÉDITIONS DU MASQUE

n°1. *Regent's Park*, Ruth Rendell

n°2. *L'Œil du daruma*, Charles Haquet

n°3. *Le Club des philosophes amateurs*, Alexander McCall Smith

n°4. *La Mort à Frisco*, Michael Nava

ALEXANDER MCCALL SMITH

LE CLUB DES PHILOSOPHES AMATEURS

Traduit de l'anglais (Écosse)
par François Rosso

Titre original :
The Sunday Philosophy Club
publié par Little, Brown, Londres

Ce titre est publié dans la collection
Le Tour du monde en polars,
sur une idée et avec la collaboration de
Catherine Fruchon-Toussaint.

Conception graphique : © Louise Cand
Illustration : © Sybille Sterk / Arcangel Images ;
tampon © iStock

ISBN : 978-2-7024-4891-5

Alexander McCall Smith est internationalement connu pour avoir créé le personnage de la première femme détective du Botswana, Mma Precious Ramotswe. Ressortissant britannique né au Zimbabwe, il a été professeur de droit appliqué à la médecine et membre du Comité international de bioéthique à l'Unesco avant de se consacrer à la littérature. Alexander McCall Smith s'est vu décerner de nombreux prix littéraires et, en 2007, il a reçu le titre de commandeur de l'Empire britannique (CBE) pour services rendus à la littérature. Quand il n'écrit pas, il fait partie de « l'Orchestre épouvantable ». Ses romans sont traduits dans quarante-cinq langues. Il vit aujourd'hui à Édimbourg, en Écosse.

Ce livre est dédié à James et Marcia Childress

Préface

Un pied en Europe, un pied en Afrique, Alexander McCall Smith est nourri de deux cultures, deux territoires : l'Écosse, où il vit actuellement, et le Zimbabwe, où il est né en 1948, dans la ville de Bulawayo, à l'époque où le pays s'appelait encore la Rhodésie. C'est là qu'il a passé toute son enfance et son adolescence, et c'est même un pays frontalier, le Botswana, qui lui inspirera en 1998 l'une de ses séries littéraires les plus célèbres : *Les Enquêtes de Mma Ramotswe*. Une vingtaine d'aventures dans lesquelles il met en scène le personnage de Precious Ramotswe, la première femme détective du continent africain, une quadra épanouie au fort tempérament.

Quelques années plus tard, c'est une autre héroïne qui deviendra le personnage récurrent d'une nouvelle série : Isabel Dalhousie, dont les aventures se déroulent à Édimbourg – où, après plusieurs allers et retours entre les deux continents, s'est installé définitivement Alexander McCall Smith au terme de sa carrière universitaire, spécialisée dans le droit de la santé. Écosse où il continue son activité d'écrivain avec enthousiasme et entrain puisqu'il est l'auteur d'une centaine de livres, romans policiers, chroniques, et ouvrages pour la jeunesse sans oublier quelques essais techniques sur la police scientifique ou sur les différences légales d'un pays à l'autre.

Voici donc la première des treize enquêtes d'Isabel Dalhousie, qu'Alexander McCall Smith a publiée il y a vingt ans exactement et dont le titre fait référence à l'activité professionnelle de son héroïne, puisque Isabel est rédactrice en chef d'une revue philosophique et tente de réunir le dimanche tous les amateurs de cette discipline dans un club de discussions. Une existence plutôt tranquille qui va basculer lors d'une soirée à l'opéra où elle assiste à la chute mortelle d'un jeune homme depuis le balcon de l'Usher Hall. Suicide, accident, meurtre ? L'affaire n'est pas très claire, et alors que la police piétine, Isabel, dont l'intuition lui souffle qu'il s'agit peut-être d'un assassinat, s'improvise détective amateure, à la recherche d'indices et de témoignages pour vérifier son hypothèse.

Sur ses traces, on infiltre donc le milieu de la finance à Édimbourg, dont faisait partie la victime, on boit des verres dans des bars à whiskies, mais on flâne aussi dans des galeries d'art, avec un clin d'œil à Jack Vettriano, le célèbre peintre écossais originaire de la ville, et on prend le thé avec des suspects. Des plaisirs épicuriens qui ne vont pas sans réflexion philosophique.

Et c'est là toute l'originalité de ce roman policier : l'auteur fait vivre en pratique à son héroïne tous les sujets qu'elle explore en théorie dans ses lectures et les articles qu'elle publie dans sa revue. Ainsi, quand dans diverses situations elle est confrontée à la question du mensonge, de l'hypocrisie, de la culpabilité ou de l'amitié, elle fait appel aux grands textes des philosophes pour la guider dans les décisions à prendre, et c'est dans le dialogue avec ses proches que la lumière se fait en elle.

Une méthode originale qui lui réussit, sauf en amour où Isabel manque de clairvoyance, mais ça, c'est une autre histoire, qui sera d'ailleurs le fil conducteur de ses prochaines aventures policières, toujours à Édimbourg.

Bon voyage !

Catherine Fruchon-Toussaint

1

Isabel Dalhousie vit le jeune homme tomber du deuxième balcon de la salle de concert. La chute fut très brève, une fraction de seconde, à peine le temps pour elle d'apercevoir la silhouette renversée du jeune homme, les cheveux en bataille, la veste et la chemise relevées sur son torse, découvrant l'abdomen. Il heurta la rambarde du premier balcon et piqua la tête la première vers le parterre en contrebas.

Curieusement, la première chose qui vint à l'esprit d'Isabel fut le poème d'Auden sur la chute d'Icare. L'événement avait eu lieu, écrivait Auden, alors que la foule vaquait à ses occupations quotidiennes, sans remarquer qu'un homme était en train de tomber du ciel. *Je parlais à un ami*, se remémora Isabel. *Je parlais à un ami et le garçon est tombé du ciel.*

Elle se serait rappelée cette soirée même sans cet accident. C'était avec un certain scepticisme qu'elle avait envisagé le concert de l'Orchestre symphonique de Reykjavik, dont elle n'avait jamais entendu parler. Elle ne se serait pas déplacée si son voisin ne l'avait pour ainsi dire forcée à accepter une place qui, sans cela, aurait été perdue. Reykjavik possédait-elle un orchestre symphonique professionnel, s'était-elle demandé, ou s'agissait-il d'une formation d'amateurs ? Amateurs ou non, si des musiciens avaient pris la peine de venir jouer à Édimbourg en ce début de printemps, ils méritaient sans conteste un public : il aurait été trop injuste qu'ils se soient déplacés de si loin pour jouer devant une salle vide. Elle avait donc assisté à leur concert, dont la première partie mêlait des œuvres des répertoires romantiques allemand et écossais : Schubert, Mahler et Hamish MacCunn.

C'était une soirée étonnamment tiède pour une fin de mois de mars, et l'atmosphère de l'Usher Hall était plutôt étouffante. Par précaution, elle portait une tenue légère et s'en était félicitée, car la température au premier balcon avait bientôt grimpé en flèche. À l'entracte, elle était descendue profiter de l'air frais à l'extérieur du théâtre, évitant le bar et sa cacophonie. Elle aurait pu y croiser des connaissances, bien sûr : à Édimbourg, il était impossible de sortir sans en rencontrer. Mais ce soir-là, elle n'était pas d'humeur à causer. Au moment de remonter au premier balcon, elle hésita quelques instants, gagnée par l'envie de rentrer sans écouter la deuxième partie du concert. Mais sa répugnance pour tout acte impliquant un manque de concentration ou – pire encore – de sérieux la convainquit de regagner son siège. Une fois assise, elle saisit le programme laissé sur le bras du fauteuil voisin et prit connaissance de ce qui l'attendait. Elle inspira profondément. Stockhausen !

Même si le premier balcon n'était pas très élevé, elle avait apporté des jumelles de théâtre. Elle les dirigea vers la scène en contrebas pour scruter les visages de chacun des instrumentistes : au concert, c'était une curiosité à laquelle elle ne pouvait résister. D'ordinaire, il est mal vu d'observer les gens à la jumelle, mais cette pratique est tolérée au théâtre. Si la lunette dévie un peu vers le public, qui s'en apercevra ? Les pupitres des cordes alignaient des visages banals ; en revanche, un des clarinettistes avait des traits hors du commun : pommettes hautes et saillantes, grands yeux enfoncés dans leurs orbites et, au menton, une fossette aussi profonde qu'un coup de hache. Le regard d'Isabel s'attarda sur lui. Elle se prit à songer aux Islandais intrépides, et avant eux, aux Danois conquérants dont les tribulations avaient abouti, au fil des générations, à ce visage si caractéristique : à ces hommes et ces femmes qui avaient arraché leur survie à la maigre terre des plateaux glaciaires, pêcheurs traquant la morue dans des eaux gris acier, leurs épouses luttant pour nourrir les enfants d'avoine et de poisson séché… Tout cela, pour aboutir à ce clarinettiste.

Elle posa ses jumelles et s'appuya au dossier du fauteuil. L'orchestre était d'une virtuosité indéniable et avait joué le McCunn avec verve, mais pourquoi diable avaient-ils mis Stockhausen au programme ? Pour prouver leur sophistication ?

Certes, nous sommes de Reykjavik, et certes aussi, c'est une petite capitale éloignée du reste du monde, mais nous sommes capables de jouer Stockhausen comme les grands. Elle ferma les yeux. C'était vraiment une musique à vous écorcher les oreilles, et une épreuve que des artistes de passage n'auraient pas dû infliger à leurs hôtes. Elle réfléchit un moment aux règles du savoir-vivre des orchestres. Ils se devaient certainement d'éviter tout affront de nature politique : ainsi les formations allemandes s'étaient-elles longtemps abstenues de jouer Wagner à l'étranger, dans certains pays tout au moins, et lui avaient-elles préféré des compositeurs germaniques un peu plus... humbles. Cela convenait à Isabel, qui n'aimait pas Wagner.

Le Stockhausen était le dernier morceau du programme. Quand le chef d'orchestre eut regagné les coulisses et les applaudissements pris fin – un peu moins chaleureux qu'on aurait pu s'y attendre : la faute à Stockhausen ! –, elle quitta son siège et se dirigea vers les toilettes ; elle tourna un robinet et but dans le creux de ses mains, puis s'aspergea le visage. Une fois rafraîchie, elle ressortit dans le couloir. Ce fut alors qu'elle aperçut son amie Jennifer au pied des quelques marches conduisant au premier balcon. Elle hésita. Il régnait encore une chaleur pénible dans le théâtre, mais elle n'avait pas vu Jennifer depuis plus d'un an et ne pouvait décemment s'en aller sans la saluer. Elle se fraya un chemin jusqu'à elle.

— J'attends David, dit Jennifer en faisant un geste vers les rangées de fauteuils. Figure-toi qu'il a perdu un verre de contact et qu'une ouvreuse a été obligée de lui prêter sa lampe de poche pour aller le récupérer sous son siège. Il en avait déjà égaré un dans le train de Glasgow, et voilà que ça recommence !

Elles bavardèrent un moment, tandis que dans l'escalier la foule s'acheminait vers la sortie. Jennifer, une belle femme dans la quarantaine – comme Isabel –, portait un tailleur rouge sur lequel elle avait piqué une grosse broche en or en forme de tête de renard, et Isabel ne put s'empêcher de regarder ces yeux de rubis qui semblaient fixés sur elle. *Mon Petit Frère Renard*, pensa-t-elle. *On dirait vraiment mon Petit Frère Renard*. Au bout de quelques minutes, Jennifer jeta un coup d'œil impatient vers la salle.

— Allons voir s'il a besoin d'aide, dit-elle, agacée. Ce serait une vraie calamité s'il en avait perdu un autre !

Elles gravirent une brève volée de marches et, entre deux rangées, distinguèrent le dos de David, penché derrière un fauteuil et promenant le rayon de la lampe sur le sol. Ce fut à cet instant, alors qu'elles se tenaient à cet endroit, que le jeune homme tomba du niveau supérieur, sans bruit, sans un cri, agitant les bras comme s'il essayait de voler ou de repousser le sol. Puis il sortit de leur champ de vision.

Elles se regardèrent, incrédules. Un cri s'éleva en contrebas, une voix de femme, aiguë. Un homme poussa une exclamation sonore, une porte claqua.

Isabel fit un pas en avant et saisit le bras de Jennifer.

— Mon Dieu ! articula-t-elle. Mon Dieu...

Plus loin, le mari de Jennifer se redressa vivement.

— Qu'est-ce que c'était ? lança-t-il. Qu'est-ce qui s'est passé ?

— Quelqu'un est tombé ! répondit Jennifer.

D'un geste, elle désigna l'extrémité de l'amphithéâtre, à l'endroit où les rangées de sièges rejoignaient le mur.

— De là-haut. Un homme...

De nouveau, elles se regardèrent. Cette fois, Isabel s'avança jusqu'au bord. La rambarde était surmontée d'un rail en cuivre, qu'elle empoigna avant de se pencher.

Au-dessous d'elle, le jeune homme gisait affalé sur un des fauteuils, les jambes tordues sur l'accoudoir du fauteuil suivant, un pied sans chaussure mais non sans chaussette, remarqua-telle. Elle ne voyait pas sa tête, qui pendait sous le niveau du siège ; mais elle vit son bras bizarrement tendu en l'air, comme pour saisir quelque chose, immobile. Près de lui se tenaient deux hommes en smoking : l'un se penchait pour le toucher tandis que l'autre regardait vers la porte.

— Vite ! dit le premier. Dépêchons-nous.

Une femme cria quelque chose et un troisième homme accourut le long du bas-côté. Il se pencha à son tour et entreprit de soulever l'accidenté. La tête de celui-ci apparut, se balançant mollement comme si elle ne tenait presque plus au reste du corps. Isabel recula et tourna les yeux vers Jennifer.

— Il faut que nous descendions témoigner, dit-elle. Nous avons vu ce qui est arrivé.

Jennifer baissa la tête.

— Nous n'avons pas vu grand-chose, objecta-t-elle. Ça s'est passé si vite… C'est terrible !

Isabel vit qu'elle tremblait et lui passa son bras autour des épaules.

— Oui, affreux, dit-elle. Quel choc ! Jennifer ferma les yeux.

— Il est tombé… comme ça, en moins d'une seconde ! Tu crois qu'il est vivant ? Tu l'as vu bouger ?

— J'ai bien peur qu'il soit grièvement blessé, répondit Isabel. Ou pire encore, elle s'en doutait.

Elles descendirent au rez-de-chaussée. Devant l'entrée du parterre, un petit attroupement s'était formé, d'où s'élevait un bourdonnement de paroles. À l'approche d'Isabel et de Jennifer, une femme se tourna vers elles.

— Quelqu'un est tombé deuxième balcon. Il est encore à l'intérieur, annonça-t-elle.

— Nous l'avons vu, dit Isabel en hochant la tête. Nous étions au-dessus.

— Vous avez tout vu ? Vous l'avez vu tomber ?

— Nous avons vu son corps passer devant nous, répondit Jennifer. Du premier balcon.

— Quelle horreur ! Assister à une chute pareille…

— Oui.

La femme jeta à Isabel un regard empreint de cette soudaine et affectueuse intimité qu'autorise une présence commune sur le lieu d'un drame.

— Nous ferions mieux de ne pas rester ici, murmura Isabel, à son intention et à celle de Jennifer. Nous risquons de gêner.

La femme recula.

— C'est qu'on voudrait bien faire quelque chose, dit-elle un peu piteusement.

— J'espère qu'il s'en tirera, soupira Jennifer. Une chute de si haut ! Mais il a heurté le bord du balcon. Avec un peu de chance, ça aura amorti le choc.

Non, pensa Isabel, au contraire : il se sera blessé deux fois, en se cognant contre le rail en cuivre, puis en heurtant le sol. Elle regarda derrière elle. On s'affairait derrière la porte du théâtre, et elle aperçut contre le mur les éclairs bleus d'un gyrophare. L'ambulance.

— Laissons-les entrer, dit Jennifer en s'écartant des gens attroupés. Ce sont les secours.

Tout le monde recula au passage des deux ambulanciers en combinaison verte qui apportaient un brancard. Ils entrèrent en trombe dans la salle.

Moins d'une minute s'écoula avant qu'ils ne reparaissent, portant le jeune homme étendu sur le brancard, les bras repliés sur la poitrine. Isabel détourna la tête par discrétion, mais elle eut le temps de voir son visage : un halo de cheveux bruns ébouriffés entourait ses traits délicats, que la chute avait épargnés. Si beau, pensa-t-elle, et tout est déjà terminé pour lui. Elle ferma les yeux. Elle se sentait comme vide, et à vif. Pauvre garçon, que quelqu'un, quelque part, devait aimer, quelqu'un dont le monde s'effondrerait ce soir, quand on lui annoncerait la cruelle nouvelle. Tout cet amour sans avenir désormais, foudroyé en un instant, le temps d'une chute du haut d'un théâtre.

Elle se tourna vers Jennifer.

— Je monte un moment, dit-elle à mi-voix. Avertis que je reviendrai témoigner.

Jennifer hocha la tête et regarda autour d'elle, à la recherche d'un quelconque responsable. La confusion régnait. Une femme sanglotait ; elle devait se trouver au parterre au moment où le jeune homme s'était écrasé. Un homme de haute taille vêtu d'un smoking la réconfortait. Isabel s'éloigna vers un des escaliers conduisant au deuxième balcon. Elle se sentait mal à l'aise et jeta un coup d'œil derrière elle, mais il n'y avait personne. Elle gravit les dernières marches et franchit la porte en arche ouverte sur les rangées de sièges escarpés : tout était tranquille, et les globes en verre gravé des plafonniers Art nouveau ne diffusaient plus qu'une clarté affaiblie. Elle baissa les yeux vers la rambarde par-dessus laquelle le garçon était tombé. Au moment de sa chute, Jennifer et elle se trouvaient presque exactement au-dessous, de sorte qu'elle put repérer où il se tenait avant de basculer.

Elle descendit et se glissa entre la première rangée de sièges et la rambarde. Face à elle, le rail en cuivre auquel il avait dû s'appuyer, et là, abandonné sur le sol, un programme. Elle le ramassa. La couverture était un peu déchirée, observa-t-elle, mais, hormis cela, il n'avait rien de particulier. Elle le reposa où elle l'avait trouvé, puis se pencha par-dessus le rail. C'était d'ici, de l'extrémité de la rangée, qu'il avait dû assister au concert. S'il s'était trouvé plus au centre, il aurait atterri au premier balcon. Tout au fond seulement, là où l'amphithéâtre rejoignait le mur, on pouvait tomber droit sur les fauteuils du parterre, à pic.

Prise d'un soudain vertige, Isabel ferma les yeux. Elle ne tarda pas à les rouvrir pour regarder de nouveau vers la fosse, une bonne quinzaine de mètres plus bas. Là, debout près des fauteuils où le garçon s'était écrasé, un homme en coupe-vent bleu marine regardait vers le haut, et leurs yeux surpris se croisèrent. Isabel recula comme si le regard de l'homme la mettait en garde.

S'éloignant de la rambarde, elle remonta par l'étroit passage entre les rangées de sièges. Qu'avait-elle espéré découvrir, à supposer qu'elle ait espéré quelque chose ? Elle n'en avait aucune idée, et se sentit gênée que cet homme l'ait aperçue d'en bas. Qu'avait-il pu penser d'elle ? Sans doute qu'elle n'était qu'une vulgaire curieuse essayant d'imaginer ce que le pauvre garçon avait vu dans les dernières secondes de son existence terrestre. Mais ce n'était pas son but, loin de là.

Elle regagna la porte et le couloir, puis redescendit l'escalier en tenant soigneusement la rampe. C'était un escalier en colimaçon, aux marches de pierre, et on pouvait glisser facilement. Comme le jeune homme, pensa-t-elle. Il avait dû se pencher par-dessus le rail, peut-être pour apercevoir un ami en contrebas, puis il avait perdu l'équilibre et basculé dans le vide. Au fond, cela n'avait rien d'extraordinaire : la rambarde n'était pas bien haute.

À mi-chemin, elle s'arrêta sur une marche. Elle était seule, et pourtant elle avait entendu un bruit. Réel ou imaginaire ? Elle tendit l'oreille, mais n'eut que le silence en retour. Elle respira profondément et continua de descendre. Sans doute s'était-il attardé au deuxième balcon, y était-il resté en dernier, pour une raison ou pour une autre, tandis que la serveuse fermait le petit bar de l'étage. Tout seul, il avait regardé vers le bas, et il était tombé, sans un cri. En tombant, peut-être les avait-il vues, Jennifer et elle. Son dernier lien avec les vivants.

Elle atteignit le bas de l'escalier et aperçut l'homme en coupe-vent bleu, debout à quelques mètres, qui la regardait d'un air sévère.

Isabel s'approcha de lui.

— J'étais au premier balcon et je l'ai vu tomber, expliqua-t-elle.

L'homme la regardait toujours.

— Il faudra que vous passiez au commissariat. Nous prendrons votre déposition.

— Volontiers, mais je n'ai pas grand-chose à vous dire. J'étais avec une amie et il est tombé devant nous. Tout s'est passé très vite.

— Et peut-on savoir ce que vous faisiez là-haut ? s'enquit-il en fronçant les sourcils.

Un peu gênée, Isabel baissa les yeux.

— Je voulais comprendre comment c'était arrivé, répondit-elle. Et je crois que j'ai compris.

— Ah, vraiment ?

— Oui. Il a dû se pencher par-dessus le rail et perdre l'équilibre. Ce n'est pas aussi surprenant qu'on pourrait croire.

L'homme pinça les lèvres.

— Notre enquête le dira. Inutile d'échafauder des hypothèses.

C'était un reproche, mais sans dureté car il voyait combien Isabel était bouleversée. Elle tremblait à présent. Mais cette réaction lui était familière : lorsqu'on est témoin d'un accident mortel, on ne tremble pas sur le coup. C'est plus tard, en se souvenant de la scène, qu'on frémit, lorsqu'on comprend à quel point notre vie tient à peu de chose, et avec quelle facilité elle peut nous être enlevée. À chaque instant.

2

À 9 heures le lendemain matin, Grace, l'employée de maison d'Isabel, entra dans la maison, ramassa le courrier dans la boîte aux lettres et se dirigea vers la cuisine. Isabel était descendue et était attablée devant un journal déplié et une tasse de café à moitié bue.

Grace posa les lettres sur la table et ôta son long manteau à chevrons d'une coupe sévère et démodée. C'était une quinquagénaire de haute stature, de six ans plus âgée qu'Isabel, qui portait ses cheveux d'un roux foncé noués en chignon derrière la tête.

— J'ai attendu le bus pendant une demi-heure, ronchonna-t-elle. Je ne voyais rien venir. Rien !

Isabel se leva et s'approcha du percolateur qu'elle avait posé sur le fourneau.

— Tenez, ça vous fera du bien, dit-elle en remplissant une tasse.

Tandis que Grace buvait à petites gorgées, elle fit un geste en direction du journal.

— Le *Scotsman* raconte une histoire affreuse. Un accident. Je l'ai vu de mes yeux, hier soir, à l'Usher Hall. Un jeune homme est tombé du haut du deuxième balcon.

Grace en eut le souffle coupé.

— Le pauvre ! Est-ce que… ?

— Oui, il est mort, répondit Isabel. On l'a transporté à la Royal Infirmary, mais les médecins n'ont pu que constater le décès.

Grace regarda sa patronne par-dessus sa tasse.

— Est-ce qu'il s'est jeté de là-haut ?

— Rien ne permet de le penser, dit Isabel en secouant la tête.

Elle s'interrompit. Elle n'avait pas songé à cette éventualité. Ce n'était pas ainsi qu'on mettait fin à ses jours : si l'on voulait en finir, on se jetait plutôt dans l'estuaire du haut du Forth Bridge, ou du Dean Bridge si, pour une quelconque raison, on préférait s'écraser à même la terre. Le Dean Bridge… Ruthven Todd avait écrit un poème sur cet endroit ; il notait que les hautes grilles à pointes de fer « décourageaient étrangement les suicides » – étrangement, parce que la perspective d'un peu de douleur physique devait sembler insignifiante pour qui s'apprêtait à se donner la mort. Ruthven Todd, presque ignoré malgré sa poésie inspirée… Un vers de lui, avait affirmé Isabel un jour, en valait bien cinquante de ce poseur de McDiarmid ; mais plus personne ne se rappelait Ruthven Todd.

Elle avait croisé McDiarmid une fois, au temps où elle était encore lycéenne. Alors qu'elle descendait Hanover Street avec son père, le poète était sorti du Milnes Bar en compagnie d'un homme de haute taille à l'allure distinguée. Ce dernier avait salué son père, qui l'avait présentée, et le monsieur distingué s'était courtoisement incliné pour lui serrer la main. McDiarmid, lui, s'était contenté de hocher la tête en souriant, et elle avait été frappée par ses yeux, qui semblaient émettre une clarté bleue et perçante. Il portait un kilt et serrait contre sa poitrine une vieille sacoche fatiguée, comme pour se protéger du froid.

Après la rencontre, son père lui avait dit :

— Tu viens de voir le meilleur poète contemporain d'Écosse, à côté du plus verbeux.

— Lequel est le meilleur et lequel le verbeux ? avait-elle demandé.

À son lycée, on étudiait Robert Burns, bien sûr, le poète national, et aussi un peu d'Allan Ramsay pour les classiques, et de Robert Henryson pour la poésie ancienne ; mais rien de moderne.

— Hugh McDiarmid – ou Christopher Grieve, de son vrai nom – est le champion du verbiage. Le meilleur, c'est le grand : Norman McCaig, Ruthven Todd en littérature. Seulement, il ne sera jamais reconnu à sa juste valeur, parce que, de nos jours, la littérature écossaise n'est que plaintes, gémissements et autres litanies d'âmes blessées !

Son père avait marqué une pause, puis demandé :

— Tu comprends ce que je veux dire ?

— Pas du tout, avait avoué Isabel.

— À votre avis, est-ce qu'il a sauté ? interrogea Grace de nouveau.

— On ne l'a pas vu basculer par-dessus la rambarde, répondit Isabel en repliant son journal de manière à mettre en évidence la grille de mots croisés. Jennifer et moi, nous l'avons seulement vu en train de tomber, après avoir dérapé, ou je ne sais quoi. C'est ce que j'ai déclaré aux policiers hier soir. Ils ont pris notre déposition.

— On ne glisse pas si facilement par-dessus une rambarde, marmonna Grace.

— Oh, si. Ça peut arriver. Plus souvent qu'on ne le croit. Une fois, j'ai lu l'histoire d'un jeune marié en voyage de noces, mort après avoir glissé par-dessus un parapet. Sa femme et lui étaient allés voir je ne sais plus quelles chutes d'eau en Amérique du Sud, et il a glissé.

Grace haussa un sourcil.

— Moi, je connais l'histoire d'une femme qui est tombée du haut d'une falaise, dit-elle. À deux pas d'Édimbourg. Elle aussi était en voyage de noces.

— Vous voyez bien.

— Oui… Sauf que certains ont pensé qu'on l'avait plutôt poussée ! rétorqua Grace. Quelques semaines plus tôt, son mari avait souscrit une assurance-vie. Il a réclamé l'argent, mais la compagnie a refusé de payer.

— Cela aussi peut arriver. Des gens meurent parce qu'on les a poussés. D'autres parce qu'ils ont glissé.

Elle se tut, imaginant le jeune couple en Amérique du Sud, éclaboussé par la cataracte, puis l'homme dégringolant dans le flot d'écume blanche, son épouse de quelques jours remontant le chemin en courant de toutes ses forces – et puis plus rien… On aime une personne, très fort, et cet amour vous rend si vulnérable ! Trois, quatre centimètres trop près du bord, et c'est votre vie entière qui peut basculer.

Isabel prit sa tasse et sortit de la cuisine : Grace préférait travailler sans être regardée, et pour sa part, elle aimait faire ses mots croisés dans le petit salon, face au jardin. Ce rituel durait depuis plusieurs années, depuis son retour dans la grande maison : elle commençait sa journée par les mots croisés, puis elle parcourait les nouvelles en tâchant d'éviter les faits divers et autres informations scabreuses qui occupaient de plus en plus de colonnes dans toute la presse. D'où venait cette obsession pour les faiblesses et les échecs de nos prochains, pour ces vies qui sombraient dans le drame, sans parler des affaires de cœur de tel acteur, de telle rock star ? Il fallait certes avoir conscience de la faiblesse humaine, celle-ci était une réalité ; mais se complaire à la décrire semblait à Isabel relever non seulement du voyeurisme, mais de la médisance à prétention moralisante. Et pourtant, pensa-t-elle, est-ce que je ne lis pas ces bêtises, moi aussi ? Bien sûr que si. Je ne vaux donc pas mieux que les autres, puisque les scandales m'intéressent. Elle sourit mélancoliquement en remarquant un titre : UNE PAROISSE BOULEVERSÉE PAR L'INCONDUITE DE SON PASTEUR. Elle lirait l'article, comme tout le monde, bien qu'elle sût que derrière l'anecdote ne pouvaient se cacher qu'une tragédie personnelle, et la honte qui s'ensuivait inévitablement.

Elle approcha un fauteuil de la baie vitrée, pour profiter de ce matin lumineux. Les rayons du soleil pleuvaient sur les pommiers en fleur qui bordaient un côté du jardin muré. La floraison était tardive cette année, et elle se demanda si les arbres porteraient des fruits l'été venu. Certains printemps, leurs branches demeuraient nues et stériles ; puis, un an plus tard, elles se chargeaient en abondance de petites pommes rouges, qu'elle cueillait pour en faire un délicieux chutney dont sa mère lui avait transmis la recette.

Sa mère, sa « sainte mère américaine », était morte quand Isabel n'avait que onze ans, et les souvenirs d'elle s'estompaient petit à petit. Les mois et les années se brouillaient, et l'image du visage penché sur elle, le soir, au moment de la border, se faisait de plus en plus floue. Elle entendait encore la voix, pourtant, son écho quelque part dans sa mémoire, cette douce voix du Sud dont son père lui disait jadis qu'elle lui évoquait la mousse sur les arbres des bayous et les personnages de Tennessee Williams.

Assise dans le petit salon, sa deuxième tasse de café posée sur le plateau en verre de la table basse, les définitions de ses mots croisés la laissèrent inexplicablement à court d'idées au bout de quelques instants. À l'horizontale, le 1 était un cadeau, presque vexant tant il était facile à trouver : « Roi vainqueur outre-mer et vaincu dans son bain » (9 lettres). « Agamemnon », bien sûr. Puis, verticalement, le 7 : « Pièce monarchique qui plaît même aux républicains » (8 lettres). « Napoléon. » Mais après quelques trouvailles simplettes du même genre, elle se creusa vainement la tête sur « Fit des veuves tristes au pays de la Veuve joyeuse » (3, 9 lettres) et « Chanté en l'honneur d'un feu » (6, 6 lettres), et ces deux grands blancs l'empêchèrent de continuer la grille. Elle se sentit frustrée, irritée contre elle-même. Elle trouverait les solutions, évidemment, elles lui viendraient plus tard dans la journée ; mais, pour le moment, elle devait reconnaître sa défaite.

Bien sûr, elle savait ce qui n'allait pas. Les événements de la veille au soir l'avaient perturbée, plus, peut-être, qu'elle ne l'avait pensé. Elle s'était endormie à grand-peine, réveillée au petit matin, levée pour descendre à la cuisine et boire un verre de lait. Puis elle avait essayé de lire, sans parvenir à se concentrer, et avait fini par éteindre ; ensuite, allongée sur son lit, éveillée, elle avait songé au jeune homme et à son beau visage calme, trop calme. Aurait-elle été moins émue s'il s'était agi d'une personne plus âgée ? Le drame aurait-il été moins poignant si la tête qui pendait mollement avait été chenue, le visage ridé ?

Un tel choc, puis une nuit de sommeil intermittent… Rien d'étonnant si ces définitions faciles lui demeuraient opaques. Elle posa son journal et se leva. Elle avait envie de parler à quelqu'un, de discuter de ce qui s'était passé la veille au soir.

Inutile de reprendre la conversation avec Grace, qui ne ferait que se répandre en spéculations invraisemblables et récits de malheurs que des amis lui avaient rapportés. Si les mythes fondateurs des cités avaient une origine, pensa Isabel, ils pourraient bien remonter à Grace. Aussi décida-t-elle de marcher jusqu'à Bruntsfield pour parler avec Cat, sa nièce. Dans ce quartier animé, Cat possédait une épicerie-traiteur, et, si elle n'était pas trop occupée, elle prenait volontiers le temps de bavarder avec sa tante devant une tasse de café. Cat était une fille sensible et sensée, et, pour peu qu'Isabel eût besoin de remettre en perspective un problème qui la préoccupait, c'était à sa nièce qu'elle s'adressait en premier. La réciproque était vraie : chaque fois que Cat avait des soucis avec un homme – ce qui semblait une constante de sa vie –, elle venait tout naturellement en discuter avec sa tante.

— Bien sûr, tu sais d'avance ce que je vais te dire, avait observé Isabel six mois plus tôt, juste avant l'apparition de Toby.

— Et toi, tu sais d'avance ce que je vais répondre !

— Oui, je suppose que oui. Et je sais également que je ferais mieux de me taire, parce que personne n'est habilité à dire aux autres ce qu'ils devraient faire de leur vie. Il n'empêche que…

— Que, selon toi, je ferais mieux de retourner vers Jamie ?

— Exactement, avait confirmé Isabel, en pensant au délicieux sourire de Jamie et à sa belle voix de ténor.

— Voyons, Isabel, tu as bien compris, non ? Tu sais que je n'aime pas Jamie. Je ne suis pas amoureuse de lui, c'est tout.

À cela il n'y avait rien à répliquer, et la rencontre s'était achevée dans le silence.

Dans le vestibule, Isabel prit son manteau et appela Grace pour l'avertir qu'elle ne rentrerait pas déjeuner. Elle n'était pas sûre que l'employée de maison l'eût entendue : un aspirateur bourdonnait quelque part dans la maison. Elle appela de nouveau. Cette fois, l'aspirateur se tut et une réponse lui parvint.

— Inutile de préparer à déjeuner, dit Isabel. Je n'ai pas faim aujourd'hui.

Quand Isabel arriva, Cat était occupée par plusieurs clients : deux hommes hésitaient sur le choix d'une bouteille de vin et comparaient à haute voix les mérites du brunello et du chianti, tandis que sa nièce faisait goûter à une dame une petite tranche du bloc de pecorino posé sur un disque de marbre. Elle capta le regard d'Isabel et sourit en la saluant à voix basse. Celle-ci désigna une des tables rondes où l'on pouvait prendre un thé ou un café : elle attendrait le départ des clients.

Près de la table, plusieurs journaux et magazines étrangers étaient soigneusement empilés, et Isabel prit un exemplaire du *Corriere della Sera* daté de l'avant-veille. Elle lisait bien l'italien, comme Cat, et, sautant les pages consacrées à la politique intérieure – dont les rouages lui étaient impénétrables –, elle se plongea dans la rubrique culturelle. Un article longuet proposait de réévaluer l'œuvre d'Italo Calvino et un autre, plus bref, commentait la prochaine saison de la Scala de Milan. Ni l'un ni l'autre ne l'intéressaient : elle ne connaissait aucun des artistes qui se produiraient à la Scala, et Calvino, selon elle, n'avait nul besoin d'être réévalué. Restait un entretien avec un cinéaste albanais, fixé à Rome pour tourner des films sur son pays natal. Cette lecture se révéla stimulante. Isabel y apprit que dans l'Albanie d'Enver Hoxha tout matériel photographique était inaccessible, hormis pour la police politique appliquée à filmer les suspects. Ce n'était qu'à l'âge de trente ans, expliquait le réalisateur, qu'il avait réussi à se procurer une caméra. « Je tremblais, ajoutait-il, tant j'avais peur de la laisser tomber. »

Isabel acheva l'article et reposa le quotidien sur la pile. Pauvre homme. Tant d'années gâchées ! Des existences innombrables avaient subi le joug de l'oppression et du déni des talents personnels. Quand bien même les victimes de dictatures savaient ou supposaient que celles-ci prendraient fin un jour, beaucoup avaient dû penser – non sans raisons – que ce jour viendrait trop tard pour elles. Avaient-elles pu se réconforter à l'idée que, peut-être, leurs enfants goûteraient à tout ce dont elles-mêmes avaient été privées ? Elle tourna les yeux vers Cat, qui, à vingt-quatre ans, n'avait pas connu le monde au temps où la moitié de sa population, peu ou prou, se trouvait privée de communication avec l'autre moitié. Elle-même n'était guère plus âgée quand le mur de Berlin était tombé, et Staline, Hitler et nombre d'autres tyrans lui apparaissaient comme des figures presque aussi lointaines que les Borgia. Mais, pour Cat, qui pouvaient être les croquemitaines ? se demanda Isabel. Existait-il des personnages capables de terrifier les garçons et les filles de sa génération ? Quelques jours plus tôt, à la radio, elle avait entendu un intervenant recommander d'enseigner aux enfants qu'il n'y avait pas d'individu mauvais, et que la notion de mal ne s'appliquait qu'à certains actes. Ces mots l'avaient frappée : elle écoutait l'émission en allant et venant dans la cuisine, et elle s'était immobilisée sur place, devant la fenêtre, regardant au-dehors le feuillage d'un arbre se balancer contre le ciel. Il n'y avait pas d'individu mauvais. Avait-il réellement dit cela ? Il ne manquait jamais de gens pour proférer ce genre de phrases, uniquement pour éviter de paraître vieux jeu. Eh bien ce n'était sûrement pas l'avis du cinéaste albanais, qui avait vécu environné par le mal comme un prisonnier cerné de murs.

Isabel se surprit à fixer l'étiquette d'une bouteille d'huile d'olive que Cat avait posée en évidence sur une étagère. L'illustration avait ce style rural et vieillot tant prisé des Italiens lorsqu'ils désirent vanter l'intégrité d'un produit agricole. « Cette huile ne sort pas d'une usine, proclamait l'étiquette, mais d'une authentique ferme, où des femmes en fichu comme celles que vous voyez ci-dessus pressent elles-mêmes l'huile de leurs oliviers, parmi de gros bœufs blancs au doux sourire et sous l'œil d'un brave fermier moustachu qui s'appuie sur sa houe. » C'étaient là des gens dignes de respect, qui croyaient au mal, et vénéraient la Vierge Marie et toute une ribambelle de saints. Mais de telles gens n'existaient plus, évidemment, et l'huile d'olive venait probablement d'Afrique du Nord avant d'être embouteillée par des hommes d'affaires napolitains sans scrupules, fort peu soucieux d'honorer la Vierge sauf lorsque leur vieille mère était dans les parages.

— Tu cogites !

Avec un sourire amusé, Cat s'assit sur la chaise d'en face.

— Je le vois tout de suite, ajouta-t-elle. Quand tu es plongée dans tes pensées, tu as l'air complètement ailleurs.

Isabel sourit à son tour.

— Je songeais à l'Italie, et au mal, et autres choses dans ce genre...

— Moi, je pensais à mes fromages ! répliqua Cat en s'essuyant les mains à un torchon. Cette bonne femme vient de goûter huit fromages italiens, avant de se décider pour cent cinquante grammes d'emmenthal.

— Elle a des goûts simples. On ne peut pas lui en vouloir.

— Mmm... Je me rends compte que je n'aime pas les relations publiques, maugréa Cat. J'ai envie d'ouvrir une épicerie-club, dont les clients devraient faire acte de candidature avant de pouvoir entrer. Et je choisirais ceux qui me plairaient. Un peu comme ton club de philosophie, tu vois ?

— Mon club de philosophie ne bourdonne pas vraiment d'une activité fébrile. Mais j'espère que nous aurons une réunion, un de ces dimanches...

— Pourtant c'est une idée formidable ! dit Cat. J'aimerais bien venir, mais le dimanche n'est pas un bon jour pour moi. Je n'arrive jamais à m'organiser. Tu sais ce que c'est, non ?

Isabel le savait. Et c'était sans doute le fléau dont les membres du club étaient affligés.

Cat la regarda avec plus d'attention.

— Quelque chose ne va pas ? Tu as l'air un peu abattue. Ça aussi, je le vois tout de suite !

Sans mot dire, Isabel regarda distraitement le motif de la nappe. Puis elle releva les yeux vers sa nièce.

— C'est vrai, je ne suis pas d'humeur très gaie. Il s'est passé quelque chose, hier soir. Sous mes yeux. Une chose affreuse.

— Quoi ? demanda Cat, fronçant les sourcils et posant une main sur le bras de sa tante.

— Tu as lu les journaux ce matin ? L'histoire de ce jeune homme qui s'est tué à l'Usher Hall ?

— Oui.

— J'ai assisté à la scène, dit Isabel. Je l'ai vu tomber du balcon. De mes yeux.

Cat lui pressa l'avant-bras doucement.

— Je suis désolée pour toi, murmura-t-elle. Ça t'a fait un choc, forcément... (Elle s'interrompit un instant ; puis :) Je sais qui était ce garçon. Quelqu'un m'a parlé de lui ce matin. De cet accident. Je le connaissais vaguement.

Isabel resta silencieuse quelques instants. En venant, elle avait seulement espéré parler de ce qu'elle avait vu avec sa nièce, mais sans imaginer que celle-ci puisse connaître l'infortuné jeune homme.

— Il habitait près d'ici, poursuivit Cat. À Marchmont. Une de ces grandes maisons divisées en appartements, au-dessus du parc des Meadows, si je me rappelle bien. Et il venait ici de temps en temps. Mais je voyais plus souvent ses colocataires.

— Comment s'appelait-il ?

— Mark quelque chose. On m'a dit son nom de famille, mais je ne m'en souviens plus. Une cliente est passée ce matin, qui les connaissait bien mieux que moi et qui m'a raconté comment il était mort. Moi aussi, ça m'a fait un choc.

— Qui *les* connaissait ? Il était marié, ou... ?

De nouveau, Isabel se tut. Beaucoup de gens ne prenaient plus la peine de se marier, elle devait y songer, même si dans bien des cas leur situation était semblable à un mariage. Mais comment posait-on la question ? « Vivait-il avec quelqu'un ? » Seulement, ce quelqu'un pouvait être n'importe qui, compagne ou compagnon tout récent ou temporaire ou conjoint depuis cinquante ans. Le mieux, peut-être, était de dire : « Y avait-il quelqu'un d'autre ? » C'était assez vague pour couvrir tous les cas de figure.

— Je ne crois pas, dit Cat en secouant la tête. Il habitait avec deux colocataires, une fille et un autre garçon. La fille est de Glasgow ou des environs. C'est elle qui vient le plus souvent. Quant au garçon, je ne sais pas grand-chose de lui. Il s'appelle Neil, je crois, mais il se peut que je confonde.

L'employé de Cat, un jeune homme silencieux prénommé Eddie qui détournait presque toujours les yeux quand on le regardait, leur apporta deux tasses de café au lait fumantes. Isabel le remercia en souriant, mais, à son habitude, il tourna la tête et battit en retraite derrière le comptoir.

— Qu'est-ce que j'ai donc fait à Eddie ? interrogea Isabel. Il ne me regarde jamais en face. J'ai donc une figure si effrayante ?

Cat sourit.

— Il travaille dur. Et il est honnête.

— Mais il ne regarde jamais personne !

— Il doit avoir une raison. L'autre soir, je l'ai trouvé assis dans l'arrière-boutique, les pieds sur une table et la tête entre les mains. Je ne m'en suis pas aperçue tout de suite, mais il était en larmes.

— En larmes ? Est-ce qu'il t'a dit pourquoi ?

Cat hésita un instant.

— Oui, plus ou moins... En fait, il est resté très vague.

Isabel attendit, mais à l'évidence Cat n'était pas disposée à lui révéler les confidences d'Eddie. Elle revint donc au sujet précédent. Comment le dénommé Mark avait-il pu tomber du balcon alors qu'un rail en cuivre était justement là pour empêcher de tels accidents ? S'agissait-il d'un suicide ? Un désespéré pouvait-il avoir l'idée de se tuer ainsi ? Ce serait une façon bien égoïste de quitter ce monde, car une personne placée en dessous risquait d'être blessée, voire de mourir aussi.

— Ce n'était pas un suicide. J'en suis sûre, conclut Isabel fermement.

— Comment peux-tu le savoir ? Tu dis toi-même que tu ne l'as pas vu basculer par-dessus la rambarde, objecta Cat.

— Il est tombé la tête en bas, dit Isabel, se remémorant la vision du jeune homme à la chemise et à la veste relevées sur son ventre, comme s'il plongeait du haut d'une falaise vers une mer imaginaire.

— Et alors ? Un corps en chute libre doit tournoyer de tous les côtés. Ça ne veut rien dire.

Isabel secoua la tête.

— Il est tombé trop vite pour que son corps ait le temps de se retourner. Il était juste au-dessus de nous, rappelle-toi. Et les gens qui se suicident ne plongent pas la tête en bas. Ils sautent les pieds devant.

Cat réfléchit. C'était probablement exact : parfois on voyait dans les journaux des gens sautant d'un immeuble ou d'un pont, et ils n'avaient jamais la tête en bas. Mais, par ailleurs, il était si peu vraisemblable qu'on tombe du haut d'une salle de concert par simple inadvertance... Sauf si le rail de protection était plus bas que dans son souvenir. La prochaine fois qu'elle irait à l'Usher Hall, elle vérifierait.

Elles finirent leur café et Cat rompit le silence :

— Tu dois te sentir très mal, comme moi quand j'ai vu cet accident, tu te souviens ? L'homme qui s'est fait renverser dans George Street. C'est traumatisant d'assister à une scène pareille.

— Je ne suis pas venue pour t'infliger mes jérémiades et te déprimer à ton tour, dit Isabel. Excuse-moi.

Cat lui prit gentiment la main.

— Tu n'as pas à t'excuser. Reste ici tant que tu veux. Tout à l'heure, nous pourrons sortir et déjeuner dans le coin. Ensuite, je peux prendre mon après-midi et nous ferons quelque chose de distrayant. Qu'est-ce que tu en dis ?

Isabel apprécia la proposition de sa nièce, mais elle avait envie de dormir un peu cet après-midi. Et elle ne devait pas rester trop longtemps car la table où elle était assise était destinée aux clients.

— Je préférerais que tu viennes dîner ce soir, si tu peux. Je cuisinerai quelque chose en vitesse.

Cat ouvrit la bouche pour parler mais se ravisa, et Isabel devina qu'elle comptait sortir avec le nouvel élu de son cœur.

— J'aimerais beaucoup, dit-elle enfin. Le problème, c'est que j'avais prévu de passer la soirée avec Toby. Nous avons rendez-vous au pub.

— Bien sûr, se hâta de répondre Isabel. Ce sera pour un autre jour.

— À moins que Toby ne vienne aussi ? ajouta Cat. Je suis sûre qu'il serait ravi. Je pourrais apporter une entrée…

Isabel allait refuser, jugeant que le jeune couple préférerait une soirée en tête-à-tête, mais Cat insista et elles convinrent que Toby et elle viendraient vers 20 heures. En retournant chez elle, Isabel pensa à Toby. Il était entré dans la vie de Cat quelques mois plus tôt, et, de même que pour son prédécesseur – Andrew –, elle éprouvait à son égard des sentiments mitigés. Il était difficile de mettre le doigt sur ce qui lui inspirait cette méfiance, mais elle avait la conviction que son intuition était juste.

3

Cet après-midi-là, elle dormit jusqu'à 17 heures et, à son réveil, elle se sentait beaucoup mieux. Grace était partie, mais lui avait laissé un mot sur la table de la cuisine. *Un homme a téléphoné, mais il n'a pas voulu dire son nom. Il a dit qu'il rappellerait. Je n'ai pas aimé le ton ni le son de sa voix.* Isabel était habituée aux messages de Grace, volontiers assortis de gloses sur la conduite ou le caractère des personnes concernées. *Ce plombier dont je me méfie a dit qu'il passerait demain. Bien sûr, il n'a pas précisé à quelle heure.* Ou : *Cette drôle de femme vous a rapporté votre livre. Pas trop tôt !*

Les commentaires de Grace la laissaient quelque peu médusée, mais au fil des ans elle avait découvert qu'en bien des occasions ses intuitions lui étaient fort utiles. Grace se trompait rarement sur la vraie nature des gens, et ses opinions s'exprimaient en général de façon aussi lapidaire que dévastatrice. Le plus souvent, un mot lui suffisait : « fourbe », disait-elle pour définir quelqu'un, ou « escroc », ou « ivrogne ». Quand elle en pensait du bien, il arrivait que la formulation s'allonge un peu – « d'une grande générosité » ou « vraiment gentil » –, mais de tels éloges n'étaient pas aisément gagnés. Une fois, Isabel l'avait interrogée sur les fondements d'appréciations aussi tranchantes, mais Grace avait pris l'air maussade.

— Je sais tout de suite, avait-elle répondu. Il est facile de lire dans le cœur des gens. Je sais, voilà tout.

— Mais ils sont souvent beaucoup plus complexes que vous ne le pensez ! Et ils ont des qualités qui n'apparaissent que lorsqu'on les connaît un peu mieux.

Grace avait haussé les épaules.

— Il y a des gens que je n'ai aucune envie de connaître un peu mieux.

La discussion s'était arrêtée là, Isabel avait compris qu'elle ne la ferait pas changer d'avis. Le monde selon Grace était simple : il y avait, d'une part, Édimbourg et ses valeurs fondatrices et, d'autre part, le reste de l'humanité. Édimbourg, cela va sans dire, était par nature la ville du juste et du vrai, et tout ce qu'on pouvait espérer de ceux qui professaient d'autres conceptions de l'existence était qu'ils finiraient par revenir à la raison et à la vertu. Quand elle avait engagé Grace – peu après que la maladie de son père se soit déclarée –, Isabel avait été stupéfaite de découvrir l'existence d'une personne aussi fermement enracinée dans un univers mental et moral qu'elle croyait pour ainsi dire disparu : celui de la vieille Édimbourg, sévère mais douce, fondée sur des hiérarchies indiscutées et les convictions profondes du presbytérianisme écossais. Grace lui avait fait comprendre son erreur.

C'était de ce même univers qu'était issu le père d'Isabel, mais il avait toujours voulu s'en délivrer. Notaire, descendant d'une lignée de notaires, il aurait pu se contenter de la vie confortable et étriquée de son propre père, de son grand-père, et de son arrière-grand-père, passant les jours à établir titres et contrats et à gérer des fonds en fidéicommis. Mais ses études l'avaient initié au droit international et lui avaient ouvert une foule d'autres possibilités. Il était devenu spécialiste des accords entre États, et Harvard, où il avait passé son doctorat, aurait pu lui offrir une belle carrière, mais au bout du compte, après un temps d'hésitation, il s'était senti l'obligation morale de revenir en Écosse, accompagné de la jeune femme qu'il avait épousée à Boston. À son retour, l'étude familiale et sa routine l'avaient complètement absorbé, même s'il n'y était pas heureux. Un jour, il s'était laissé aller à un aveu devant sa fille : il lui avait confié qu'il ne voyait dans toute sa vie professionnelle qu'une sorte de peine qu'il avait été obligé de purger. Ce bilan avait épouvanté Isabel. C'était principalement pour cette raison qu'en entrant à l'université elle avait écarté tout projet de carrière juridique et choisi la discipline qui l'intéressait vraiment : la philosophie.

Ils étaient deux enfants : Isabel, l'aînée, et son frère. Isabel était allée en classe à Édimbourg, mais, à douze ans, on avait envoyé son frère en Angleterre, dans une pension réputée pour ses résultats en matière d'excellence intellectuelle et de malheur personnel. À quoi d'autre pouvait-on s'attendre ? Enfermer ensemble cinq cents garçons et les couper du reste du monde, c'était les inviter à créer une communauté où toutes les formes de cruauté et autres troubles du caractère ne demanderaient qu'à fleurir – et fleurissaient en effet. Le frère d'Isabel était devenu un personnage morose et étriqué, par réaction d'auto-défense : l'armure psychologique décrite par Wilhelm Reich, supposait-elle, qui engendrait ces hommes raides et malheureux, proférant d'une voix pincée des propos empreints d'une prudence maniaque. Après l'université, qu'il avait quittée sans diplôme, son frère avait pris un emploi dans une banque d'affaires de la City de Londres et menait depuis lors une vie convenable et calme, s'occupant de ce dont s'occupent d'ordinaire les cadres des banques d'affaires. Isabel et lui n'avaient jamais été proches, ni leurs contacts autres qu'occasionnels. Pour elle il était presque un étranger, plutôt amical mais indifférent au fond. Elle ne lui connaissait qu'une seule passion : collectionner de vieux certificats, bons et actions multicolores, émis par telle compagnie de chemins de fer mexicaine, tels prospecteurs miniers de la Russie tsariste, telle caféière de Bornéo : tout un ancien monde de capitalisme bariolé. Mais que cachaient donc ces titres imprimés avec force boucles et lettrines, lui avait-elle demandé un jour ? Des journées de quatorze heures sous le soleil des plantations tropicales ? Des hommes en guenilles s'échinant pour leur pitance, jusqu'au jour où quelque empoisonnement silicotique ou gazeux les rendait inaptes au labeur ? (Les injustices passées : quel beau sujet pour les philosophes ! Si elles semblaient moins révoltantes, était-ce seulement parce que le passage du temps suffisait à rendre moins vivace leur souvenir ?)

Dans le garde-manger de l'arrière-cuisine, elle alla prendre les ingrédients du risotto qu'elle comptait servir à Cat et Toby. Elle avait pensé à une recette aux cèpes, dont elle conservait une provision dans un petit sac en mousseline bien fermé. Isabel prit dans sa main une poignée de champignons séchés et savoura leur curieuse odeur, âcre et salée, difficile à rapprocher d'une autre. De l'extrait de levure, peut-être ? Elle les ferait tremper pendant une heure et garderait l'eau noircie pour la cuisson du riz. Cat aimait beaucoup le risotto, et elle savait que cette préparation était sa préférée. Quant à Toby, il lui semblait le genre d'homme qui mangeait de tout indifféremment. Une fois déjà il avait dîné chez elle, et c'était à cette occasion que ses doutes sur son compte avaient surgi, pour ne plus disparaître ensuite. Au demeurant, elle devait rester prudente, faute de quoi elle finirait par prononcer des jugements à l'emporte-pièce, comme Grace. Infidèle. Voilà, elle l'avait dit.

Elle retourna dans la cuisine et alluma la radio. C'était la fin des informations, et le monde, comme à l'ordinaire, était en plein chaos. Guerres et rumeurs de guerre. Un ministre était prié de donner un pronostic et s'y refusait, visiblement mal à l'aise. Il n'y avait pas de crise réelle, affirmait-il, et la situation devait être remise en perspective. Mais la crise était là, évidente, objectait un journaliste. Question de point de vue, répliquait le ministre. Pour l'essentiel, il n'y avait aucune raison d'alarmer la population…

Ce fut au milieu de ces protestations embarrassées que retentit la sonnette. Isabel versa les cèpes dans un bol et alla ouvrir. À plusieurs reprises, Grace lui avait conseillé de faire percer un judas pour identifier ses visiteurs, mais elle ne s'y était jamais décidée. S'il était très tard, elle jetait parfois un coup d'œil par la fente de la boîte aux lettres, mais le plus souvent elle ouvrait en confiance. À force de se protéger derrière des barrières, jugeait-elle, on risquait de vivre dans un isolement mortifère.

L'homme debout sur le seuil lui tournait le dos et observait attentivement le jardin devant la maison. Quand la porte s'ouvrit, il fit volte-face d'un air presque coupable et salua en souriant.

— Vous êtes Isabel Dalhousie ? Isabel hocha la tête.

— Oui, c'est moi.

Elle le regarda plus attentivement. L'homme avait dans les trente-cinq ans, des cheveux bruns un peu broussailleux, assez élégant dans son blazer bleu marine et son pantalon anthracite. Il portait de petites lunettes rondes et une cravate rouge, et de la poche de sa chemise dépassaient un stylo et un agenda électronique. Elle crut entendre la voix de Grace. Sournois.

— Je suis journaliste, dit-il en lui montrant une carte pour qu'elle y lût le nom d'un hebdomadaire. Je m'appelle Geoffrey McManus.

Isabel hocha de nouveau la tête, poliment. Elle n'ouvrirait jamais le journal de cet homme.

— Puis-je avoir un petit entretien avec vous ? continua-t-il. J'ai su qu'hier soir vous aviez assisté à ce malheureux accident à l'Usher Hall. Pourriez-vous m'en parler ?

Isabel hésita un instant, puis recula pour le laisser entrer. McManus avança d'un pas pressé, comme s'il craignait qu'elle change d'avis.

— Triste affaire, dit-il en la suivant dans le salon. Comment peut-on mourir aussi bêtement ?

Isabel lui désigna un siège et prit place sur le sofa près de la cheminée. Elle observa qu'en s'asseyant il jetait des regards rapides aux murs, comme pour évaluer les tableaux. Isabel se crispa légèrement. Elle n'aimait pas étaler son aisance et se sentait gênée qu'on y fasse attention. Mais peut-être n'y connaissait-il rien, songea-t-elle. La toile près de la porte, par exemple, était un Peploe, de la meilleure période du peintre. Et la petite huile au-dessus de la cheminée, un Stanley Spencer – une esquisse pour *When We Dead Awaken*.

— Jolis tableaux, dit-il d'un air enjoué. Vous aimez la peinture ?

Elle le regarda. Le ton de sa voix était familier.

— Oui. J'aime la peinture.

De nouveau il promena les yeux autour de la pièce.

— Une fois, j'ai interviewé Robin Philipson, dit-il. Dans son atelier.

— Ah ? Vous avez dû passer un moment très intéressant.

— Non, pas du tout, répliqua-t-il, catégorique. Pour commencer, je n'aime pas les odeurs de peinture. Ça me donne mal à la tête.

McManus tripotait son stylo, faisant sortir la bille puis la rentrant.

— Puis-je vous demander ce que vous faites ? Professionnellement, je veux dire.

— Je dirige une publication, répondit Isabel. Une revue philosophique. La *Revue d'éthique appliquée*.

McManus haussa un sourcil.

— Nous sommes collègues alors. Même job !

Isabel sourit. Elle faillit répondre : « Certainement pas », mais se retint. Du reste, il disait vrai, d'une certaine manière. Elle travaillait chez elle, sans horaire fixe, passait souvent de longues heures immergée dans des exposés d'universitaires, pour s'en imprégner et parfois les réviser ; et pourtant, dans son cas comme dans celui de son interlocuteur, il s'agissait au fond de faire imprimer des mots sur du papier.

Elle revint à ce qui amenait son visiteur.

— Comment est-ce arrivé, cet accident ? demanda-t-elle. En sait-on un peu plus ?

Il prit un gros calepin dans sa poche et l'ouvrit.

— Non, pas grand-chose. On connaît l'identité du jeune homme et sa profession. J'ai rencontré ses colocataires et j'essaie de joindre ses parents. Je pense que j'irai leur parler ce soir. Ils habitent Perth.

Isabel le regarda fixement. Ainsi, il se proposait d'aller les trouver le soir même, alors qu'ils étaient plongés dans le chagrin.

— Pour quoi faire ? demanda-t-elle. Pourquoi voulez-vous parler à ces pauvres gens ?

Les doigts de McManus se mirent à tourmenter la spirale de son calepin.

— J'écris un papier sur cette histoire, dit-il. Il me faut tous les points de vue, les impressions de tout le monde. Même des parents.

— Mais ils doivent être effondrés ! Qu'attendez-vous qu'ils vous disent ? Qu'ils se désolent de la perte de leur fils ?

McManus lui jeta un regard aigu.

— Il est légitime que les lecteurs s'intéressent à de tels drames, répliqua-t-il. Je vois bien que vous n'êtes pas d'accord, mais le public a le droit d'être informé. Ça vous gêne ?

Elle avait envie de répondre oui, mais jugea vain d'engager une discussion avec un tel personnage. Tout ce qu'elle aurait à lui dire sur les indécences d'un certain journalisme ne changerait rien à l'idée qu'il se faisait de son métier : s'il éprouvait quelques scrupules à déranger des parents endeuillés, elle ne doutait pas qu'il les mettrait de côté.

— Et de moi, que voulez-vous savoir ? demanda-t-elle en jetant un coup d'œil à sa montre.

Elle ne lui offrirait rien à boire, c'était décidé.

— Eh bien, j'aimerais que vous me racontiez ce que vous avez vu. Dans le détail, s'il vous plaît.

— Je n'ai pas vu grand-chose, Monsieur McManus. Je l'ai vu tomber. Et, plus tard, je l'ai vu être emmené sur une civière. C'est tout.

McManus hocha la tête.

— D'accord, d'accord. Mais dites-m'en davantage. Avez-vous pu saisir l'expression qu'il avait en tombant ? Avez-vous vu son visage ?

Isabel regarda ses mains, qu'elle avait croisées sur ses genoux. Oui, elle avait vu son visage. Et même, il lui avait semblé que lui aussi la voyait. Ses yeux étaient grands ouverts, de surprise ou d'effroi. Elle avait vu ses yeux.

— Pourquoi voulez-vous savoir si j'ai vu son visage ?

— Ça pourrait nous apprendre quelque chose, vous comprenez ? Quelque chose sur ce qu'il a ressenti à ce moment-là.

Elle le regarda un moment, sans rien dire, luttant contre le dégoût que lui inspirait tant d'insensibilité.

— Non. Désolée, je n'ai pas vu son visage.

— Mais vous avez vu sa tête, non ? Dans quelle position était-elle ? Tournée vers vous ou de l'autre côté ?

Isabel soupira.

— Monsieur McManus, cet accident s'est passé très vite, en une ou deux secondes, pas davantage. Je vous répète que je n'ai pas vu grand-chose. Un corps qui tombait du haut de la salle, et l'instant d'après tout était fini.

— Mais quelque chose a dû vous frapper en le regardant tomber, insista McManus. Vous avez forcément remarqué certains détails. Les corps humains sont faits de visages, de bras, de jambes et ainsi de suite. On voit l'ensemble, mais en même temps on voit chaque partie.

Isabel fut tentée de le mettre poliment à la porte et décida qu'elle le ferait dans quelques minutes. Mais ses questions changèrent tout à coup :

— Et ensuite, qu'est-ce qui s'est passé ? interrogea-t-il. Qu'avez-vous fait ?

— Je suis descendue. Il y avait un petit attroupement à l'entrée du parterre. Tout le monde était sous le choc.

— Et ensuite, vous avez vu des brancardiers l'emmener ?

— Oui.

— C'est à ce moment-là que vous avez vu son visage ?

— Je suppose. Je l'ai vu sur sa civière.

— Et après, qu'est-ce que vous avez fait ? Autre chose ?

— Je suis rentrée chez moi, dit Isabel sèchement. Des policiers sont arrivés, je leur ai dit ce que j'avais vu et je suis rentrée.

McManus joua un instant avec son stylo.

— C'est tout ?

— Oui. C'est tout.

McManus nota quelque chose sur son calepin. Puis la questionna de nouveau :

— Et de quoi avait-il l'air, sur sa civière ?

Isabel sentit son cœur battre à grands coups. Rien ne lui imposait d'endurer cette sinistre farce un instant de plus. Cet homme était chez elle, comme invité – d'une certaine façon –, et si elle ne souhaitait pas prolonger ce détestable entretien, elle n'avait qu'à le prier de partir. Elle respira profondément.

— Monsieur McManus, commença-t-elle, je ne vois pas du tout l'intérêt de se complaire dans des descriptions de ce genre. Je doute qu'elles aient la moindre importance dans le compte rendu que vous projetez de publier. Un jeune homme a fait une chute mortelle. Voilà qui devrait suffire, il me semble. Est-ce que vos lecteurs ont besoin d'en savoir plus, que vous leur racontiez quelle expression il avait en tombant ? Que peuvent-ils imaginer ? Qu'il riait aux éclats ? Qu'il avait l'air joyeux sur sa civière ? Et ses malheureux parents, que voulez-vous qu'ils répondent à vos questions ? Qu'ils déplorent ce qui est arrivé ? Quel scoop, vraiment !

McManus se mit à rire.

— Ne m'apprenez pas mon métier, Isabel.

— Mademoiselle Dalhousie, si vous voulez bien.

— Ah, oui. Mademoiselle Dalhousie. Vieille fille. (Il fit une pause, puis reprit :) C'est étonnant d'ailleurs.

Parce que vous ne manquez pas de charme. Ni de sexappeal, si vous me permettez d'être franc…

Elle le transperça du regard et il baissa les yeux sur son calepin.

— J'ai beaucoup à faire, dit-elle en se levant. J'espère que vous m'excuserez.

McManus ferma son calepin, mais resta assis.

— Vous venez de me gratifier d'un petit cours sur l'immoralité de la presse, dit-il. Soit, c'est votre droit. Dommage seulement qu'en matière de morale votre autorité soit un peu vacillante.

Elle le regarda un instant, ne sachant trop comment interpréter ces derniers mots.

— Oui, vacillante. Parce que vous m'avez menti, poursuivit McManus. Vous avez prétendu que vous étiez rentrée chez vous après l'accident. Or il se trouve que mes conversations avec la police et une ou deux autres personnes m'ont appris autre chose. Vous n'êtes pas rentrée tout de suite, loin de là. Vous êtes montée au paradis, où on vous a vue vous pencher à l'endroit exact d'où ce garçon était tombé. Seulement, vous vous êtes bien gardée de me le dire ! Pourquoi avez-vous jugé bon de mentir ? C'est ce que je me demande.

— Je n'avais aucune raison de vous en parler. Cela n'avait aucun rapport avec l'accident, rétorqua Isabel, glaciale.

— Oh, vraiment ? ironisa McManus. Et si j'écrivais qu'à mon avis vous en savez beaucoup plus que vous voulez bien le dire, sur cette mort ? Vous ne pensez pas que ce serait une conclusion logique ? Isabel avança jusqu'à la porte et l'ouvrit ostensiblement.

— Rien ne m'oblige à écouter ce genre de choses dans mon propre salon. Je vous serais reconnaissante de partir.

McManus se leva, prenant tout son temps.

— Comme vous voudrez, dit-il. Effectivement, vous êtes chez vous. Et je m'en voudrais d'abuser de votre temps.

Elle le précéda dans le vestibule et ouvrit la porte d'entrée. McManus lui emboîta le pas, mais s'attarda un instant pour examiner un autre tableau.

— Vous avez de belles choses, décidément, commenta-t-il. Pleine aux as, pas vrai ?

4

Cuisiner quand on est en colère exige une grande prudence avec les condiments. On risque de trop poivrer ou pimenter les mets et, par exemple, de gâcher un excellent risotto par pure exaspération. Isabel se sentait salie d'avoir conversé avec McManus, comme c'était immanquablement le cas chaque fois qu'elle parlait avec une personne dont le regard sur la vie était parfaitement amoral. De tels individus existaient, en nombre étonnamment élevé, et, songea-t-elle, on en rencontrait de plus en plus souvent : des gens à qui l'idée de morale était tout à fait étrangère. Ce qui l'avait surtout choquée était que ce McManus ait l'intention d'aller trouver les parents du mort, dont la douleur comptait moins à ses yeux que la curiosité du public pour la souffrance d'autrui. Elle frissonna. À l'évidence, il n'y avait personne à qui l'on puisse recourir, personne en position d'empêcher cette cruauté en ordonnant qu'on laisse ces gens en paix.

Debout devant le fourneau, elle goûta une cuillerée de risotto pour vérifier l'assaisonnement.

Le riz s'était délicieusement parfumé de l'eau où avaient mariné les cèpes, et il était temps de glisser le plat dans le bas du four pour le garder au chaud jusqu'au moment de passer à table avec Cat et Toby. En attendant, elle avait une salade à préparer, sans oublier d'ouvrir la bouteille de vin rouge.

Quand la sonnette retentit de nouveau et qu'elle accueillit ses invités, elle se sentait plus calme. L'air s'était rafraîchi à la tombée du soir, et Cat portait un long manteau qu'Isabel lui avait offert pour son anniversaire trois ou quatre ans plus tôt ; elle l'ôta et le posa sur une chaise à haut dossier, révélant une jolie robe en satin rouge. Toby, un grand gaillard mince légèrement plus âgé que Cat, était vêtu d'un veston en tweed brun par-dessus un col roulé noir. Isabel jeta un coup d'œil dubitatif à son pantalon, en velours côtelé couleur fraise écrasée. Un vêtement tout à fait prévisible de sa part, se dit-elle. De ce point de vue, il ne l'avait jamais surprise. Il faut que je fasse un effort, se gourmanda-t-elle. Il faut que j'essaie de le trouver sympathique.

— Tu te sens mieux ? demanda Cat. Tu semblais tellement triste ce matin !

Isabel lui prit des mains le plateau de saumon fumé qu'elle avait apporté et ôta le papier d'aluminium qui le recouvrait.

— Oui. Beaucoup mieux.

Elle ne mentionna pas la visite du journaliste : elle préférait tenter de l'oublier et parler d'autre chose que de l'accident. Elle alla tartiner quelques tranches de pain de seigle dans la cuisine, puis revint pour offrir du sherry à ses hôtes. Tandis qu'elle prenait la bouteille dans le bar, Toby resta debout près de la fenêtre, regardant au-dehors, les mains croisées derrière le dos. Quand elle s'approcha pour lui tendre son verre, il le leva en portant un toast en gaélique.

— *Slainte !*

Isabel leva son verre aussi, sans enthousiasme. *Slainte*, elle en était sûre, était le seul mot de gaélique que Toby connaisse, et elle n'aimait pas qu'on saupoudre la conversation de mots empruntés à d'autres langues, *absolut nicht*. Aussi murmura-t-elle à voix basse :

— *Salute*.

— *Salu* quoi ? demanda-t-il.

— *Salute*, répéta Isabel. C'est la même chose que *slainte*, mais en italien.

Cat lui lança un bref regard. Pourvu qu'Isabel ne pousse pas trop loin la taquinerie, semblait-elle penser. Elle était bien capable de mettre Toby en colère.

— Isabel est une bonne italianiste, dit-elle.

— Quelle chance ! Moi, je suis nul en langues étrangères. Je sais un peu de français, de vieux souvenirs du lycée. Et quelques mots d'allemand, à la rigueur. Mais c'est tout.

Toby tendit le bras pour prendre une tranche de pain et une autre de saumon.

— Il est fabuleux, ce poisson ! Je n'y résiste pas. Cat l'achète à un vieux, du côté d'Argyll, Archie je ne sais quoi. Pas vrai, Cat ?

— Archie MacKinnon, confirma Cat. Il le fume lui-même au fond de son jardin, dans un de ces fumoirs à l'ancienne comme on en voit encore quelques-uns. Il fait mariner le saumon dans du rhum et le fume au bois de chêne. C'est le rhum qui lui donne cette saveur particulière.

Toby se servit une autre tranche, la plus grande. Cat s'empressa de saisir le plat pour le tendre à sa tante.

— Je passe le voir sur la route de Campbelltown, poursuivit-elle, reposant le plat du côté d'Isabel. Un vieux monsieur adorable. Il a plus de quatre-vingts ans, mais ça ne l'empêche pas de conduire son bateau pour pêcher. Il a deux gros chiens, Max et Morris.

— Du nom des deux garnements ? s'enquit Isabel.

— Oui.

— Quels garnements ? demanda Toby.

— Max et Morris sont les tout premiers personnages de l'histoire de la bande dessinée. Deux garçons allemands qui font toutes sortes de bêtises et qui finissent transformés en biscuits dans le four d'un boulanger.

Elle regarda Toby. À la fin de l'histoire, Max et Morris tombaient dans le pétrin du boulanger, puis une machine les broyait avant de transformer la pâte en biscuits, qui finissaient mangés par des canards. Une idée bien germanique, pensa-t-elle. Un moment, elle imagina que la même affreuse mésaventure arrivait à Toby : il était broyé par une machine et transformé en biscuits.

— Ça te fait sourire, observa Cat.

— Ah, oui ? C'était involontaire, marmonna Isabel, non sans se demander si l'on souriait jamais volontairement.

Ils causèrent encore une demi-heure avant de se mettre à table. Toby raconta ses vacances au ski avec quelques amis, s'attardant sur ses escapades hors des pistes. Un jour, ses compagnons et lui avaient provoqué un début d'avalanche, mais s'en étaient tirés sans dommages.

— Il s'en est fallu de peu, dit-il. Vous avez déjà entendu le bruit d'une avalanche ?

— Non. Un peu comme une grosse vague ? suggéra Isabel.

Toby secoua la tête.

— Comme le tonnerre ! Exactement comme le tonnerre, mais de plus en plus fort à chaque seconde.

Isabel se représenta la scène : Toby, en combinaison de ski fraise écrasée, se tenait debout parmi les montagnes, en plein soleil, tandis qu'une énorme marée blanche dégringolait vers lui. Un instant, rien qu'un instant, elle eut la vision mentale d'un flot de neige qui l'engloutissait et recouvrait son corps alors que celui-ci se débattait en vain ; après quoi tout était immobile, et il ne restait plus que le bout d'un bâton de ski pour signaler l'endroit où il était enseveli. Mais non, non, c'était une vilaine pensée, tout aussi vilaine que de l'imaginer transformé en biscuits, et elle la chassa de son esprit. Mais pourquoi Cat, qui aimait tant le ski, ne l'avait-elle pas accompagné ? Peut-être parce que Toby ne l'avait pas invitée...

— Et toi, Cat ? Tu n'avais pas envie d'y aller ?

La question pouvait se révéler embarrassante, mais la suffisance de ce garçon l'incitait à la malice. Cat soupira.

— Si, mais... la boutique ! dit-elle. Je ne peux pas m'en aller si facilement.

— Et Eddie ? intervint Toby d'un ton un peu acide. Il me semble assez grand pour te remplacer pendant une semaine ou deux. Tu n'as pas confiance en lui ?

— Bien sûr, j'ai confiance en lui. Seulement, Eddie est un peu... fragile.

Toby, assis à côté d'elle sur le sofa, lui lança un regard en coin, et Isabel crut y déceler l'imminence d'un sarcasme. Voilà qui était intéressant.

— Fragile ? répéta-t-il. C'est le terme que tu emploies pour ce genre de type ?

Cat baissa les yeux sur son verre. Isabel observait Toby et perçut une certaine cruauté dans son visage, affleurant la surface sous son apparence proprette et son teint rose. Un peu trop charnu, ce visage : dans dix ans, son nez paraîtrait gros et tombant, et… Elle s'arrêta. Même si Toby lui restait antipathique, la simple charité, dont il fallait se rappeler les exigences, l'obligea doucement à se reprendre.

— Eddie est un gentil garçon, murmura Cat. Il a vécu des choses dures. Et je peux totalement compter sur lui. C'est un chic type.

— Sûrement, dit Toby. Mais un peu mauviette, non ? Un peu… Tu vois ce que je veux dire.

Isabel les observait à la dérobée, captivée, mais elle sentit aussi qu'il était temps d'intervenir. Elle souffrait de voir Cat dans cet embarras, même si la perspective que les écailles lui tombent des yeux n'avait rien pour lui déplaire. Qu'est-ce qu'elle pouvait bien lui trouver, à ce Toby ? Qu'avait-il pour l'attirer, à part la virilité rude et désinvolte dont il était un parfait spécimen ? En comparaison de la sienne, la génération de Cat usait d'un langage assez direct, qui avait le mérite d'une vigoureuse exactitude : dans ses termes, Toby devait se définir comme une *belle bête*. Mais qu'avait-on à faire d'une belle bête quand des bêtes quelconques se révélaient être des hommes tellement plus séduisants ?

John Liamor, par exemple. Il pouvait parler des heures sans cesser un instant d'être intéressant. On s'asseyait à ses pieds, ou presque, et on l'écoutait. Certes, il était maigre et dégingandé, avec ce teint pâle, presque translucide et vaguement spectral qu'on ne rencontre que chez certains Celtes. Pourtant, aux yeux d'Isabel, il était très beau et tout simplement passionnant. Mais à présent c'était une autre femme, une femme qu'elle ne connaîtrait jamais, très loin, en Californie, qui profitait de John…

C'était à Cambridge qu'Isabel avait fait sa connaissance, la dernière année de son doctorat en philosophie. Cet Irlandais aux cheveux noirs était plus âgé qu'elle de quatre ou cinq ans, il avait achevé sa thèse au Trinity College de Dublin et, grâce au poste de chercheur que lui avait offert Clare College (où il occupait quelques pièces donnant sur le Fellows' Garden, de l'autre côté de la rivière), écrivait un livre sur Synge. Quand il invitait Isabel, il s'asseyait en fumant sa pipe et causait en la regardant. Ce regard la déconcertait. Elle se demandait si, en son absence, il parlait d'elle avec autant de condescendance – et d'esprit – qu'il lui parlait d'autres personnes à chacune de ses visites.

John Liamor estimait qu'à Cambridge, la plupart des gens étaient des « provinciaux » : lui était originaire de Cork, qui, sans doute, était tout sauf une ville provinciale… Il méprisait les anciens élèves des onéreuses *public schools* anglaises – tous de « petits Lord Fauntleroy », affirmait-il – et raillait les ecclésiastiques qui occupaient encore de nombreuses chaires universitaires. Le titre de « révérend », porté par nombre de professeurs dans des disciplines allant des langues anciennes aux mathématiques, devenait dans sa bouche « renversant », ce qu'Isabel et beaucoup d'autres trouvaient drôle sans bien savoir pourquoi. Et le doyen de Clare College, historien de l'économie très réputé, doublé d'un homme doux et affable qui s'était toujours montré généreux et accommodant envers son hôte irlandais, se voyait qualifié d'« obscurantiste en chef ».

John Liamor tenait salon. Il s'entourait d'étudiants subjugués par son indéniable prestance intellectuelle, mais tout aussi fascinés par les effluves de soufre qui émanaient de ses opinions. En cette fin des années soixante-dix, les tempêtes de la décennie précédente avaient fini par retomber. En quoi pouvait-on croire désormais, et de quoi même pouvait-on se moquer ? L'ambition et l'avidité, ces grisantes idoles qu'on vénérerait quelques années plus tard, commençaient à pointer le nez, mais leur culte restait à établir. En somme, les dons d'iconoclaste d'un Irlandais aussi brillant qu'atrabilaire avaient alors tout pour séduire. Avec John Liamor, il était inutile de croire en quoi que ce soit ; il suffisait de savoir manier l'art du persiflage ; c'était le secret de son charme. Même les plus virulents railleurs n'étaient pas épargnés puisqu'il était irlandais, alors que ses auditeurs et admirateurs, même les plus radicaux, n'en demeuraient pas moins des Anglais. Et donc, estimait-il, complices du système d'oppression généralisée.

Isabel avait eu du mal à trouver sa place dans ce groupe. Leurs amours improbables avaient beaucoup fait jaser. En particulier, les détracteurs de John Liamor – très peu apprécié à Clare College et parmi les professeurs de philosophie de Cambridge – s'étaient étonnés de leur liaison. Ils en voulaient d'autant plus à John de les dédaigner qu'il leur tendait des pièges : il lisait les philosophes français et assaisonnait volontiers ses propos de références à Deleuze et à Foucault. Et deux ou trois d'entre eux, qui ne pouvaient décidément le souffrir, avaient encore un autre grief : Liamor n'était pas anglais. « Notre ami de la verte Érin et sa chère Écossaise ! dit un jour un de ces malveillants. Quel couple intéressant, vraiment… Une jeune femme raisonnable, courtoise, réfléchie, et un provocateur à la petite semaine. À chaque instant, on s'attend à l'entendre beugler des chants patriotiques. Ce type est un concentré de colère ambulant, obsédé par nos torts supposés envers son île chérie au bon vieux temps des diligences. Vous voyez le genre. »

Isabel elle-même s'étonnait parfois de la fascination qu'il exerçait sur elle. C'était comme s'ils étaient deux voyageurs forcés par le hasard à partager une cabine et résignés à ne plus se quitter. D'autres avaient une explication plus prosaïque :

« C'est sexuel, jugeait une amie d'Isabel. Le sexe réunit les gens les plus dissemblables, c'est bien connu. Quoi de plus banal ? Ils n'ont même pas besoin de s'apprécier. »

— Et les Pyrénées ? demanda soudain Isabel.

Cat et Toby la regardèrent sans comprendre.

— Oui, les Pyrénées, continua-t-elle d'un ton léger. C'est très beau aussi, les Pyrénées. Enfin, je crois. Parce que je n'y suis jamais allée, figurez-vous.

— Moi si, dit Toby.

— Moi jamais. Mais j'aimerais beaucoup, dit Cat.

— Eh bien, allons-y ensemble, si tu veux. Avec Toby, bien sûr, se hâta d'ajouter Isabel. Si ça te fait plaisir, Toby. Nous pourrions faire de l'escalade, tous les trois. Encordés, avec Toby en tête. Il nous conduirait en toute sécurité !

Cat se mit à rire.

— Toby glisserait et nous mourrions écrasés au fond d'un ravin...

Elle s'interrompit et jeta un coup d'œil contrit à Isabel. Elle avait dit ces mots sans réfléchir, mais le but de cette soirée était d'aider sa tante à distraire son esprit de ce qui s'était passé à l'Usher Hall.

— Et les Andes ? poursuivit Isabel avec une gaieté forcée. Là, au moins, j'y suis allée ! Au Pérou. Un voyage magnifique. Mais j'arrivais à peine à respirer tellement nous étions haut.

— Moi aussi, je suis allé dans les Andes, se hâta de dire Toby. Avec mon club d'alpinisme. Mais un des grimpeurs a dévissé. Il a fini deux cents mètres plus bas.

Il y eut un silence, et Toby scruta le fond de son verre, prenant conscience de sa gaffe. Cat leva les yeux au ciel.

Une fois ses invités partis, un peu plus tôt que prévu, Isabel resta un moment dans la cuisine, regardant distraitement les assiettes empilées sur le lave-vaisselle. La soirée n'avait pas été un franc succès. Certes, la conversation avait pris un tour plus gai quand ils s'étaient assis pour dîner, mais ensuite Toby s'était lancé dans d'interminables considérations sur le vin : son père en faisait un fructueux négoce, et lui-même travaillait pour l'entreprise familiale. Isabel l'avait vu renifler le contenu de son verre, pas assez discrètement pour que son geste échappe à son attention. Il n'y avait rien à redire au cabernet-sauvignon d'Australie – plutôt coûteux – qu'elle avait servi à ses hôtes, mais certains amateurs se méfient des vins du Nouveau Monde. Ils ont beau assurer le contraire, ils dédaignent tout ce qui ne vient pas de France ou, à la rigueur, d'Espagne ou d'Italie. Toby croyait sans doute Isabel trop ignare pour servir autre chose qu'un gros rouge de supermarché, même si elle s'y connaissait plutôt bien et savait que son vin ne manquait pas de qualités.

— Australien, commenta-t-il simplement. Australien du Sud.

— Et très bon, dit Cat, mais il l'ignora.

— Fruité. Très fruité, même, ajouta-t-il en fronçant un peu le nez.

Isabel le regarda poliment.

— Je suppose que vous êtes habitué à beaucoup mieux…

— Vous me prenez pour un snob ? protesta Toby. Il est… il est très bien, ce vin. Très bien.

Il reposa son verre.

— L'autre jour au bureau, on m'a fait goûter un premier cru du Haut-Médoc, je ne vous dis que ça ! Il a fallu épousseter la bouteille pour lire l'étiquette. Un château assez peu connu, mais je vous assure, une pure merveille ! Mon paternel l'avait déniché je ne sais où. Il s'est fané un peu vite, mais sur le moment… l'extase ! Meilleur que certains saint-julien qui coûtent les yeux de la tête.

Isabel l'avait écouté avec une parfaite courtoisie. Au reste, cette prestation n'était pas pour lui déplaire, car elle se disait que Cat ne manquerait pas de se fatiguer de tels discours, et de Toby par la même occasion. L'ennui s'installerait tôt ou tard – assez tôt, vraisemblablement –, et quand il aurait pris racine, il éclipserait tout ce qu'elle appréciait chez ce garçon. Se pouvait-il qu'elle soit vraiment amoureuse de lui ? Non, c'était peu probable. Elle semblait trop sensible à ses travers – quand une réflexion de lui la gênait, par exemple, et qu'elle levait imperceptiblement les yeux au ciel – pour qu'il s'agisse de beaucoup plus qu'une passade. On n'est jamais gêné par ceux qu'on aime. Tout au plus ressent-on un malaise diffus, plus qu'une gêne à proprement parler. On leur pardonne leurs défauts ; souvent, on ne les remarque même pas. Elle avait pardonné à John Liamor, naturellement, y compris le soir où elle l'avait surpris chez lui, à Clare College, en compagnie d'une étudiante fort dénudée. La fille s'était contentée de pouffer en s'enveloppant de la chemise de John jetée au pied du divan, tandis que lui avait regardé par la fenêtre en marmonnant : « Mauvais calcul, Liamor ! »

Tout pourrait être beaucoup plus simple, réfléchit-elle, si l'on s'interdisait une fois pour toutes de tomber amoureux, si l'on choisissait d'être seulement soi-même, immunisé contre les blessures infligées par les autres. Beaucoup de gens vivaient ainsi et en semblaient satisfaits. Oui, mais l'étaient-ils vraiment ? Parmi ces personnes, elle se demanda combien vivaient ainsi par choix et combien restaient seules parce qu'aucun partenaire convenable n'avait croisé leur chemin. Accepter et se résigner étaient deux choses très différentes, et il y avait loin d'une solitude subie à une solitude volontaire.

Au cœur du problème, il y avait bien sûr ce mystère : pourquoi éprouve-t-on le besoin d'être amoureux ? À cela, il existait une réponse réductrice, celle de la nécessité biologique : l'amour poussait à former un couple et y rester, dans le but d'engendrer et d'élever des enfants. Mais, comme tous les arguments de la psychologie évolutionniste, cette explication lui semblait trop simple, trop évidente : s'il ne s'agissait que de cela, pourquoi concevait-on des amours passionnées pour des idées, des choses, des lieux ? Le poète Auden avait finement abordé cette question en observant que, tout enfant, il était tombé amoureux d'une pompe à moteur – « aussi belle que toi », avait-il écrit à quelqu'un. Banal déplacement d'objet, dirait sans doute un sociobiologiste.

Ne moquait-on pas la psychanalyse en remarquant – non sans justesse – que si l'on tenait le tennis pour un substitut du sexe, il se pouvait aussi bien que le sexe soit un substitut du tennis ?

— Amusant, avait dit Cat lorsqu'Isabel lui avait rapporté cette plaisanterie. N'empêche qu'il y a sûrement beaucoup de vrai dans ce que disent les sociobiologistes. Après tout, nos émotions semblent viser à nous préserver. En tant qu'animaux, pour ainsi dire. La lutte pour se nourrir. La peur, la fuite. La haine et l'envie. Tout ça est très physique.

— Mais ne peut-on dire aussi que nos émotions contribuent à nous élever dans nos aptitudes morales ? avait rétorqué Isabel. Elles nous permettent l'empathie. Quand on aime quelqu'un, on perçoit mieux ce que cela veut dire d'être cette personne. Quand nous ressentons de la compassion – une émotion importante, non ? –, cela nous aide à comprendre la souffrance des autres. Nos émotions nous aident à grandir moralement. À développer une imagination morale.

— Peut-être.

Mais Cat avait détourné les yeux pour regarder un bocal d'oignons confits – la conversation avait lieu dans sa boutique –, et son attention avait divagué. Les oignons confits étaient sans rapport avec l'imagination morale, mais Isabel voulait bien admettre qu'ils aient leur importance, à leur façon silencieuse et vinaigrée.

Plus tard, Isabel sortit un moment pour goûter la fraîcheur de la nuit. À l'arrière de la maison, invisible de la route, le grand jardin entouré de murs était plongé dans l'obscurité. Le ciel était clair et plein d'étoiles qu'on ne voyait pas d'habitude en ville, noyées par les lumières des édifices bâtis par l'homme.

Elle traversa la pelouse en direction de la gloriette en bois où un renard avait récemment élu domicile. Elle l'avait surnommé « Frère Renard » et l'apercevait de temps en temps : une fluide créature svelte et rousse qui trottait d'un pas sûr au sommet des murs ou traversait d'un trait la route à la nuit tombée, pour vaquer à ses mystérieuses affaires. Elle était heureuse de sa présence, et lui avait un soir laissé un poulet rôti en cadeau. Mais, au matin, le renard avait changé d'adresse : tout ce qu'elle avait retrouvé deux ou trois jours plus tard, c'étaient quelques os dans une plate-bande, rongés jusqu'à la moelle.

Que souhaitait-elle pour Cat ? La réponse était simple : son bonheur. Si banal que ce souhait puisse paraître, il était sincère. Dans son cas, le bonheur serait de découvrir l'homme qui lui convenait, puisque les hommes semblaient tant compter pour elle. Isabel n'avait rien contre les hommes qui entraient dans la vie de sa nièce, du moins en principe. Sinon, la cause de ses préventions aurait été évidente : la jalousie. Mais non, il ne s'agissait pas de cela. Elle avait conscience de ce qui était important pour Cat et espérait qu'elle trouverait ce qu'elle cherchait, ce qu'elle voulait vraiment. Aux yeux d'Isabel, ce qu'elle voulait – mais sans le savoir encore –, c'était Jamie. Et moi ? se demanda-t-elle tout à coup. Qu'est-ce que je veux vraiment ?

Je veux que John Liamor franchisse la porte et me dise : « Je te demande pardon. Que d'années nous avons perdues ! Je te demande pardon. »

5

Rien de nouveau sur l'accident ne parut dans ce qu'Isabel appelait la presse de caniveau (et elle l'est, insistait-elle : ouvrez donc un de ces torchons, vous verrez), ni dans les journaux plus éthiquement responsables comme le *Scotsman* et le *Herald*. McManus n'avait probablement rien appris de plus. Ou bien s'il avait réuni quelques bribes de détails supplémentaires, sa rédaction avait jugé son papier trop peu étoffé pour le publier. Il y avait une limite au gonflement journalistique d'une simple tragédie, même survenue dans des circonstances peu communes. Sans doute y aurait-il une enquête, comme dans tous les cas de mort subite ou mal expliquée. Isabel en lirait un bref compte rendu quand elle s'achèverait par l'audience réglementaire devant un juge de paix. En général, ces procédures étaient rapides et définitives : elles statuaient sur des affaires d'accidents du travail ou de fusils qu'on ignorait être chargés. Il ne fallait pas longtemps pour dénouer les fils du drame, et le magistrat rendait son jugement en détaillant patiemment l'enchaînement des causes du malheur et les précautions à prendre dans l'avenir. Il arrivait qu'il prononce un avertissement contre les imprudents éventuels, mais ses commentaires s'arrêtaient là. Ensuite, le tribunal passait au décès suivant et les proches de la victime ressortaient dans la rue, triste petite troupe pleine de regrets. Dans le cas du jeune Mark, le juge, selon toute vraisemblance, conclurait à un accident. Comme celui-ci s'était produit dans un lieu public, peut-être ajouterait-il quelques remarques sur la sécurité dans les salles de spectacle et conseillerait-il de placer plus haut le rail de protection. Mais d'ici là, des mois auraient passé, et Isabel espérait qu'entretemps, elle aurait fini par oublier.

Elle aurait pu en discuter de nouveau avec Grace, mais son employée de maison avait d'autres soucis en tête. Une de ses amies traversait des moments pénibles, et Grace lui apportait son soutien moral. Il s'agissait d'inconduite masculine, expliqua-t-elle : le mari de la dame subissait les premières attaques du démon de midi, et la pauvre n'en pouvait plus de ses folies.

— Il s'est acheté toute une nouvelle garde-robe ! dit-elle en levant les yeux au ciel.

— Il a peut-être envie de changer d'apparence, voilà tout, hasarda Isabel. Ça m'est arrivé aussi.

Mais Grace secoua la tête.

— Maintenant il s'habille comme un gamin de dix-huit ans ! Des jeans moulants, des sweaters bariolés de grosses lettres... Il se promène dans les rues avec un casque sur les oreilles et il écoute du rock. Sans compter que depuis quelque temps, eh bien, il s'est mis à sortir en boîte !

— Il sort en boîte ? C'est mauvais signe, admit Isabel, mi-figue, mi-raisin. Quel âge a-t-il ?

— Quarante-sept, quarante-huit ans. Un âge très dangereux pour un homme. Tout le monde sait ça.

Isabel réfléchit un moment. Que pouvait-on faire en pareil cas ? Grace avait une réponse :

— Je lui ai ri au nez, dit-elle. L'autre jour, je suis allée chez eux, j'ai éclaté de rire et je lui ai dit qu'il était complètement ridicule dans son déguisement de collégien boutonneux.

Isabel n'eut aucun mal à se représenter la scène.

— Et alors ?

— Alors il m'a priée de m'occuper de mes affaires ! répondit Grace, indignée. Il m'a dit que si j'avais passé l'âge, lui non. Je lui ai demandé : l'âge de quoi ? Il n'a rien répondu.

— Ce devait être assez pénible, compatit Isabel.

— Pauvre Maggie ! poursuivit Grace. Il sort en boîte et ne lui propose jamais de l'accompagner. Remarquez, elle n'accepterait pas. Du coup, elle reste assise chez elle, à se demander ce qu'il peut bien fabriquer. Mais je ne peux pas faire grand-chose. Tout de même, j'ai donné un livre à son mari.

— Quel genre de livre ?

— Oh, un vieux bouquin corné que j'ai trouvé chez un libraire d'occasion, sur les docks. *La Crise d'adolescence et comment en sortir*. Il n'a pas trouvé ça drôle.

Isabel éclata de rire. Grace n'y allait pas par quatre chemins, ce qui, imaginait-elle, était une conséquence de ses jeunes années passées dans un petit pavillon du quartier pauvre de Cowgate, un foyer où l'on n'avait guère de temps pour autre chose que travailler et où chacun disait ce qu'il avait sur le cœur. Isabel avait conscience d'avoir vécu une jeunesse très éloignée de celle de Grace. Elle avait joui de tous les privilèges possibles, bénéficié de toutes les chances en matière de scolarité, alors que Grace avait dû s'accommoder de ce que lui offrait une école quelconque et surpeuplée. Il semblait parfois à Isabel que son éducation lui avait appris le doute, l'incertitude, alors que celle de Grace l'avait confortée dans les valeurs traditionnelles d'Édimbourg. Ce qui avait conduit Isabel à se poser cette question : qui, des personnes lucides et en proie au doute ou bien des gens sûrs d'eux-mêmes et de leurs convictions au point de ne jamais se remettre en question, était le plus heureux ? Elle avait conclu que rien de tout cela n'avait de rapport avec le bonheur, qui vous tombait dessus comme une averse en plein ciel bleu et dont l'exercice se déterminait aussi en fonction de la personnalité de chacun.

— Mon amie Maggie considère qu'on ne peut pas vivre heureuse sans homme, reprit Grace. Et c'est bien ce qui l'angoisse, quand elle voit son Bill dans ses accoutrements de gamin. S'il la plaque pour une plus jeune, il ne lui restera plus rien. Rien de rien.

— À vous de lui faire comprendre qu'on peut très bien se passer d'homme, observa Isabel.

Elle avait dit ces mots sans réfléchir, mais il lui apparut soudain que Grace pourrait mal les interpréter, comme si elle sous-entendait que son employée était une irrécupérable vieille fille à laquelle aucun homme ne pourrait s'intéresser.

— Ce que j'entendais par là, corrigea-t-elle, c'est que *les femmes* peuvent se...

— Ne vous inquiétez pas, coupa Grace. J'avais bien compris.

Isabel lui jeta un bref coup d'œil, puis continua :

— Je suis mal placée pour parler des hommes, de toute façon. En ce domaine, on ne peut pas dire que j'aie brillamment réussi.

Mais pourquoi ? se demanda-t-elle. Pourquoi n'avait-elle pas réussi ? Un mauvais choix, au mauvais moment, ou bien les deux à la fois ?

Grace la regarda d'un air interrogateur.

— Qu'est-ce qu'il est devenu, cet homme avec qui vous viviez ? Votre Irlandais, John je ne sais quoi... Vous ne me l'avez jamais raconté.

— Il me trompait, répondit Isabel simplement. Durant tout le temps que nous avons passé à Cambridge, il m'a trompée. Et puis, quand nous sommes partis pour les États-Unis et que j'ai commencé mon stage à l'université Cornell, il m'a tout à coup annoncé qu'il allait s'installer en Californie avec une autre femme, une jeune fille plutôt. Et voilà. Vingt-quatre heures plus tard, il était parti.

— Comme ça, du jour au lendemain ?

— Comme ça, du jour au lendemain. L'Amérique lui était montée à la tête. Il prétendait qu'il s'y sentait libéré. On m'a dit que des gens normalement très réfléchis peuvent complètement perdre le nord là-bas, uniquement parce qu'ils se sentent libres des freins qui les retenaient chez eux – peu importe lesquels. Il était ainsi. Il buvait plus, il multipliait les aventures, donnait libre cours à ses coups de tête.

Grace assimila ces confidences. Puis demanda :

— Il est toujours là-bas, je suppose ? Isabel haussa les épaules.

— Je pense que oui. Mais sûrement avec quelqu'un d'autre, depuis le temps. Je ne sais pas.

— Mais vous aimeriez le savoir ?

La réponse était oui, évidemment. En dépit de toute raison et de toutes ses convictions, elle l'absoudrait s'il revenait vers elle et lui demandait pardon – ce qu'il ne ferait jamais, bien sûr. Ainsi était-elle à l'abri de cette faiblesse, puisque plus jamais elle ne serait envoûtée par John Liamor, plus jamais elle ne courrait cet étrange et profond danger.

Elle n'était plus très loin d'oublier l'accident de l'Usher Hall quand, deux semaines plus tard, une galerie l'invita à un vernissage. Isabel achetait des tableaux, ce qui attirait vers sa boîte aux lettres un flux régulier d'invitations de marchands d'art. D'ordinaire elle évitait les vernissages, ces bousculades bruyantes et prétentieuses ; mais quand elle savait que les toiles en vente seraient âprement convoitées, elle faisait parfois une exception – elle arrivait alors de bonne heure pour contempler les œuvres tranquillement, avant que des pastilles rouges apparaissent sous les étiquettes. Elle avait pris cette habitude après une rétrospective Cowie où, arrivée en retard, elle avait découvert que les rares tableaux à vendre étaient partis dès le premier quart d'heure. Elle aimait Cowie et ses toiles au charme étrange : hommes et femmes enveloppés d'une quiétude désuète, pièces silencieuses où brodaient ou dessinaient des demoiselles au visage triste, chemins de campagne écossaise, étroits sentiers qui semblaient ne mener nulle part, sinon vers un silence plus profond encore, pans de tissu dans des coins d'atelier... De Cowie, elle possédait deux petites huiles et en aurait volontiers acheté une troisième; mais elle était arrivée trop tard et avait retenu la leçon.

Ce soir-là, c'étaient des œuvres d'Elizabeth Blackadder qu'exposait la galerie. D'emblée, une grande aquarelle l'avait tentée, mais elle avait voulu regarder les autres tableaux avant de se décider. Elle n'avait rien vu qui la séduise, et quand elle rebroussa chemin, une pastille rouge avait été collée sous l'aquarelle. Un jeune homme proche de la trentaine, en strict costume rayé, se tenait devant, un verre à la main. Elle jeta un coup d'œil au tableau, plus désirable encore à présent qu'il était vendu, puis regarda son acquéreur en s'efforçant de cacher sa mauvaise humeur.

— C'est merveilleux, n'est-ce pas ? Elle me fait toujours penser à un peintre chinois, dit-il. Cette délicatesse. Ces fleurs...

— J'aime ses chats aussi, dit Isabel, plutôt maussade. Elle peint beaucoup de chats.

— Oui. Des chats dans des jardins. C'est très apaisant. Assez loin du réalisme social.

— Les chats sont réels, objecta Isabel. Pour les chats, les tableaux d'Elizabeth Blackadder doivent ressortir du réalisme social.

De nouveau, elle regarda l'aquarelle.

— Vous venez de l'acheter ?

Le jeune homme fit oui de la tête.

— Pour ma compagne. Un cadeau de fiançailles.

Il avait dit ces mots avec fierté – la fierté d'être fiancé, non d'avoir acheté le tableau –, et Isabel se radoucit enfin.

— Elle sera enchantée, dit-elle. Moi aussi, je pensais l'acheter, mais je suis contente qu'il vous revienne.

L'expression du jeune homme se teinta d'inquiétude.

— Je suis vraiment désolé. On m'a dit qu'il n'était pas vendu. Rien n'indiquait...

Isabel le rassura d'un geste.

— Bien sûr que rien ne l'indiquait. Premier arrivé, premier servi. Vous m'avez prise de vitesse. Les vernissages, c'est la loi de la jungle !

— Il y en a d'autres, hasarda-t-il en montrant le mur derrière eux. Je suis sûr que vous trouverez tout aussi bien. Mieux, peut-être.

— Sûrement, dit Isabel avec un sourire. De toute façon, mes murs sont déjà si encombrés que j'aurais été obligée de décrocher une toile ou deux. Je n'ai aucun besoin d'un tableau de plus.

Sa remarque le fit rire. Puis, remarquant son verre vide, il lui proposa d'aller lui en chercher un autre, ce qu'elle accepta. En revenant, il se présenta : il se nommait Paul Hogg et habitait à deux pas, dans Great King Street. Il l'avait déjà croisée à un autre vernissage, il en était sûr, mais Édimbourg était un village – n'est-ce pas ? – et l'on ne cessait d'y rencontrer des gens qu'on avait déjà vus ailleurs. N'était-ce pas l'avis d'Isabel ? Oui, tout à fait. Évidemment, cela n'allait pas sans inconvénients. Si, par exemple, on désirait mener une double vie ? Ne serait-ce pas difficile à Édimbourg, et faudrait-il se transporter dans une ville plus grande comme Glasgow ?

De l'avis de Paul, non. Il connaissait, confia-t-il, plusieurs personnes qui menaient une vie secrète et semblaient y parvenir sans encombre.

— Mais comment êtes-vous au courant de leur vie secrète ? s'enquit Isabel. Ils vous en ont parlé ?

Paul réfléchit quelques instants.

— Non. S'ils m'en avaient parlé, ce ne seraient plus des vies secrètes.

— Alors c'est vous qui l'avez découvert ? Ce qui tendrait à prouver que j'avais raison, non ?

Il fut obligé d'en convenir, et il rit avec elle.

— Remarquez, je n'arrive pas à imaginer ce que je ferais dans une vie secrète, si j'en avais une, ajouta-t-il. Qu'est-ce qui scandalise encore, de nos jours ? Les liaisons extra-maritales ne font plus froncer les sourcils à personne. Et les assassins publient des livres.

— C'est vrai, dit Isabel. Seulement, que valent-ils, ces livres ? Ont-ils vraiment quelque chose à nous apprendre ? Il faut être très immature, ou idiot, pour se laisser impressionner par la malfaisance.

Elle resta silencieuse un moment. Puis :

— Il doit tout de même rester certaines choses dont les gens ont honte et qu'ils préfèrent faire en cachette.

— Prenez les adolescents, dit Paul. Je connais quelqu'un dont c'est la passion. Oh, rien d'illégal, seize ou dix-sept ans. Mais à cet âge, ce sont encore des adolescents.

Isabel regarda l'aquarelle et ses fleurs. On était loin du monde d'Elizabeth Blackadder, tout d'un coup.

— Les adolescents, répéta-t-elle. Oui. Certaines personnes doivent les trouver… Comment dire ? Plus intéressants. Et préfèrent cacher une telle inclination. Pas Catulle, par exemple ! Il en a fait de nombreux poèmes. Et sans la moindre gêne, apparemment. Mais, dans la littérature antique, l'amour des éphèbes est un genre en soi, n'est-ce pas ?

— La personne dont je vous parle les débusque à Carlton Hill, je crois, dit Paul, à l'évidence peu soucieux de Catulle. Il s'y rend seul en voiture et en revient avec un garçon. Dans le plus grand secret, bien sûr.

Isabel haussa un sourcil.

— Ah ? Ma foi, ce sont des choses qui existent…

Ainsi, une vie se déroulait d'un côté d'Édimbourg dont l'autre côté ignorait à peu près tout. Bien sûr, ne disait-on pas qu'Édimbourg était bâtie sur l'hypocrisie ? Elle avait été la ville de Hume et des Lumières écossaises, certes, mais ensuite qu'était-il advenu ? Au XIXe siècle avait prospéré un calvinisme étriqué et les Lumières s'en étaient allées briller ailleurs : à Paris, à Berlin, aux États-Unis même, à Harvard et autres lieux de savoir, où tout était désormais possible. Et Édimbourg était devenue synonyme de bienséance et de conformisme immuable. Mais la bienséance exigeait beaucoup d'efforts ; aussi, rien d'étonnant s'il existait des bars, des clubs, que des gens fréquentaient pour s'y conduire comme ils en avaient vraiment le désir, sans oser le faire ouvertement. C'était à Édimbourg que l'histoire de Jekyll et Hyde avait été inventée, et elle y prenait tout son sens.

— Mais ne vous méprenez pas : personnellement, je n'ai pas de vie cachée, continua Paul. Je suis même affreusement conventionnel. Gestionnaire de fonds, vous imaginez ? Pas très exaltant. Et ma fiancée travaille dans une banque d'affaires de Charlotte Square. Vous voyez, nous ne sommes pas vraiment… Comment dire ?

— Bohèmes ? suggéra Isabel en riant.

— Exactement. Nous sommes plutôt…

— Elizabeth Blackadder ? Fleurs et chats ? »

Leur conversation se poursuivit. Au bout d'un quart d'heure environ, Paul posa son verre sur l'appui d'une fenêtre.

— Si nous marchions jusqu'au Vincent Bar ? proposa-t-il. J'ai rendez-vous avec Minty à 21 heures et je n'ai pas le courage de repasser par chez moi. Nous pourrions boire quelque chose et continuer à bavarder. Si ça vous fait plaisir, bien sûr. Vous avez peut-être mieux à faire.

Isabel accepta volontiers. La galerie s'était remplie et il commençait d'y faire chaud, sans compter le bruit des conversations, si fort à présent que les gens criaient pour se faire entendre. Si elle restait, elle aurait mal à la gorge. Elle prit son manteau, salua les galeristes, puis Paul et elle marchèrent côte à côte jusqu'au petit bar au bout de la rue. L'endroit était tranquille et ils choisirent une table près de la porte, pour avoir de l'air frais.

— Je ne vais presque jamais dans les pubs, dit Paul. Mais j'aime bien les bars comme celui-ci.

— Je ne me rappelle pas quand je suis entrée dans un pub pour la dernière fois, dit Isabel. Dans une vie antérieure peut-être.

Pourtant elle se souvenait parfaitement des longues soirées dans les pubs avec John Liamor, et c'était un souvenir pénible.

— Dans une vie antérieure, j'étais sûrement gestionnaire de fonds. Et je suppose que je le serai encore dans mes vies futures.

Isabel se mit à rire.

— Votre travail doit avoir ses bons moments. Vous observez les marchés, vous guettez ce qui va se passer. Non ?

— Oui, il y a parfois de bons moments, admit Paul. Il faut lire beaucoup. Rester assis à un bureau, se plonger dans la presse financière et les bilans d'entreprise. Je suis une sorte d'espion. Ou d'agent de renseignement.

— Et vos collègues ? Vous aimez travailler avec eux ?

Paul ne répondit pas tout de suite. Prenant son verre, il but une longue gorgée de bière. Puis il répondit en baissant les yeux vers la table :

— Dans l'ensemble, oui. Dans l'ensemble.

— Ce qui veut dire non, observa Isabel.

— Pas exactement. C'est seulement que… Voilà, pour tout vous dire, j'ai perdu un de mes collaborateurs tout récemment. En principe, je travaille avec deux assistants, et c'était l'un des deux.

— Une autre boîte l'a débauché ? On me dit que les chasseurs de têtes sont déchaînés depuis quelques années. C'est ce qui se passe, non ? »

Paul secoua la tête.

— Il est mort, murmura-t-il. Un accident mortel. Une chute.

Ç'aurait pu être un accident de montagne, comme il en arrivait presque chaque semaine dans les Highlands. Mais ce n'était pas cela, Isabel le savait.

— Je crois savoir qui c'était. Est-ce qu'il n'est pas tombé à…

— L'Usher Hall, confirma Paul. Oui, c'était lui. Mark Fraser. (Il s'interrompit.) Vous le connaissiez ?

— Non. Mais j'ai assisté à l'accident. J'étais au premier balcon avec une amie, et tout à coup il est tombé sous nos yeux, comme un… comme un…

Elle s'interrompit et toucha doucement le bras de Paul, qui serrait son verre dans sa main et gardait les yeux baissés, horrifié par ses paroles.

6

C'était toujours la même chose lorsqu'on se trouvait environné de fumeurs. Isabel se rappelait avoir lu que les vêtements d'un non-fumeur étaient couverts d'ions négatifs, alors que la fumée du tabac regorgeait d'ions positifs : de sorte que s'il y avait de la fumée dans l'air, celle-ci, inéluctablement, était attirée par ceux-là, et les vêtements empestaient. Voilà pourquoi, lorsqu'elle souleva le chemisier qu'elle portait la veille au soir et qu'elle avait laissé sur le dossier d'une chaise, elle fut assaillie par l'odeur âcre du tabac froid. Les fumeurs et leurs méchants ions étaient nombreux au Vincent Bar, comme dans tous les bars, et, bien que Paul et elle fussent restés près de la porte, ils avaient laissé leur marque.

Elle secoua vigoureusement son chemisier devant la fenêtre ouverte avant de le suspendre dans l'armoire. Cela fait, elle retourna vers la fenêtre pour contempler le jardin, les beaux arbres derrière le mur, le grand sycomore et les bouleaux jumeaux, toujours prêts à se balancer dans le vent.

Paul Hogg. C'était un nom assez répandu dans les Borders, qui lui rappela aussitôt James Hogg, le berger poète, surnommé « le pâtre d'Ettrick », du nom de sa vallée natale. C'était sûrement le plus distingué des Hogg, bien que d'autres aient marqué leur époque, même des Hogg anglais, et qu'il fallût compter avec Quintin Hogg, un lord-chancelier (au faciès, d'ailleurs, vaguement porcin ; mais il était peu charitable de se moquer des Hogg[1]), sans oublier son fils Douglas. Et ainsi de suite. Les îles Britanniques fourmillaient de Hogg. Ils n'étaient pas restés longtemps dans le bar. À l'évidence, Paul avait été très ému par l'évocation de Mark Fraser, et bien que la conversation ait bientôt pris un autre cours, une ombre était tombée sur la soirée. Peu avant de prendre congé, toutefois, le jeune homme était revenu brièvement sur le sujet, en quelques phrases qui avaient mis Isabel en alerte : « C'est presque impossible qu'il soit tombé tout seul. Il avait un grand sens de l'équilibre. C'était un féru d'escalade. Je l'ai accompagné à Buchaille Etive Mhor, et je l'ai vu grimper tout en haut sans une hésitation. Il savait d'instinct où poser les pieds. »

Elle l'avait interrompu. Que voulait-il dire ? S'il n'était pas tombé, avait-il sauté volontairement ? Mais Paul avait secoué la tête.

— Non, je n'y crois pas non plus. Les gens qu'on fréquente réservent souvent des surprises, mais je ne vois pas pourquoi il aurait fait ça. Le jour

1. *Hog* : « cochon » en anglais *(NdT)*.

de sa mort, j'avais passé une grande partie de l'après-midi avec lui, et il était tout sauf déprimé. Au contraire ! Mark avait attiré notre attention sur une société dans laquelle nous avions ensuite beaucoup investi, et cette boîte venait de publier des résultats prévisionnels spectaculaires. Au point que le patron lui avait fait passer un mémo pour le féliciter de sa perspicacité. Et Mark était ravi, tout souriant. Comme un chat devant un bol de crème ! Pourquoi se serait-il suicidé ?

De nouveau Paul avait secoué la tête, puis changé de sujet, la laissant à sa perplexité. Et, ce matin, elle était toujours aussi perplexe en descendant prendre son petit déjeuner. Grace était arrivée de bonne heure et lui préparait son œuf dur. Elles commentèrent un article du *Scotsman*, critique sévère d'un ministre qui, lors de la dernière séance de questions au gouvernement, avait de toute évidence caché aux parlementaires certaines vérités embarrassantes. Grace n'en était nullement surprise, elle le tenait pour un menteur depuis le jour où elle était tombée sur sa photographie dans la presse, et voyait maintenant son intuition confirmée. Elle se tourna vers Isabel et, d'un air de défi, s'empressa de le lui faire observer, mais celle-ci se borna à hocher la tête.

— Oui, tout ça est une honte, reconnut celle-ci. Je ne me rappelle pas au juste quand l'habitude s'est installée de mentir dans la vie publique.

Grace s'en souvenait.

— C'est Nixon qui a commencé. On n'avait jamais vu un menteur pareil ! Ensuite, c'est venu de ce côté-ci de l'Atlantique. Et voilà, tous les politiques mentent. C'est devenu la règle.

Isabel en convenait : les gens de pouvoir avaient apparemment perdu leur boussole morale, et cette affaire n'en était qu'un exemple parmi beaucoup d'autres. Grace, bien sûr, ne mentait jamais : que le sujet soit grave ou anodin, elle était d'une honnêteté sans faille, et Isabel, implicitement, lui faisait une totale confiance. Mais Grace ne faisait pas de politique et en eût été bien incapable, car il fallait sans doute mentir dès la sélection pour la moindre candidature.

Cela dit, tous les mensonges n'étaient pas répréhensibles, et Kant, en ce domaine comme en d'autres, s'était trompé. Parmi ses préceptes les plus absurdes, il y avait le devoir d'absolue véracité, fût-ce envers un assassin à la recherche de sa victime. Si l'assassin frappait à votre porte et demandait : « Est-ce qu'Untel est là ? », Kant exigeait qu'on dise la vérité, fût-ce au prix de la mort d'un innocent. Quelle aberration ! Isabel se rappelait mot pour mot le passage qui l'avait choquée : *Dans les déclarations qu'on ne peut éviter, la véracité est le devoir impératif de tout individu à l'égard de tout autre quels que soient les désavantages qu'elle peut entraîner pour lui ou pour autrui.* Rien d'étonnant si Benjamin Constant s'était scandalisé d'une telle assertion, même si Kant s'était défendu – de manière bien peu convaincante – en soulignant que rien n'excluait a priori l'arrestation de l'assassin avant que la réponse véridique ne lui permette de perpétrer son crime.

Le seul principe sensé était que le mensonge ne trouvait en général aucune justification, sauf en quelques cas exceptionnels et soigneusement définis comme tels. À côté des mensonges blâmables, il existait donc des mensonges dictés par la bienveillance, par exemple afin d'éviter de blesser inutilement la susceptibilité d'autrui. Un ami très fier d'une acquisition nouvelle – et de mauvais goût – pouvait, s'il vous demandait votre avis, être blessé d'une réponse honnête et privé du plaisir de posséder l'objet en question. Voilà pourquoi on prenait le parti de mentir et de faire l'éloge du mensonge, certainement avec raison. Avec raison, vraiment ? Les choses étaient peut-être moins simples. Si l'on s'accoutumait à mentir en pareil cas, la frontière entre le vrai et le faux risquait de se brouiller peu à peu…

Isabel se promit d'explorer ce sujet en détail et d'écrire bientôt un papier argumenté, qu'elle intitulerait peut-être « Éloge de l'hypocrisie ». Les premiers mots lui vinrent aussitôt :

« Taxer une personne d'hypocrisie revient en général à lui imputer une faiblesse morale. Mais l'hypocrisie est-elle forcément mauvaise ? Certains hypocrites méritent une plus grande considération… »

Le problème, du reste, comportait d'autres aspects. L'hypocrisie ne se limitait pas au mensonge, elle consistait aussi à préconiser telle conduite alors qu'on agissait en contradiction avec elle. Ces incohérences se voyaient d'ordinaire condamnées sans appel. Mais, là encore, ne péchait-on pas par simplisme ? Pour un alcoolique, serait-il hypocrite de recommander la tempérance, ou pour un glouton la frugalité ? Sans doute celui qui recevait de tels conseils pouvait-il accuser le conseilleur d'hypocrisie, mais seulement si celui-ci niait boire ou manger plus que de raison. S'il se bornait à ne pas révéler ses travers, il était peut-être hypocrite, mais cette hypocrisie n'était pas nécessairement dommageable. Elle ne causait de tort à personne et pouvait s'avérer bénéfique (à condition de rester ignorée). Un tel sujet serait parfait pour son club de philosophie dominical, et peut-être essaierait-elle d'en réunir les membres pour en discuter. À la perspective d'un débat sur l'hypocrisie, qui pouvait résister ? Les membres du club, hélas.

Elle s'assit devant son œuf dur avec le *Scotsman* et une autre tasse de café tout chaud, tandis que Grace allait s'occuper de la lessive. Rien d'autre ne retint son attention dans le journal – et surtout pas le compte rendu des récentes séances au Parlement d'Écosse –, et elle passa sans plus attendre aux mots croisés. 4 horizontalement : « Conquit de vastes terres, mais finit en poisson ». « Tamerlan », bien sûr. Une définition usée jusqu'à la corde. Il y avait même un jeu de mots sur Tamerlan dans le dernier vers d'un poème de son cher Wystan Hugh Auden ou « WHA », comme elle l'appelait. Lui aussi aimait les mots croisés et se faisait livrer le *Times* à Kirchstetten pour le plaisir de plancher sur ses grilles. Dans cette bourgade autrichienne où il avait choisi de vivre, parmi son légendaire fouillis de manuscrits, de livres et de cendriers débordants, il s'échinait chaque jour sur les mots croisés du *Times*, un exemplaire fatigué de l'*Oxford English Dictionary* ouvert sur une chaise à côté de lui. Comme elle aurait aimé le rencontrer, lui parler, ne fût-ce que pour le remercier pour tout ce qu'il avait écrit (hormis ses deux derniers livres) ! Mais le grand homme l'aurait sans doute éconduite, voyant en elle une admiratrice bas-bleu comme il en avait des cohortes. 6 verticalement : « Dans leur ordre syrien, ils fulminaient, dit-on, de trop fumer ». « Assassins », évidemment. (Mais c'était une coïncidence...)

Elle finit de remplir la grille sans quitter le petit salon, laissant son deuxième café refroidir. Pour une raison qu'elle n'arrivait pas à s'expliquer, elle se sentait mal à l'aise, presque nauséeuse, et elle se demanda si elle n'avait pas trop bu la veille au soir.

Mais, à la réflexion, non : deux petits verres de vin à la galerie et un autre, à peine plus grand, au Vincent Bar. Trop peu pour expliquer ce mal au cœur et ce début de migraine. Non, son malaise n'était pas physique : elle se sentait perturbée. Elle s'était crue remise du choc éprouvé à l'Usher Hall, mais de toute évidence elle ne l'était pas vraiment ; si bien qu'il continuait d'avoir des répercussions psychosomatiques. Posant son journal, Isabel leva les yeux au plafond et se demanda si c'était ce qu'on appelait syndrome de dépression post-traumatique. Les soldats de la Grande Guerre avaient connu ce genre d'état, à un degré bien plus intense. Mais, en ce temps-là, on parlait seulement de commotion et on les envoyait au peloton d'exécution pour abandon de poste devant l'ennemi…

Elle pensa à la journée qui l'attendait. La matinée serait laborieuse : elle avait au moins trois articles à lire avant de les envoyer sans tarder à d'autres réviseurs de la *Revue d'éthique appliquée*. Sans compter l'index du prochain numéro – tâche laborieuse, qu'elle n'avait que trop remise aussi. Mais il faudrait l'expédier avant la fin de la semaine pour que le directeur général l'approuve, et mieux valait donc s'y mettre au plus vite. Isabel consulta sa montre : bientôt 9 heures et demie. Trois bonnes heures de travail devraient avoir raison d'une partie de l'index, à tout le moins. Vers midi et demi ou 13 heures, elle pourrait déjeuner avec Cat, si elle était libre. Cette pensée la ragaillardit : quelques heures de travail assidu suivies d'un moment de détente avec sa nièce, voilà ce qu'il lui fallait pour la tirer de son abattement momentané, le remède rêvé à la dépression post-traumatique.

Cat ne serait pas libre avant une 13 h 30, car Eddie avait demandé à déjeuner tôt. Elles se retrouveraient au petit café-restaurant en face de l'épicerie. Cat préférait laisser les tables de sa boutique à la disposition des clients. Elle savait de surcroît qu'Eddie écoutait ses conversations dès qu'il en avait l'occasion, et cela l'agaçait.

Isabel travailla rapidement et, à sa surprise, en eut terminé avec l'index peu avant 12 h 15. Elle l'imprima et le glissa dans une grande enveloppe pour le poster en marchant vers Bruntsfield. Être débarrassée de cette corvée avait grandement égayé son humeur, sans pour autant lui faire oublier sa conversation avec Paul Hogg. Ce qu'il lui avait dit continuait de la préoccuper, et elle les imaginait tous les deux, Mark et Paul, escaladant Buchaille Etive Mhor, encordés peut-être. Le soleil éclairait le visage de Mark, puis il baissait un peu la tête vers son ami... Sa photographie dans les journaux l'avait vraiment montré dans toute sa beauté, ce qui semblait rendre sa mort encore plus désolante. C'était injuste, bien sûr : de toute évidence, la mort d'un beau jeune homme n'était en rien plus triste que celle d'une personne moins gâtée par la nature. Mais, dans ce cas, pourquoi la mort d'un Rupert Brooke ou d'un Byron apparaissait-elle plus tragique que celle d'autres poètes prématurément disparus ? Peut-être parce que la beauté inspire plus de compassion, ou encore que la victoire temporaire de la Mort semble plus grande quand elle l'anéantit. « Personne, raille la Mort en souriant, n'est trop beau pour que je ne l'emporte... »

Les clients du café-restaurant n'étaient plus très nombreux quand elle arriva : seules deux tables dans le fond étaient occupées, la première par un groupe de dames d'âge mûr qui avaient posé par terre les sacs contenant leurs courses, la seconde par quatre étudiants dont l'un racontait quelque chose aux autres. En attendant Cat, Isabel s'assit et consulta le menu. Les dames mangeaient presque en silence, tant leurs plats de tagliatelle donnaient de longs fils à tordre et retordre à leurs fourchettes maladroites. Mais les étudiants, d'humeur loquace, parlaient trop fort pour qu'Isabel pût éviter d'entendre une partie de leurs propos, surtout lorsque l'un d'eux – un grand frisé en chandail rouge – éleva le ton encore davantage :

— … alors elle m'a dit que si je refusais de l'accompagner en Grèce, elle ne me louerait plus ma chambre. Et, comme vous savez, je ne trouverai nulle part un loyer aussi bas. Qu'est-ce que je pouvais faire, à votre avis ? Qu'auriez-vous décidé à ma place ?

Le silence s'installa quelques instants. Puis la fille blonde en face de lui répondit quelque chose qu'Isabel ne distingua pas, et tous les quatre éclatèrent de rire. Isabel leva les yeux, puis se replongea dans le menu. La suite lui révéla que le frisé habitait une chambre dans l'appartement de cette « elle » anonyme.

« Elle », donc, avait exigé sa compagnie lors d'un récent voyage en Grèce. Et recouru à tous les arguments pour le convaincre d'accepter. Mais, à être obligé de partir contraint et forcé, objecta quelqu'un, on risque de faire un mauvais compagnon de voyage !

— C'est exactement ce que je lui ai dit…

Isabel n'entendit pas la fin de la phrase.

— … que je partirais, mais à condition qu'elle me laisse tranquille. Et je ne me suis pas gêné pour lui dire que je savais très bien ce qu'elle avait derrière la tête…

— Vaniteux ! se moqua la blonde.

— Oh, non ! dit un autre jeune homme. Tu ne la connais pas, mais c'est une vraie mangeuse d'hommes. Demande à Tom. Il pourra te le confirmer !

Alors, était-il parti pour la Grèce, oui ou non ? En dépit des convenances, Isabel mourait d'envie de le lui demander. Ce jeune type ne valait pas mieux que sa propriétaire. D'ailleurs tous les quatre étaient désagréables, à échanger ragots et sarcasmes avec cette complaisance satisfaite. Des propositions érotiques dont on était l'objet, on ne devrait jamais rien dévoiler, estimait-elle. Les accepter ou les refuser, mais se taire. Ces jeunes gens, hélas, n'avaient pas la délicatesse de le comprendre.

Une fois de plus, elle baissa les yeux sur le menu, soucieuse de ne pas interrompre leur conversation. Par chance, Cat arriva à ce moment et elle posa la carte pour lui consacrer son attention.

— Excuse-moi, je suis en retard, dit Cat, hors d'haleine. Nous avons essuyé une petite crise. Des gens nous ont rapporté du saumon périmé depuis plus d'une semaine. Ils ont dit qu'ils l'avaient acheté chez nous, et c'était probablement vrai. Je ne sais pas comment c'est arrivé. Ensuite, ils ont parlé d'alerter les services d'hygiène, et tu sais ce que ça veut dire. Des histoires à n'en plus finir !

Isabel se montra compatissante, sachant que jamais Cat ne prendrait sciemment ce genre de risques.

— Ça s'est arrangé ?

— Oui, grâce au cadeau d'une bouteille de champagne ! Et à mes plus plates excuses.

Cat jeta un coup d'œil au menu, mais elle n'avait jamais très faim à l'heure du déjeuner ; comme de coutume, elle se contenterait d'une salade légère. Sans doute, supposait Isabel, parce qu'elle s'occupait de nourriture toute la journée.

Elles échangèrent quelques bribes de nouvelles. Toby était en voyage avec son père, pour rendre visite à des viticulteurs, mais il avait téléphoné la veille au soir de Bordeaux. Il serait de retour dans quelques jours et emmènerait Cat passer le week-end dans la campagne du Perthshire, où il avait des amis. Isabel écouta poliment, mais sans enthousiasme. Que feraient-ils de leur week-end dans le Perthshire ? La question était-elle naïve ? Il était difficile de se reporter vingt ans en arrière.

Cat la regardait attentivement.

— J'aimerais que tu lui donnes une chance, dit-elle doucement. C'est un type bien. Je t'assure.

— Je n'en doute pas, se hâta de répondre Isabel. Je n'ai rien contre Toby.

Cat sourit.

— Tu n'es pas du tout convaincante quand tu mens, plaisanta-t-elle. On voit bien qu'il ne te plaît pas. Tu ne peux pas t'empêcher de le montrer.

Isabel se sentit prise au piège et pensa : Je fais une piètre hypocrite. À la table des étudiants, le silence s'était installé. Consciente qu'ils écoutaient leur conversation, elle les regarda et remarqua qu'un des garçons avait une petite épingle dans l'oreille. Les porteurs de piercings cherchent les ennuis, prétendait Grace. « Pourquoi ? avait demandé Isabel. Est-ce qu'on n'avait pas toujours porté des boucles d'oreilles, sans aucun dommage ? » Mais, selon Grace, les piercings en métal attiraient la foudre. Elle avait lu l'histoire d'un homme qui en portait un peu partout et qui était mort un jour d'orage, foudroyé en pleine rue, alors que ses voisins – sans piercings – s'en étaient sortis indemnes.

Les jeunes gens échangèrent des regards et Isabel détourna la tête.

— Ce n'est pas le lieu pour discuter de cela, Cat, murmura-t-elle.

— Peut-être. Mais ton antipathie me chagrine. Je voudrais seulement que tu fasses un effort, pour dépasser ta première réaction.

— Ma première réaction n'était pas si négative, protesta Isabel, toujours à voix basse. Il ne m'a pas inspiré de sentiments très chaleureux, c'est vrai. Parce qu'il n'est pas vraiment mon genre. Mais c'est tout.

— Pas ton genre ? Et pourquoi ? Qu'est-ce que tu lui reproches ?

Cat, sur la défensive, avait élevé le ton.

De nouveau Isabel jeta un coup d'œil en direction des étudiants, qui souriaient à présent. Bien fait pour elle s'ils écoutaient. Est-ce qu'elle n'avait pas fait la même chose dix minutes plus tôt ?

— Je ne lui reproche rien. Seulement, es-tu sûre qu'il soit... à ta hauteur, intellectuellement parlant ? Ça peut compter beaucoup, tu sais ?

Cat fronça les sourcils, et Isabel se demanda si elle n'était pas allée trop loin.

— Toby n'est ni un sot ni un ignorant ! Rétorqua-t-elle avec indignation. Il est diplômé de St Andrew, si tu veux bien t'en souvenir. Et il a voyagé dans une foule de pays.

St Andrew ! Isabel faillit s'exclamer : « Tu vois ? C'est bien ce que je disais ! » Mais la prudence lui dicta de se taire. À quelques lieues au nord d'Édimbourg, la très ancienne et très chic université St Andrew était renommée pour attirer des jeunes gens de milieux aisés en quête d'un endroit agréable où passer quelques années tout en faisant la fête à la moindre occasion. Aux États-Unis, de tels établissements étaient appelés des « écoles dansantes ». En l'occurrence, c'était une réputation injuste, comme beaucoup de réputations, mais elle contenait tout de même une infime part de vérité. Toby, en tout cas, s'accordait très bien avec cette image de St Andrew. Mais il aurait été cruel de le souligner ; et, de toute façon, Isabel voulait en finir avec ce sujet. Elle n'avait pas eu l'intention de s'enferrer dans une controverse sur Toby, n'estimait pas légitime de se mêler des amours de sa nièce et devait absolument réprimer toute remarque désobligeante. Faute de quoi, leurs rapports à venir risquaient de se compliquer. Du reste, Toby la quitterait bientôt pour une autre et on n'en parlerait plus. À moins – et c'était un sujet de vive inquiétude –, à moins que Toby ne s'intéresse à Cat pour son argent.

Isabel ne pensait guère à l'argent. Elle pouvait se le permettre et avait conscience que c'était un grand privilège. Son frère et elle avaient chacun hérité de leur mère la moitié de ses parts dans la Louisiana & Gulf Land Company, une vraie petite fortune, qui leur épargnait tout souci matériel. Sur ce sujet, Isabel se montrait discrète : elle dépensait assez peu pour elle-même et avec largesse pour autrui, mais ses actes de générosité demeuraient aussi secrets que possible.

Quand Cat avait atteint sa majorité, son père – le frère d'Isabel – avait transféré sur son compte assez d'argent pour acheter un appartement, et plus tard sa boutique. Sage décision, avait estimé Isabel. Mais Cat jouissait d'une aisance très inhabituelle chez les gens de son âge, dont la plupart s'évertuaient à économiser l'acompte pour un premier appartement. La vie à Édimbourg était chère, et beaucoup n'y parvenaient pas.

Toby était certes issu d'un milieu de riches négociants, mais l'argent familial était sans doute investi dans les affaires et il était peu probable que son père lui versât un gros salaire. En général, les jeunes hommes de ce genre connaissaient parfaitement l'importance de l'argent et avaient un talent pour le flairer. De sorte que Toby pouvait fort bien lorgner sur le magot de Cat et la manœuvrer avec assez d'adresse pour mettre le grappin dessus. Mais Isabel ne pouvait exprimer ces craintes ouvertement. Si seulement elle en trouvait la confirmation, elle serait capable de prouver à sa nièce que Toby la fréquentait par intérêt, comme dans un de ces affreux mélodrames bourgeois chers au public du XIXe siècle ! Mais c'était hautement improbable.

Aussi tendit-elle le bras vers Cat, pour la rassurer et changer de sujet.

— Il est très bien, ton Toby, dit-elle. Je ferai un effort, et je suis sûre que je verrai ses bons côtés. C'est ma faute, je suis trop… trop entêtée. Excuse-moi.

Cat sembla convaincue et Isabel lui fit le récit de sa rencontre avec Paul Hogg. Tout à l'heure, en chemin, elle avait décidé quel parti prendre.

— J'ai essayé d'oublier ce que j'ai vu, expliqua-t-elle, mais rien à faire, ça n'a pas marché. J'y pense et j'y repense sans cesse. Et, hier, la conversation avec ce Paul Hogg m'a beaucoup troublée. Quelque chose de bizarre s'est passé à l'Usher Hall ce soir-là. Je ne crois pas que c'était un accident.

Cat la regarda, dubitative.

— J'espère que tu ne te laisseras pas entraîner dans cette affaire, dit-elle. Ça t'est déjà arrivé dans le passé : tu t'es impliquée dans des histoires qui ne te regardaient pas, et tu ferais mieux de ne pas recommencer.

Inutile de sermonner Isabel : elle ne changerait pas, Cat le savait bien. Rien ne l'obligeait à se pencher sur les problèmes d'inconnus, mais ils semblaient l'attirer irrésistiblement. Et chaque fois parce qu'elle s'en faisait un devoir moral. Une telle conception de la vie, qui comportait un nombre sans fin de devoirs moraux potentiels, signifiait que toute personne en proie à des ennuis pouvait sonner à la porte d'Isabel et voir son problème pris en charge au nom de l'impératif d'aider son prochain – ou de ce qu'elle entendait par là –, auquel il lui incombait d'obéir.

Elles avaient souvent discuté de l'incapacité d'Isabel à dire non, qui selon Cat était à la racine de tout.

« Tu ne peux pas continuer à t'occuper ainsi des affaires des autres », avait-elle protesté après que sa tante eut tenté d'apaiser la discorde entre les propriétaires d'un hôtel, une famille qui se querellait sur le devenir de l'établissement. Mais Isabel, qui se rappelait les nombreux dimanches de son enfance où on l'y emmenait déjeuner, avait considéré que ces bons souvenirs fondaient un lien entre elle et ce qu'il adviendrait du lieu, et s'était retrouvée happée dans une détestable bataille administrative.

Cat exprima les mêmes inquiétudes au sujet de l'infortuné jeune homme de l'Usher Hall. En quoi cette histoire regardait-elle Isabel ?

— Bien sûr que ça me regarde ! rétorqua celle-ci. J'ai tout vu, ou presque. Et je suis la dernière personne que ce garçon ait vue de son vivant. La toute dernière ! Tu ne crois pas que la dernière personne qu'on voit sur cette terre vous est redevable de quelque chose ?

— Franchement, je ne vois pas pourquoi, soupira Cat. Isabel s'appuya au dossier de sa chaise.

— Ce que je veux dire, c'est que nous ne pouvons pas nous sentir des devoirs envers le monde entier, mais seulement envers les individus auxquels le sort nous confronte. Ceux qui entrent dans notre espace moral, pour ainsi dire. Parce qu'ils deviennent nos voisins.

Comment définir un voisin au sens éthique du terme ? demanderait-elle un jour aux membres de son club. Ils y réfléchiraient consciencieusement ; mais, au bout du compte, craignait Isabel, ils arriveraient à la conclusion que le seul critère acceptable était la proximité. Nos voisins au sens éthique sont les gens qui nous sont proches, géographiquement ou dans un autre sens reconnu. S'ils venaient de trop loin, un appel aux devoirs de l'éthique manquait de force, donc d'autorité. Seuls les appels proches avaient la force de la réalité.

— Voilà qui me semble assez raisonnable, commenta Cat. Mais dans le cas de ce garçon, il n'était pas ton voisin. Il est seulement… seulement passé par là, si j'ose dire.

Isabel n'était pas d'accord.

— Où commence le « trop loin » ? objecta-t-elle. Il a dû me voir en tombant. Et moi aussi, je l'ai vu, dans une situation de vulnérabilité extrême. Excuse-moi si je pontifie, mais il me semble que cela crée un lien entre nous. Moralement, nous ne sommes plus des étrangers.

— On croirait que tu me lis la *Revue d'éthique appliquée*, dit Cat sèchement.

— C'est parce que la *Revue d'éthique appliquée*, c'est moi !

Toutes deux se mirent à rire, et la tension qui s'était installée se dissipa.

— Bon, puisqu'il n'y a pas moyen de te faire changer d'avis, je ferais mieux de t'aider, si je peux. As-tu besoin de quelque chose ?

— Oui. De l'adresse de ses colocataires. C'est tout.

— Tu veux leur parler ?

— Oui.

Cat haussa les épaules.

— Je ne vois pas ce qu'ils pourront t'apprendre. Ils n'étaient pas à l'Usher Hall ! Comment veux-tu qu'ils sachent ce qui s'est passé ?

— C'est sur lui que je voudrais en savoir davantage, dit Isabel. Pour me faire une idée générale.

— D'accord. Je te la trouverai. Ce ne sera pas difficile.

En rentrant chez elle après le déjeuner, Isabel se remémora la conversation. Cat n'avait pas tort de l'interroger sur ce qui la poussait à s'impliquer ainsi, et elle-même ferait bien de se le demander plus souvent. Mais c'était une question qu'elle ne se posait guère. Bien sûr, il était facile de comprendre pourquoi elle s'estimait, au même titre que chacun, tenue à des devoirs moraux envers autrui, mais ce n'était pas sa seule motivation. La vraie question qu'elle devrait approfondir concernait plutôt la passion qu'elle y mettait. Et si elle était honnête avec elle-même, elle répondrait peut-être que, pour l'essentiel, cette passion se fondait sur la stimulation intellectuelle qu'elle éprouvait en s'impliquant. Elle avait envie de savoir pourquoi certaines choses arrivaient. Et pourquoi certaines personnes agissaient comme elles agissaient. En somme, elle était curieuse. Le monde, les autres, excitaient sa curiosité. Et qu'y avait-il de mal à cela ?

Cat l'aurait narguée : « La curiosité est un vilain défaut ! » Cat était parfois un peu bête, songea-t-elle – mais elle regretta aussitôt cette pensée. À vrai dire, Cat était tout pour elle, ou presque : elle était l'enfant qu'elle n'avait pas eu, son gage fragile d'immortalité.

7

Isabel comptait passer la soirée seule. En avoir terminé avec le fastidieux index l'avait encouragée à entreprendre une autre tâche plusieurs fois remise : la relecture précise d'un article qu'un réviseur lui avait renvoyé, accompagné de longs commentaires et de multiples corrections. Ces ajouts étaient griffonnés dans les marges et avaient besoin d'être mis au propre, ce qui ne serait pas une partie de plaisir : l'homme écrivait en pattes de mouche minuscules et employait des abréviations qui relevaient moins de la correction que de l'épigraphie. Éminent ou non, c'était la dernière fois que la revue ferait appel à lui, avait décidé Isabel.

Au lieu de quoi, Jamie sonna à sa porte peu avant 18 heures. Elle l'accueillit chaleureusement et lui proposa aussitôt de rester dîner s'il n'avait rien prévu pour le soir. Elle savait qu'il accepterait, et c'est ce qu'il fit après un instant d'hésitation, pour la forme et aussi par amour-propre : Jamie avait l'âge de Cat et on était samedi soir. Presque tous les jeunes gens devaient avoir un projet de sortie, et il ne voulait pas qu'Isabel le prenne pour un solitaire.

— Eh bien, je pensais retrouver quelques amis, mais puisque tu m'offres de rester... Pourquoi pas ?

Isabel sourit.

— Ce sera à la fortune du pot, comme d'habitude, mais je sais que ça t'est égal.

Jamie laissa son veston et sa serviette dans le vestibule et la suivit.

— J'ai apporté quelques partitions, dit-il. J'ai pensé que tu aimerais peut-être m'accompagner, un peu plus tard.

Isabel acquiesça. Elle n'était pas mauvaise pianiste et n'avait en général pas de difficultés pour suivre Jamie quand il chantait de sa belle voix de ténor. Il possédait une technique solide et se produisait avec un chœur réputé : autre agrément de sa personne que Cat aurait dû prendre en considération, estimait Isabel. Elle ignorait si Toby savait chanter, mais cela lui semblait très improbable. De même, il ne devait pas savoir jouer d'un instrument (sauf peut-être de la cornemuse, ou de la batterie à la rigueur). Jamie, lui, jouait du basson. Cat avait un goût très affirmé pour la bonne musique, et elle aussi était une pianiste fort convenable. Durant la trop brève période où Jamie et elle étaient ensemble, elle l'avait accompagné avec talent et poussé bien au-delà de ses limites d'interprète. Ils formaient un duo si naturellement harmonieux ! avait pensé Isabel. Si seulement Cat s'en rendait compte et comprenait à quoi elle renonçait... Mais, en ce domaine, rien n'était objectif, et sa tante le savait, bien sûr. Deux choses faisaient durer l'amour : l'aptitude au bonheur et l'alchimie entre les personnes. Pour faire le bonheur de Cat, Jamie avait les atouts qu'il fallait, Isabel en était convaincue ; mais l'alchimie entre eux était une tout autre affaire.

Isabel tourna les yeux vers son hôte. Cat l'avait d'emblée trouvé séduisant, et il suffisait de le regarder pour en deviner les raisons. Cat aimait les hommes de haute taille, et Jamie était aussi grand que Toby, voire un peu plus. Et c'était sans conteste un fort beau garçon, avec ses pommettes hautes, ses cheveux sombres et soyeux, qu'il portait coupés très court, et sa peau naturellement hâlée. Ç'aurait pu être le visage d'un Portugais ou d'un Italien du Sud, bien qu'il n'eût d'autre ascendance qu'écossaise. Que fallait-il de plus à Cat ? Franchement ! Pouvait-elle souhaiter mieux qu'un Écossais aux airs méditerranéens, qui savait chanter et jouer du basson ?

Tout à coup, l'explication lui vint sans qu'elle l'eût cherchée, telle une vérité gênante qui surgit au mauvais moment. Jamie était trop gentil. Il s'était consacré à Cat avec tout son dévouement – au point, peut-être, de quasiment ramper devant elle –, et Cat s'en était lassée. On n'aime pas ceux qui se rendent entièrement dociles. Leurs attentions nous oppressent et ils nous mettent mal à l'aise.

Voilà ce qui s'était produit. Si Jamie avait gardé certaines distances, montré parfois un rien de hauteur, l'affection de Cat s'en serait nourrie. Si elle semblait à présent comblée, c'était de ne pouvoir posséder Toby, qui ne lui appartiendrait jamais vraiment, comme s'il l'excluait de certains pans de sa vie (ce qui était le cas, Isabel en était sûre). On se trompait en tenant les hommes pour les seuls prédateurs : les femmes l'étaient tout autant, quoique moins ouvertement. Toby était une proie désirable. Jamie, pour n'avoir rien caché de sa complète abnégation, avait cessé de l'intéresser. Conclusion affligeante.

— Tu étais trop gentil avec elle, murmura-t-elle.
Jamie la regarda sans comprendre.

— Trop gentil ?

— Pardon, je pensais à voix haute, dit Isabel en souriant. Je me disais que tu avais été trop gentil pour Cat. Voilà pourquoi ça n'a pas marché. Tu aurais dû te montrer plus... plus réticent. La décevoir de temps en temps. Regarder d'autres filles.

Jamie ne répondit pas. Ils avaient souvent discuté de Cat, et sans doute nourrissait-il encore l'espoir qu'Isabel lui servirait de pont pour retrouver le chemin de son cœur. Mais l'avis qu'elle venait d'exprimer était nouveau, et certainement inattendu. Pourquoi aurait-il dû la décevoir ?

Isabel soupira.

— Excuse-moi. Tu n'as sûrement pas envie d'en reparler.

— Ça ne me dérange pas, répondit Jamie en levant la main. Au contraire, je suis heureux de parler d'elle.

— Oh, je sais…

Isabel se tut quelques instants. Elle avait envie de lui confier quelque chose, dont jamais jusqu'ici elle ne lui avait parlé. Mais le moment était-il bien choisi ? Elle se décida :

— Tu l'aimes encore, n'est-ce pas ? Tu es toujours amoureux d'elle.

Jamie baissa les yeux vers le tapis, gêné.

— Nous sommes pareils, toi et moi, poursuivit Isabel doucement. Moi aussi, je suis encore amoureuse – au moins un peu – d'un homme que j'ai connu il y a de nombreuses années. Et tu continue d'aimer quelqu'un qui ne t'aime plus. Nous faisons la paire, tous les deux. À quoi bon nous obstiner ?

Jamie resta silencieux un instant. Puis il demanda :

— Comment s'appelait-il, ce… cet homme ?

— John. John Liamor.

— Et qu'est-il devenu ?

— Il m'a quittée, dit Isabel. Maintenant, il vit en Californie. Avec une autre femme.

— Ce doit être très dur pour toi, compatit Jamie.

— Oui, c'est dur. Mais c'est ma faute, n'est-ce pas ? J'aurais mieux fait de trouver quelqu'un d'autre au lieu de penser à lui sans cesse. Et toi aussi, je crois que tu devrais tourner la page.

Elle s'entendit prononcer ce conseil sans grande conviction, mais elle savait pourtant qu'il était le bon. Pour peu que Jamie sorte avec une autre, Cat pourrait se sentir attirée par lui à nouveau quand elle aurait liquidé son Toby. Liquidé ! Quel mot sinistre, comme s'il s'agissait d'échafauder un faux accident. Une avalanche, par exemple.

— Est-ce qu'on peut provoquer une avalanche ? demanda-t-elle.

Jamie ouvrit de grands yeux.

— Quelle drôle de question ! Oui, bien sûr qu'on peut. Si la neige est assez poudreuse, il suffit d'en faire dévaler une petite quantité, ou même de l'ébranler en la piétinant, et l'avalanche part toute seule. Quelquefois, rien qu'en parlant très fort. Les vibrations de la voix peuvent ébranler la neige.

Isabel sourit. De nouveau elle imagina Toby au flanc d'une montagne, dans sa combinaison fraise écrasée, pérorant bruyamment sur les vins : « L'autre jour, j'ai goûté à un merveilleux chablis. Vous n'imaginez pas ! Un pur délice. Légèrement siliceux et pourtant fruité... » Un silence, puis les mots « siliceux... », « fruité... » éveillaient des échos sur les pentes blanches, juste assez pour déclencher la fatale marée neigeuse. Elle se reprit. C'était la troisième fois qu'elle se représentait Toby périssant dans une catastrophe, et elle devait s'en empêcher. C'étaient des rêveries puériles, méchantes et immorales. Chacun a le devoir de maîtriser ses pensées, se réprimanda-t-elle. Et nous sommes responsables des états mentaux où nous nous laissons glisser : l'étude de la philosophie le lui avait appris. Une pensée incontrôlée pouvait survenir, et cela, bien sûr, n'était pas moralement répréhensible. Mais on ne devait pas se complaire dans des songeries malveillantes. L'effet sur la personnalité ne pouvait qu'être délétère, sans oublier que le fantasme pouvait un jour devenir réalité. C'était une question de devoir envers soi-même, en termes kantiens ; et quoi qu'elle pense de Toby, il ne méritait ni d'être enseveli sous une avalanche ni d'être transformé en biscuits. On ne pouvait dire de personne qu'il méritait un sort pareil, même les êtres authentiquement malfaisants ou les membres de cette autre catégorie qui tentait si fort le sort : les égoïstes absolus.

Qui étaient-ils, du reste, ces pratiquants résolus de l'*hubris* ? Elle avait en tête une petite liste de gens qu'il aurait fallu, pour leur propre sauvegarde, prévenir qu'ils narguaient le sort trop effrontément. En tête de cette liste se trouvait un personnage bien connu à Édimbourg, un arriviste d'un culot à couper le souffle. Une avalanche aurait peut-être balayé la haute opinion qu'il avait de lui-même, mais le châtiment aurait dépassé la mesure, car l'homme en question avait aussi ses bons côtés ; de sorte que ces pensées devaient être écartées. Elles étaient indignes d'une femme qui dirigeait la *Revue d'éthique appliquée*.

— Allons, un peu de musique avant le dîner, dit Isabel tout d'un coup. Qu'as-tu apporté ? Laisse-moi jeter un coup d'œil.

Elle le précéda dans le salon de musique, une petite pièce à l'arrière de la maison où se trouvaient le quart-de-queue de sa mère et un joli pupitre édouardien qu'elle avait fait restaurer.

Jamie tira de sa serviette un mince album de partitions et le tendit à Isabel, qui parcourut les feuillets et sourit. C'était le genre de musique qu'il privilégiait toujours : des compositions de Burns sur ses propres poèmes, des airs d'opéras bouffes de Gilbert et Sullivan, et, comme toujours, *O mio babbino caro* de Puccini.

— Idéal pour ta voix, approuva Isabel. Tu es fidèle à toi-même.

Jamie rougit.

— Je ne suis pas à l'aise avec les musiques plus modernes, reconnut-il. Tu te rappelles ces mélodies de Britten ? Je n'y arrive pas.

— Tout cela m'ira très bien, le rassura Isabel. C'est beaucoup plus facile à accompagner que Britten !

Elle feuilleta l'album et fit son choix.

— *Take a Pair of Sparkling Eyes* ?

— Parfait.

Isabel attaqua le prélude. Jamie prit sa position de chanteur, épaules relaxées et tête un peu levée pour ne pas comprimer le larynx, et donna voix à la tendre cavatine. Isabel jouait avec détermination – la seule façon de jouer Gilbert et Sullivan, jugeait-elle – et ils achevèrent le petit air par une cadence qui n'était pas écrite, mais dont Sullivan aurait fort bien pu agrémenter sa partition. Ensuite, Burns : *John Anderson, My Jo*.

John Anderson : une réflexion sur le passage du temps, pensa Isabel, et l'amour qui survit cependant. « Mais béni soit ton front glacé, John

Anderson, mon Jo. » Il y avait dans cette mélodie une ineffable tristesse qui lui faisait toujours retenir son souffle. C'était Burns dans sa veine la plus douce, célébrant une constance amoureuse qui, selon tous les témoignages (à commencer par le sien), n'avait guère été sa qualité première. Quel hypocrite ! Mais l'était-il vraiment ? De nouveau, elle se demanda si l'on pouvait blâmer un homme de vanter des qualités qu'il ne possédait pas. Non, décidément non. Les gens qui souffraient d'*akrasia*, ou déficience de la volonté (thème chéri des philosophes, dont ils se plaisaient à débattre jusqu'à plus soif), pouvaient bien préconiser de se conduire comme eux-mêmes n'y parvenaient pas, pourvu qu'ils ne fissent pas mystère de leurs faiblesses.

John Anderson était en principe une mélodie pour voix féminine, mais rien n'interdisait à un homme de la chanter. Et, d'une certaine façon, elle en devenait plus touchante encore, car il pouvait s'agir de mâle amitié. Certes, les hommes n'aimaient pas aborder – et moins encore chanter – le sujet des amitiés masculines, ce qu'Isabel trouvait plutôt déroutant. Les femmes montraient tellement plus de spontanéité à déclarer leurs amitiés et à reconnaître leur importance ! Les hommes étaient bien différents : ils gardaient leurs amis à distance et répugnaient à dire les sentiments qu'ils éprouvaient entre eux. Comme ce devait être aride d'être un homme, et contraint, compassé ! Quel monde d'émotion et d'empathie la roideur virile leur faisait-elle manquer ! Un désert affectif, vraiment. Et pourtant, que de magnifiques exceptions ! Ainsi avait-on des raisons de s'émerveiller si l'on était Jamie, avec ce visage si frappant de rare beauté, si plein de sensibilité, tel un de ces jeunes hommes pensifs dans la peinture de la Renaissance florentine...

— John Anderson, dit-elle en tenant le dernier accord et laissant son écho s'estomper. Je pensais à toi et à John Anderson, ton ami. Quel qu'ait été son nom.

— Je n'ai jamais eu d'ami comme lui, répondit Jamie.

Isabel leva les yeux et regarda par la fenêtre. La nuit commençait à tomber et les branches des arbres se dessinaient contre un ciel du soir encore pâle.

— Jamais ? Même dans ton adolescence ? Je croyais que les garçons avaient des amitiés passionnées. Comme David et Jonathan.

Jamie haussa les épaules.

— Des amis, j'en ai eu. Mais jamais pour de longues années. Aucun que je pourrais chanter de cette façon.

— Quel dommage ! dit Isabel. Et tu ne le regrettes pas ?

Jamie réfléchit un instant.

— Si, je suppose. J'aurais aimé avoir beaucoup d'amis.

— Mais tu pourrais ! protesta Isabel. À ton âge, c'est si facile de se faire des amis...

— Pas pour moi, dit Jamie. Tout ce que je voudrais...

— Oui, bien sûr.

Elle ferma le couvercle du piano et se leva.

— Allons dîner maintenant. C'est mieux. Mais elle se ravisa : Un dernier petit morceau, tout de même…

Elle se rassit, se remit à jouer, et Jamie eut un grand sourire. *Soave sia il vento*, puisse le vent souffler doucement, le vent qui pousse votre navire vers le large, et puisse la mer rester paisible ! Le plus beau moment de *Così fan tutte*, la plus divine mélodie jamais composée, pensait Isabel : si plein de tendresse pudique, de cette tendresse qu'on eût souhaitée au monde entier, et à soi-même aussi… Tant pis si l'on savait que souvent la vie n'était pas ainsi, qu'elle était même parfois tout le contraire.

Quand ils achevèrent de dîner dans la cuisine, où il faisait plus chaud que dans le reste de la maison – sur la grande table de réfectoire qu'Isabel dressait pour les dîners improvisés –, Jamie prit la parole :

— Tout à l'heure, dans le salon de musique, tu m'as dit quelque chose au sujet de cet homme, John je ne sais quoi…

— Liamor. John Liamor.

— Liamor, répéta-t-il en articulant avec soin. C'est un peu difficile à retenir. En tout cas, ce que tu m'as dit me donne à réfléchir.

— Ravie de stimuler ton intellect ! plaisanta Isabel en prenant sa tasse de café.

— Stimule, stimule donc ! répondit Jamie sur le même ton. Puis il reprit son sérieux : Comment se fait-il qu'on tombe amoureux d'une personne qui ne va pas vous rendre heureux ? Il ne t'a pas rendue heureuse, n'est-ce pas ?

Isabel baissa les yeux vers son set de table, orné d'une vue du Firth of Forth pris sous un angle inhabituel, du côté du Fife.

— Non. Il m'a rendue très malheureuse.

— Mais tu ne l'as pas pressenti dès le début ? s'enquit Jamie. Je ne voudrais pas être indiscret, mais pour moi ces choses sont une énigme. Tu n'as pas été capable de deviner comment cette histoire tournerait ?

Isabel releva la tête et le fixa du regard. Elle en avait discuté avec Grace, brièvement, mais en général John n'était pas un sujet qu'elle abordait volontiers. Du reste, qu'y avait-il à en dire, sinon reconnaître qu'on aimait parfois la mauvaise personne et qu'on persistait à l'aimer dans l'espoir que les choses changeraient ?

— J'étais éblouie par John, presque subjuguée, avoua-t-elle à mi-voix. Je l'aimais follement. Il était la seule personne dont je désirais la présence, la seule dont la compagnie m'importait. Et le reste ne semblait pas compter beaucoup, parce que je savais dans quelle douleur je serais plongée si je renonçais à lui. Alors, je me suis entêtée, comme beaucoup de gens. Les amoureux s'entêtent.

— Et…

— Et un jour, alors que nous étions à Cambridge, il m'a demandé de l'accompagner en Irlande, où il était né. Il voulait passer quelques semaines avec ses parents, à Cork. J'ai accepté. Et je crois que ce fut ma grande erreur.

Elle se tut. Jamais elle n'aurait pensé se livrer ainsi à Jamie, et ainsi lui dévoiler un pan de sa vie qu'elle préférait garder pour elle. Mais, de sa chaise, il la regardait dans l'attente de la suite, et elle continua :

— Tu ne connais pas l'Irlande, n'est-ce pas ? Laisse-moi te dire que les Irlandais ont une idée très claire de ce qu'ils sont, de ce que sont les autres et de ce qui fait la différence. À Cambridge, John était un grand persifleur : il se moquait de tous les intellectuels de bonne famille qu'il y côtoyait, il les traitait d'esprits mesquins, petits-bourgeois… Mais quand nous sommes arrivés chez ses parents, à Cork, j'ai trouvé un pavillon tout ce qu'il y a de plus petit-bourgeois, avec un Sacré Cœur de Jésus pendu au mur de la cuisine. Et sa mère s'est montrée glaciale, elle a fait tout son possible pour me donner envie de déguerpir. C'était affreux. Et cela s'est terminé par une scène épouvantable lorsque je lui ai demandé si elle me détestait davantage parce que je n'étais pas catholique ou bien parce que je n'étais pas irlandaise. Ce devait être l'un ou l'autre.

Jamie ne put s'empêcher de sourire.

— Et qu'a-t-elle répondu ?

Isabel hésita. Puis :

— Cette horrible bonne femme m'a dit… que c'était surtout parce que j'étais une traînée.

Elle leva les yeux vers Jamie, qui la regardait ébahi.

— Quelle…

— Oui, c'est le mot. J'ai donc insisté auprès de John pour que nous partions. Nous sommes allés jusqu'à Kerry, où nous sommes finalement descendus dans un hôtel. Là, il m'a demandé de l'épouser. Il m'a dit que si nous étions mariés, nous obtiendrions une maison dépendant de l'université quand nous rentrerions à Cambridge. J'ai dit oui. Alors il m'a annoncé qu'il trouverait un vrai prêtre irlandais pour la cérémonie, un « renversant », comme il disait. Je lui ai fait remarquer qu'il n'était pas croyant, alors pourquoi un prêtre ? Il m'a répliqué qu'il choisirait un prêtre aussi mécréant que lui.

Elle s'interrompit. Jamie ramassa sa serviette.

— Je suis désolé, dit-il simplement. Vraiment désolé que tu aies vécu des choses pareilles. Je n'aurais pas dû te poser de questions.

— Peu importe, répondit Isabel. Mais cela montre à quel point les grandes décisions comme le mariage sont trop souvent le résultat de circonstances assez chaotiques. Et qu'on peut se tromper sur toute la ligne. Garde-toi de telles erreurs, Jamie. Ne gâche pas ta vie.

8

Ce fut Grace qui transmit le message à Isabel le surlendemain matin, alors qu'elle s'affairait dans le jardin. L'adresse qu'elle cherchait était 48, Warrender Park Terrace, troisième étage droite. Et le nom sur la sonnette serait « Duffus », celui de la jeune femme qui partageait l'appartement avec Mark Fraser et un autre jeune homme : Henrietta Duffus, que tout le monde appelait « Hen ». Le troisième colocataire se nommait Neil Macfarlane. C'étaient tous les renseignements que Cat avait obtenus, mais Isabel n'en avait pas demandé plus.

Dans le regard de Grace il y avait une lueur d'interrogation, mais Isabel décida de ne pas l'éclairer. Grace avait sur ce-qui-ne-vous-regardait-pas des opinions très arrêtées et se montrait toujours d'une discrétion inexpugnable. Si Isabel l'avait informée de ses intentions, elle aurait sans aucun doute trouvé son projet totalement malséant et ne se serait pas privée de le dire. Isabel préféra donc garder le silence.

Elle avait fixé sa visite pour le début de soirée : le jour, les colocataires seraient à leur travail. En attendant, elle lut plusieurs articles arrivés au courrier du matin. Ce premier tri était important : comme toutes les revues, même savantes, la *Revue d'éthique appliquée* se voyait proposer des contributions absolument impubliables, au point qu'il était inutile de les envoyer à un spécialiste du sujet traité. Mais ce jour-là, cinq papiers lui semblèrent dignes d'un examen attentif. Elle se plongea d'abord dans un exposé consciencieusement argumenté, « L'utilitarisme en action dans les processus législatifs », laissant pour la fin de la matinée un autre article a priori plus croustillant, intitulé : « La parole véridique dans les relations sexuelles : un défi à Kant ». Elle le lirait après la pause-café : une critique de Kant, surtout sur un tel thème, serait certainement savoureuse.

Les heures passèrent rapidement. L'exposé sur l'utilitarisme en action s'avéra solide, mais pour ainsi dire illisible en raison du style de l'auteur. Il semblait rédigé en anglais, mais dans une variété d'anglais qu'on ne pratiquait guère que dans d'obscurs recoins du monde universitaire, où l'on tenait la lourdeur pour une vertu. On aurait dit une traduction de l'allemand : non que les verbes aient émigré à la fin des phrases, mais l'ensemble était d'une solennité et d'un sérieux assez pesants pour barbouiller l'estomac.

Elle fut tentée d'écarter d'emblée ce papier inintelligible pour cause d'opacité grammaticale et d'écrire à son auteur – en termes simples ! – les motifs pour lesquels on ne l'avait pas retenu. Mais son nom et son université apparaissaient sur la page de titre, et elle savait qu'une telle désinvolture n'irait pas sans répercussions. Harvard !

« La parole véridique dans les relations sexuelles » révélait une plume plus agile, mais n'apportait rien d'original. On devait, soutenait l'auteur, dire la vérité à ses partenaires sexuels, mais non toute la vérité. En certaines circonstances, l'hypocrisie était nécessaire pour ne pas blesser l'autre. (À croire qu'il se faisait l'écho de ses récentes ruminations.) On s'abstiendrait donc de dire à l'amant ou à l'amante qu'il ou elle ne faisait pas bien l'amour, si tel était le cas. Oui, de toute évidence, seulement si tel était le cas, commenta Isabel *in petto*. En ce domaine plus encore qu'en d'autres l'honnêteté avait des limites aussi strictes que rapidement atteintes, et c'était bien ainsi.

Elle lut la suite de l'exposé avec un certain amusement et se dit qu'il offrirait un divertissement agréable aux abonnés de la revue, qui avaient peut-être besoin d'un peu d'encouragement. La philosophie du sexe était un champ peu exploré de l'éthique appliquée, mais elle avait ses spécialistes, qui se rassemblaient une fois l'an dans une université canadienne. Il arrivait à Isabel d'annoncer dans sa revue la tenue de tels colloques, mais elle se demandait ce qui pouvait se cacher derrière les termes neutres de leurs programmes. *Matin, 9 h 30 : sémiotique sexuelle et espace privé ; 11 heures : pause-café ; 11 h 30 : perversion et autonomie ; 13 heures : déjeuner* (pour ceux qui devaient satisfaire d'autres appétits) ; et ainsi de suite l'après-midi. Les extraits des communications étaient probablement assez pertinents, mais on avait lieu de se demander ce qui se passait après les sessions. Ces gens, supposait-elle, n'étaient en rien des prudes, et il s'agissait après tout d'éthique appliquée. Isabel non plus n'était pas une prude, mais elle croyait très fort aux vertus de la discrétion en matière sexuelle. En particulier, elle doutait qu'il soit légitime de publier les détails de ses relations intimes. Le partenaire y aurait-il consenti ? Probablement pas. Et, dans ces conditions, on portait tort à autrui en dévoilant à des lecteurs ce qui, dans son essence, relevait d'une entente privée entre deux individus. Deux catégories de personnes devaient s'astreindre à la confidentialité absolue : les médecins et les amants. À son médecin il fallait pouvoir tout dire avec la certitude que rien n'en serait divulgué, et la même chose valait pour les amants. Cette règle, au demeurant, n'était plus exempte de menaces : des patients, les États insistaient pour connaître les patrimoines génétiques, maladies infantiles ou penchants sexuels, et les médecins devaient se défendre. Quant aux révélations sur les amours et coucheries des autres, grassement monnayables pour peu qu'il s'agît de gens célèbres, rien ne semblait plus appétissant aux vulgaires curieux, qui formaient des légions innombrables. Pourtant tout être humain avait droit à ses secrets, estimait Isabel, et à l'assurance qu'au moins une part de sa vie resterait pour toujours intime et ignorée ; car, à défaut, c'était son identité même que ces intrusions meurtriraient. Puisse l'intimité demeurer inviolée, concluait-elle, peu soucieuse de l'air du temps.

Malheureusement, les philosophes n'étaient pas les derniers à donner dans cet exhibitionnisme. Bertrand Russell, par exemple, ne s'en était pas privé dans ses fort explicites carnets, et Alfred Ayer non plus. Pourquoi ces grands esprits croyaient-ils intéresser le public en révélant avec qui ils couchaient, comment et à quelle fréquence ? Cherchaient-ils à prouver quelque chose ? Aurait-elle résisté à Bertrand Russell ? se demanda-t-elle soudain. La réponse lui vint aussitôt : oui. Et à Alfred Ayer ? Aussi.

À 18 heures, elle avait lu tous les articles et rédigé les lettres à ses confrères pour ceux qui franchiraient cette première phase éliminatoire. 18 h 30 serait une heure opportune pour sa visite au 48, Warrender Park Terrace : les occupants seraient rentrés du travail, mais il serait encore trop tôt pour qu'elle dérange leurs projets de soirée. Elle quitta son bureau, passa dans la cuisine pour se faire du café, puis se mit en route.

Le trajet n'était pas long : Warrender Park Terrace se trouvait juste derrière le petit parc triangulaire au bout de Bruntsfield Avenue. Elle prit son temps et s'arrêta devant quelques vitrines, puis traversa les pelouses et atteignit la rue. C'était une agréable soirée de printemps, mais un vent vif s'était levé et les nuages couraient énergiquement dans le ciel, vers la Norvège. Édimbourg baignait dans un crépuscule nordique, une lumière qui naissait autant des vastes plaines grises de la mer du Nord que des douces collines de l'intérieur. On était loin de Glasgow, dont les calmes clartés océaniques parlaient de l'Irlande toute proche, et du pays gaël dans les Highlands. La ville se dressait contre la morsure des vents froids sifflant de l'est, et ses rues pavées de gris s'insinuaient entre des murs imposants. Ville de nuits sombres et de pâles chandelles, ville de recueillement et de méditation…

Elle suivit Warrender Park Terrace, une belle rue incurvée dominant sur la droite le parc verdoyant des Meadows et, au-delà, les toits à pinacles et à flèches de l'ancien hôpital. De hautes maisons victoriennes la bordaient, à six étages de pierre polie, surmontés d'abrupts toits d'ardoises. Certains faîtes s'ornaient de tourelles à la manière des châteaux de la Loire, et aussi de ferrures, de créneaux, de chardons gravés et de gargouilles. Toutes ces fioritures devaient donner aux propriétaires d'origine le sentiment de vivre dans l'élégance, et que seule la taille distinguait leurs maisons des demeures aristocratiques. Malgré ces prétentions, c'étaient de bons appartements bourgeois, solidement bâtis, abritant désormais des cadres en début de carrière ou de petits groupes d'étudiants. Celui qui l'intéressait devait en être un exemple parmi beaucoup d'autres, loués par trois ou quatre personnes jeunes. Leur superficie était assez généreuse pour que chaque colocataire dispose d'un espace à lui, et ces arrangements se révélaient sans doute commodes en attendant des situations mieux établies. Sans compter qu'ils se prêtaient à la naissance d'amitiés durables – et aussi, pouvait-on supposer, de durables inimitiés. Au 48 – comme dans toute la rue – une porte imposante donnait accès à un lourd escalier aux marches de pierre. D'ordinaire, ces portes étaient verrouillées et on les ouvrait de l'intérieur. Elle repéra le nom « Duffus » parmi les sonnettes, pressa le bouton et attendit. Au bout d'une minute environ, une voix dans l'interphone lui demanda ce qu'elle désirait.

Se penchant pour parler dans le petit micro, Isabel se présenta et expliqua qu'elle souhaitait parler à Mlle Duffus. C'était, précisa-t-elle, en rapport avec l'accident.

Une brève pause suivit, puis un bourdonnement retentit. Isabel poussa la porte et commença de gravir l'escalier, où flottait une odeur poussiéreuse et un peu âcre, comme dans la plupart des escaliers communs. C'était une odeur de pierre humide, mêlée à de vagues effluves de cuisine émanant des appartements. Elle lui rappela son enfance et l'escalier qu'elle montait chaque semaine pour se rendre chez son professeur de piano : Mlle Moira McGibbon, se souvint-elle, s'émerveillait des grands romantiques russes, qui, disait-elle, l'« ébleuissaient ». À présent encore, Isabel ne pouvait entendre Tchaïkovski ou Rachmaninov sans les trouver « ébleuissants ».

Elle s'arrêta un instant sur le deuxième palier, repensant à Mlle McGibbon. Elle l'aimait beaucoup dans ce temps-là ; et pourtant, malgré son jeune âge, elle avait perçu chez son professeur un fond de tristesse incurable, une impression de manque et de blessure. Un jour, en arrivant pour sa leçon, elle avait remarqué ses yeux rougis et les traces de larmes le long de son visage fardé. Elle l'avait regardée sans mot dire, jusqu'à ce que Mlle McGibbon, gênée, se détournât en marmonnant :

— Excuse-moi, mon petit. Je ne suis pas moi-même cet après-midi. Pas moi-même du tout.

Isabel lui avait demandé s'il était arrivé quelque chose et Mlle McGibbon avait ouvert la bouche pour dire oui. Mais elle s'était reprise, avait répondu : « Rien de grave », et elles étaient passées aux gammes et à Mozart, sans plus parler de rien. Beaucoup plus tard, au moment de partir pour Cambridge, elle avait appris par hasard que Moira McGibbon – décédée entre-temps – venait alors de perdre sa jeune amie, sa compagne, une certaine Rose Gordon, fille d'un juge de la cour d'assises qui désapprouvait les liens trop intimes unissant sa fille à un professeur de piano, et avait contraint Rose à choisir entre sa famille et son amie. Elle avait choisi sa famille.

Quand Isabel parvint au troisième étage, la porte de l'appartement était déjà entrebâillée et s'ouvrit à son approche. La jeune femme qui apparut en contre-jour devait être Henrietta Duffus, et Isabel lui sourit tout en l'observant. Elle était grande et très mince, un tronc flexible de jeune saule, et ouvrait de larges yeux de faon avec cette gentillesse rustique qu'Isabel associait toujours aux filles de la côte ouest de l'Écosse, bien que ce fût sans doute un cliché stupide. Lui rendant son sourire, Hen la salua et la pria d'entrer. Oui, c'était bien un accent de l'Ouest, mais non de Glasgow, comme le pensait Cat : plutôt celui d'une petite ville un peu fruste, comme Dumbarton, Helensburgh peut-être… « Henrietta » sonnait trop noblement pour elle, mais « Hen » lui allait bien.

— J'espère que vous ne m'en voudrez pas d'être venue sans prévenir. J'ai tenté ma chance, en pensant vous trouver, vous et…

— Neil. Neil Macfarlane. Il n'est pas rentré, je crois. Mais il ne devrait pas tarder.

Hen referma la porte et lui en désigna une autre, plus loin dans l'entrée.

— Par ici, si vous voulez bien. Mais c'est en fouillis, comme d'habitude.

— Ne vous excusez pas. Nous vivons tous plus ou moins dans le fouillis, dit Isabel. C'est plus confortable.

— J'aimerais bien être ordonnée. J'essaie, mais je n'y arrive pas. Je crois qu'on ne devient pas ce qu'on n'a jamais été.

Isabel sourit de nouveau, mais sans répondre. Cette jeune femme dégageait quelque chose de très physique. Une santé vigoureuse, une grande…

énergie sexuelle, pour tout dire. On ne pouvait s'y tromper, c'était aussi perceptible que la musicalité, ou l'ascétisme. Elle était faite pour les chambres et les lits en désordre.

La grande pièce où Hen la fit entrer donnait au nord, du côté des arbres qui bordaient les Meadows. Les fenêtres, généreusement victoriennes, devaient l'inonder de lumière pendant le jour, et même à cette heure-ci les lampes étaient superflues. Isabel s'avança pour regarder la rue en contrebas, où un garçonnet tirait sur la laisse d'un chien peu désireux d'avancer. Il se pencha pour lui donner une tape sur l'échine, et l'animal se retourna pour se défendre. Mais le gamin lui flanqua un coup de pied dans les côtes et tira de nouveau sur la laisse.

À son tour, Hen s'approcha de la fenêtre.

— Quel sale garnement, celui-là ! Je l'ai surnommé Soapy Soutar. Il habite au rez-de-chaussée, avec sa mère et un copain à elle. Je crois que le chien les déteste tous.

Isabel se mit à rire. L'allusion à Soapy Soutar lui avait fait plaisir : naguère, tous les enfants écossais étaient familiers d'Oor Wullie et de ses amis Soapy Soutar et Fat Boab, mais qu'en restait-il à présent ? D'où venaient les personnages qui nourrissaient leur imaginaire ? Sûrement plus des rues de Dundee, ces vieilles rues chaleureuses et mythiques que les dessins du *Sunday Post* avaient peuplées de cocasses innocents.

Elles s'éloignèrent de la fenêtre et Hen interrogea Isabel :

— Pourquoi êtes-vous venue nous voir ? Vous n'êtes pas journaliste, n'est-ce pas ?

— Oh, que non ! répondit Isabel en secouant vigoureusement la tête. En fait, j'ai été témoin de l'accident. J'ai vu ce qui est arrivé.

Hen ouvrit de grands yeux.

— Vous étiez là ? Vous avez vu Mark tomber ?

— Oui, malheureusement.

Hen prit une chaise derrière elle et s'y laissa choir. Elle baissa les yeux vers le sol et resta silencieuse un moment. Puis elle releva la tête.

— C'est douloureux d'y repenser, dit-elle. Sa mort ne remonte qu'à quelques semaines, et pourtant j'essaie déjà de l'oublier. Mais ce n'est pas facile.

— Bien sûr. Je vous comprends.

— La police est passée nous voir deux fois, pour nous poser des questions sur Mark. Ensuite ses parents, pour emporter ses affaires. Vous imaginez la scène.

— Hélas.

— Et d'autres personnes encore, pendant plusieurs jours, poursuivit Hen. Des amis à lui, des gens de son bureau. Ça n'en finissait pas !

Isabel prit place sur un petit divan, tout près de Hen.

— Et maintenant, c'est moi. J'ai honte de vous imposer ma présence. J'imagine ce que vous éprouvez.

— Pourquoi êtes-vous venue ? demanda Hen à nouveau.

Sa voix était sans acrimonie, mais non sans une légère dureté qu'Isabel ne manqua pas de percevoir. C'était la lassitude, probablement, la fatigue liée à la perspective de nouvelles questions.

— Je n'avais pas de raison bien précise, expliqua-t-elle d'un ton calme. Je crois que c'est parce que j'ai assisté à l'accident et que je n'avais personne à qui en parler, personne qui le connaisse. Vous comprenez ? J'ai été témoin de ce terrible accident, de cette mort, et personne autour de moi ne savait rien de lui. De Mark.

Elle se tut. Hen la regardait de ses grands yeux en amande. Isabel avait parlé sincèrement, mais avait-elle dit toute la vérité ? Non, mais elle ne pouvait guère avouer à une inconnue que la cause de sa présence était son insatiable curiosité à l'égard du monde et des gens, et aussi le vague soupçon que la mort de Mark Fraser n'était peut-être pas un simple accident.

Hen ferma un instant les yeux, puis hocha la tête.

— Je comprends, dit-elle. Ça ne me gêne pas. D'ailleurs j'aimerais entendre comment c'est arrivé exactement. Je me le suis représenté assez souvent !

— Vous êtes sûre que je ne vous ennuie pas ?

— Oui. Si cela peut vous aider, c'est d'accord.

La jeune femme tendit la main et toucha légèrement le bras d'Isabel. Ce geste de sympathie était inattendu et Isabel eut le sentiment – injuste, se reprocha-t-elle – qu'il n'était pas vraiment dans la nature de Hen.

— Je vais faire du café. Ensuite, nous pourrons parler.

Elle sortit de la pièce et Isabel s'adossa au divan pour regarder autour d'elle. À la différence de beaucoup d'appartements en location, celui-ci était bien meublé et ne donnait aucune impression de délabrement. Les murs étaient ornés de photographies et de reproductions encadrées, mélangeant sans doute les goûts du propriétaire et ceux des occupants. Les yeux d'Isabel passèrent de l'une à l'autre : une vue des chutes de la Clyde (propriétaire) ; *A Bigger Splash*, de David Hockney, et *Les Philosophes amateurs*, de Vettriano (locataires) ; *L'Île d'Iona*, de Peploe (propriétaire). Elle sourit au Vettriano. À Édimbourg, les autorités en matière artistique le dénigraient avec virulence, mais il restait résolument populaire. Pourquoi ? Parce que ses tableaux racontaient quelque chose de la vie de ses personnages (du moins de personnages qui dansaient sur la plage en tenue de soirée), fixaient un fragment d'histoire comme ceux d'Edward Hopper. Voilà pourquoi Hopper inspirait tant de poèmes : le spectateur avait loisir d'inventer le reste de l'histoire. Que font là ces gens ? À quoi pensent-ils ? Que feront-ils ensuite ? Hockney, lui, ne laissait rien sans réponse, et l'on savait tout de suite de quoi parlaient des tableaux comme *A Bigger Splash* : de nage, de désir, de narcissisme. N'avait-il pas fait le portrait d'Auden ? Oui, elle se le rappelait. Il avait d'ailleurs bien capté le désastre géologique qu'était le visage de WHA.

« Je ressemble à une carte d'Islande. » Était-il vrai qu'il ait dit cela ? Non, probablement, mais il aurait pu le dire. Un jour, elle écrirait un livre sur ces citations apocryphes mais si bien adaptées à leurs auteurs prétendus. « J'ai régné tout l'après-midi, et voilà qu'il neige. » La reine Victoria.

Détournant les yeux du Vettriano, elle regarda par l'encadrement de la porte. Au mur de l'entrée était accroché un grand miroir en pied, comme on en trouvait d'habitude derrière la porte des armoires. D'où elle était assise, Isabel le découvrait juste en face d'elle, et à cet instant elle vit s'y réfléchir un jeune homme, fugacement, qui sortait d'une pièce, traversait l'entrée comme une flèche et disparaissait dans une autre. Il ne la vit pas, bien que sa hâte suggérât qu'il avait conscience de sa présence, et de toute évidence il voulait éviter d'être vu. Du reste, seul le miroir l'avait trahi, le temps de quelques enjambées. Il était nu comme un ver.

Au bout de quelques minutes, Hen reparut, une tasse fumante dans chaque main. Elle les plaça sur la table basse et se rassit près d'Isabel.

— Vous aviez déjà rencontré Mark ?

Isabel, étrangement, faillit répondre oui, tant il lui semblait l'avoir connu ; mais elle secoua la tête.

— C'est la seule fois où je l'ai vu. Ce soir-là.

— Je l'aimais beaucoup, dit Hen. Un garcon sympa, vraiment. D'ailleurs, tout le monde l'aimait bien.

— Sûrement.

— Au début, je n'étais pas très sûre de ce que je faisais, vous savez ? Cette idée de cohabiter avec deux inconnus... Mais j'ai loué ma chambre en même temps qu'eux, et nous étions dans la même situation.

— Vous vous êtes toujours bien entendus ?

— Oui, toujours. Il y a bien eu quelques petits accrochages inévitables, mais jamais rien de sérieux. Tout marchait très bien. Elle prit sa tasse et but une gorgée : Il me manque, ajouta-t-elle.

— Et avec Neil ? Ils étaient bons amis ?

— Oh, oui. Quelquefois, ils jouaient au golf ensemble. Mais Neil était trop fort pour Mark. Il joue comme un champion, il aurait pu passer professionnel. Mais il a préféré le droit. Il est avocat stagiaire dans un cabinet du centre-ville. Très collet monté. Comme tous les cabinets d'avocats, je suppose. Et puis nous sommes à Édimbourg !

À son tour, Isabel but une gorgée de café. C'était de l'instantané, mais elle le boirait quand même, par politesse.

— Qu'est-ce qui est arrivé, à votre avis ? demanda-t-elle.

Hen haussa les épaules.

— Il est tombé. En se penchant et en perdant l'équilibre. Un accident idiot. Quoi d'autre ?

— Il n'était pas malheureux ?

Elle avait posé cette question d'un ton prudent, comme si elle craignait une réaction agressive.

— Vous pensez à un suicide ?

— Oui.

Hen secoua énergiquement la tête.

— Sûrement pas. Je l'aurais su, s'il avait été malheureux. J'en suis certaine. Tout allait bien.

Isabel réfléchit. « Je l'aurais su », avait affirmé Hen. Comment l'aurait-elle su ? Parce qu'elle habitait avec lui, forcément. On sentait les changements d'humeur de ceux qui vivaient tout près.

— Donc, aucun signe d'abattement ?

— Non. Aucun. De toute façon, ce n'était pas son genre. Le suicide est une fuite, non ? Et Mark faisait toujours face. C'était... Comment dire ? Quelqu'un sur qui on savait pouvoir compter. Il avait une conscience. Vous me comprenez ?

Tout en l'écoutant, Isabel l'observait. Le mot « conscience » ne faisait plus partie du langage courant, se dit-elle. C'était du reste assez bizarre, et au bout du compte inquiétant. Cela tenait sans doute à la disparition de la culpabilité chez la plupart des gens – ce qui, à maints égards, n'était pas une mauvaise chose, car la culpabilité avait causé des montagnes de souffrance injustifiée. Mais elle avait tout de même un rôle moral de dissuasion nécessaire. C'était la culpabilité qui faisait sentir ce qui était mal et rendait la vie morale possible. Cette question mise à part, autre chose l'avait frappée dans les propos de Hen. Ses mots avaient reflété une conviction péremptoire et révélé sa complète ignorance de ce que pouvait être une dépression, ou même une de ces crises où l'on perd toute confiance en soi.

— Quelquefois, des gens très sûrs d'eux en apparence le sont beaucoup moins à l'intérieur... Ils peuvent souffrir beaucoup sans que cela paraisse. Et ils sont...

Elle s'interrompit. À l'évidence, Hen n'aimait pas qu'on lui parle ainsi.

— Excusez-moi. Je n'avais pas l'intention de vous faire la leçon...

La jeune femme sourit.

— Ne vous excusez pas, vous avez probablement raison. En général. Mais pas dans son cas. Je suis sûre et certaine qu'il ne s'est pas suicidé.

— Alors je m'incline. Après tout, vous le connaissiez très bien.

Le silence s'installa quelques instants, et Hen, visiblement pensive, but son café à petites gorgées. Isabel regardait le Vettriano, se demandant que dire ensuite. Poursuivre la conversation ne semblait guère utile : elle n'apprendrait plus grand-chose de Hen, qui lui avait sûrement dit tout ce qu'elle était prête à lui dire et dont – estimait-elle – les perceptions n'étaient de toute façon pas très fines.

La jeune femme posa sa tasse et Isabel détourna les yeux du tableau étrangement dérangeant. Le jeune homme qu'elle avait aperçu dans le miroir entrait dans la pièce, vêtu cette fois.

— Voici Neil, dit Hen.

Isabel se leva pour lui serrer la main. Sa paume était tiède et légèrement humide. Il sort de la douche, pensa-t-elle. Voilà pourquoi il était nu tout à l'heure. Peut-être n'y avait-il rien d'insolite, pour les gens de cette génération, quand ils se connaissaient bien et vivaient sous le même toit, à passer d'une pièce à l'autre sans souci de cacher leur nudité, en parfaite innocence, tels des enfants dans le jardin d'Éden.

Neil prit la chaise à bras en face du divan et Hen lui expliqua pourquoi Isabel se trouvait là.

— Je ne voulais pas être indiscrète, ajouta celle-ci. Mais j'avais besoin d'en parler. J'espère que vous n'êtes pas fâché.

— Non, répondit Neil. Si vous désirez parler de Mark, je n'y vois pas d'inconvénient.

Isabel l'observa furtivement. Son accent était très différent de celui de Hen : du nord-est de l'Écosse, pensa-t-elle, et révélant une éducation dans des écoles choisies. Il devait avoir le même âge que Hen, ou peut-être un peu plus. Et apprécier la vie au grand air. Mais Hen avait parlé de son excellence au golf, et sans doute son teint était-il rehaussé par l'âpre vent des terrains écossais.

— Je ne vais pas vous déranger plus longtemps, dit-elle. Je vous ai rencontrés, nous avons causé, et je dois vous laisser à vos occupations.

— Tant mieux si cela vous a aidée.

Hen échangea un bref regard avec Neil, dont la signification semblait claire. Après son départ, elle lui dirait : « Pourquoi diable est-elle venue ? À quoi tout ça pouvait-il lui servir ? » Parce qu'elle ne représentait rien pour Hen : une quadragénaire anonyme, une femme périmée, sans réalité, sans intérêt.

— Je prends votre tasse, dit-elle en se levant soudain. Il faut que j'aille mettre un plat au four. Excusez-moi une minute.

— Je vais vous laisser, dit Isabel

Mais elle resta assise sur le divan et, quand Hen eut quitté la pièce, regarda Neil, qui l'observait attentivement, les bras reposant sur les accoudoirs.

— Vous pensez qu'il a pu sauter volontairement ? demanda-t-elle.

Son visage resta impassible, mais il se raidit un peu et parut déconcerté, mal à l'aise.

— Volontairement ?

— Oui. S'être suicidé.

Il ouvrit la bouche pour répondre, mais n'en fit rien et la regarda fixement.

— Excusez ma question, dit-elle. Je vois que vous n'y croyez pas. Et vous avez probablement raison.

— Probablement, murmura-t-il d'un ton neutre.

— Puis-je vous demander autre chose ? Elle n'attendit pas sa réponse. Hen m'a dit que Mark était très apprécié. Mais croyez-vous qu'une personne ait pu le détester ?

Voilà, la question était posée. Elle l'observa et vit ses yeux se baisser vers le sol ; puis il les releva, mais sans la regarder. Avant de répondre, il les tourna vers la porte, comme s'il attendait que Hen vînt parler à sa place.

— Je ne crois pas. Non. Je ne crois pas.

Isabel hocha la tête.

— Alors, il ne se passait rien... rien d'inhabituel dans sa vie ?

— Non. Rien d'inhabituel.

Il la regarda enfin, et elle perçut dans ses yeux une lueur d'animosité. Sans doute se disait-il, à juste titre, qu'elle n'avait aucun droit de fureter dans la vie de son ami. Elle était déjà restée trop longtemps, comme Hen le lui avait fait sentir, et il fallait qu'elle s'en aille. Elle se leva et il suivit son exemple.

— J'aimerais dire au revoir à Hen, dit-elle en s'engageant dans le vestibule, aussitôt suivie de Neil.

Prestement, elle jeta un coup d'œil autour d'elle. Par rapport au miroir, la pièce d'où il avait surgi tout à l'heure devait être la première sur sa droite.

— Elle est dans la cuisine, n'est-ce pas ?

Et, ce disant, elle s'avança et poussa la porte.

— Là, c'est sa chambre. La cuisine est au fond, lança-t-il derrière elle.

Mais Isabel avait eu le temps de faire un pas dans la grande pièce, avec ses rideaux fermés et la lampe de chevet encore allumée. Et le lit défait.

— Oh, excusez-moi, marmonna-t-elle.

— Cette porte, là-bas, dit-il d'un ton sec.

Il la regardait à la dérobée. Avec inquiétude, pensa-t-elle, inquiétude et hostilité.

Elle ressortit, marcha jusqu'à la porte indiquée et trouva Hen, plutôt gênée qu'elle la surprît assise sur un tabouret et plongée dans un magazine. Mais

Isabel la remercia chaleureusement, prit congé et quitta l'appartement, au son de la clé que Neil tournait derrière elle. Elle leur avait laissé sa carte au cas où ils souhaiteraient la joindre, mais ils l'avaient regardée d'un air dubitatif et elle savait qu'ils n'en feraient rien. Elle s'était sentie mal à l'aise et un peu idiote ; mais somme toute, se dit-elle, c'était ce qu'elle méritait.

Au moins, une chose était claire : Neil et Hen étaient amants. Voilà pourquoi il se trouvait dans sa chambre au moment où elle avait sonné. La jeune femme avait prétendu qu'il n'était pas encore rentré, mais elle ne pouvait guère déclarer à une visiteuse inconnue qu'il occupait son lit à cette heure. Certes, cette découverte confirmait son intuition première au sujet de Hen, mais elle ne révélait pas grand-chose sur ce qu'avait été leur cohabitation au temps où ils vivaient à trois. Il se pouvait, bien sûr, que Mark se soit senti exclu. Hen avait affirmé qu'elle ne connaissait pas les deux garçons avant qu'ils deviennent colocataires ; aussi l'intimité était-elle venue par la suite, et le fonctionnement du trio en avait certainement été modifié : d'une communauté de trois amis, ils étaient passés à un couple et un ami. Mais il était possible aussi que Hen et Neil soient tombés dans les bras l'un de l'autre après la mort de Mark, comme pour se consoler mutuellement. Oui, peut-être ; mais cela non plus ne révélait rien de l'état d'esprit de Mark le soir du concert à l'Usher Hall. Isabel ne savait à peu près rien de lui avant sa visite au 48, Warrender Park Terrace, et n'était pas plus éclairée à présent. Un jeune homme sympathique, apprécié de tous et peu enclin à douter de lui-même. À cela, rien d'étonnant : le doute de soi était une souffrance d'adolescents et, beaucoup plus tard, de personnes vieillissantes, non de jeunes adultes. En somme, si quelque chose angoissait Mark Fraser, il avait soigneusement caché cette angoisse aux gens qui partageaient son quotidien.

Elle rentra chez elle en prenant le temps de goûter l'air du soir, tiède pour la saison. Le vent était tombé et les prémices de l'été se faisaient timidement sentir. Elle croisait des passants, qui rentraient chez eux à pied et sans hâte. La plupart allaient retrouver des conjoints, des amants, des parents. Seule sa maison attendait Isabel, grande et vide. C'était le résultat de choix qu'elle avait faits en toute conscience, et elle le savait. Mais tout procédait-il de son libre arbitre ? Elle n'avait pas choisi de tomber amoureuse avec une intensité si totale et définitive qu'aucun homme, ensuite, ne pourrait plus lui plaire. Cet amour était venu à elle, et ce qui nous arrive n'est pas toujours de notre fait. John Liamor était venu, et il lui fallait en assumer les conséquences. Elle n'en faisait pas un drame et préférait ne pas en parler (bien que l'avant-veille elle se soit ouverte à Jamie, imprudemment peut-être). Ainsi était sa vie, et elle s'efforçait de la rendre productive, car c'était à ses yeux le devoir moral de chacun – à condition de croire aux devoirs envers soi-même, et Isabel y croyait. De même, elle croyait aux vertus du questionnement : toute constatation entraînait un pourquoi. Mais un pourquoi menant à quoi ?

9

La semaine s'écoula sans événement marquant. Isabel poursuivit son travail pour la revue, mais les épreuves du numéro suivant étaient parties chez l'imprimeur, et comme deux membres du comité de rédaction se trouvaient à l'étranger, elle ne fut guère surchargée. Elle passa beaucoup de temps à lire, aida Grace à débarrasser le grenier, tâche trop longtemps remise. Mais elle eut tout le temps de réfléchir, sans cesser de penser à sa « pierre d'achoppement », comme elle l'appelait. Certes, l'hyper-sensibilité qui l'avait saisie après la soirée fatale avait fini par s'estomper, mais pour céder à un sentiment d'inachevé. Sa rencontre avec Hen et Neil la laissait sur sa faim, mais elle ne voyait pas quelle autre démarche entreprendre. Une audience publique aurait bien lieu : un juge du parquet d'Édimbourg l'avait prévenue qu'elle y serait convoquée en tant que principal témoin oculaire, mais sans lui cacher que l'affaire serait vite expédiée.

— Je ne pense pas que l'accident fasse de doute, avait-il déclaré d'un air d'ennui. Nous avons vérifié que le rail de protection est placé assez haut, et qu'on ne risque de tomber que si l'on se penche franchement par-dessus. C'est ce qui a dû se passer. Il s'est penché pour une raison ou pour une autre. Peut-être parce qu'il cherchait quelqu'un au parterre. Donc, on en restera là.

— Alors à quoi bon une enquête judiciaire, avait-elle répliqué.

Elle était assise en face du magistrat, dans le petit bureau chichement meublé où il l'avait priée de passer le voir. *Décès*, indiquait lugubrement la plaque sur la porte. Et, derrière celle-ci, cet homme longiligne, au visage hâve et triste. Au mur était accrochée une photographie encadrée, où deux jeunes hommes et deux jeunes filles se tenaient très raides sur des chaises devant un porche en pierre. *Université d'Édimbourg, faculté de droit*, disait l'inscription au-dessous du cliché. Un de ces jeunes gens était le juge, reconnaissable à sa silhouette trop longue et à son air empoté. Avait-il convoité une carrière plus exaltante ?

Il regarda Isabel, puis détourna les yeux. Magistrat en charge des décès pour la ville d'Édimbourg. Des morts. Chaque jour, des morts. Des gens haut placés, de petites gens. Des morts et encore des morts. Il accomplirait sa tâche pendant un an, conformément à l'usage écossais, puis redeviendrait juge d'instance dans une bourgade comme Airdrie ou Bathgate. Chaque jour, ce ne seraient que crimes et délits, violences, escroqueries minables et cruautés ordinaires, jusqu'à la retraite.

— Comment dit-on ? Classer ? Oui. Il faut classer l'affaire, marmonna-t-il.

Donc c'était tout. Une tragédie totalement imprévue était survenue sans que personne soit à blâmer. Le hasard avait voulu qu'elle en soit témoin, et elle avait fait son possible pour s'en expliquer la cause. Au bout du compte, elle demeurait sans explication et elle ne pouvait rien faire de plus, sinon accepter la situation.

Aussi s'efforça-t-elle de se concentrer sur ses lectures, qui, ironie du sort, n'étaient pas sans rapport avec ladite situation. Un ouvrage venait de sortir en librairie, qui traitait des limites de l'obligation morale : sujet peu original en soi, mais dont un groupe de philosophes offrait une relecture assez captivante, en arguant que l'éthique appliquée devrait s'interroger moins sur les actes accomplis que sur ceux dont on s'abstenait. C'était une proposition ambitieuse et sans concession, susceptible de gêner ceux qui préféraient mener une vie tranquille. Elle exigeait un tel surcroît de vigilance et de conscience des besoins d'autrui qu'Isabel se sentait dépassée par l'enjeu. En outre, un tel réexamen n'était pas fait pour aider une personne en quête d'oubli. Il impliquait que chasser un problème de son esprit risquait de se révéler une omission coupable et délibérée.

L'ouvrage était ardu et rébarbatif de la première à la dernière de ses cinq cent soixante-dix pages, et Isabel fut tentée de le laisser tomber provisoirement, voire définitivement. Mais c'eût été justifier la sévérité de l'auteur. Le roublard ! Il m'a piégée, pensa-t-elle.

Quand elle eut enfin terminé le livre, elle eut un frisson de plaisir coupable en le rangeant au bout d'une étagère obscure, tout au sommet d'un haut rayonnage. C'était un samedi après-midi, et elle estima que sa persévérance méritait bien d'être récompensée par un petit tour dans le centre-ville, égayé par la visite d'une ou deux galeries et une halte dans un salon de thé de Dundas Street pour y savourer une pâtisserie.

Elle prit l'autobus et, tandis qu'elle arrivait en vue de l'arrêt à l'angle de Queen Street, elle eut la surprise d'apercevoir Toby qui descendait la rue. Il tenait un sac rouge marqué du logo d'un magasin, et son pantalon en velours fraise écrasée attira son regard. Isabel sourit perfidement en pensant que ce pantalon était ce qu'il avait de plus remarquable. Quand elle mit pied à terre, souriant toujours, Toby marchait vingt ou trente mètres plus loin. Il ne l'avait pas vue – à son grand soulagement, car elle ne se sentait pas d'humeur à lui parler. Mais à présent, alors qu'elle descendait la rue à son tour (à bonne distance de lui), elle se prit à se demander ce qu'il faisait par ici. Des courses, à l'évidence. Mais où allait-il ? Toby habitait Manor Place, à l'autre bout de la ville. Il ne rentrait donc pas chez lui.

Quelle futilité ! se reprocha-t-elle. Quelle futilité de s'intéresser aux faits et gestes de l'ennuyeux Toby ! Que lui importait de savoir comment il occupait son samedi après-midi ? Absolument rien. Mais cette réponse eut pour seul effet d'aviver sa curiosité. Il ne serait pas inutile d'apprendre quelque chose sur son compte : par exemple, qu'il achetait des pâtes fraîches chez Valvona & Crolla. Ou qu'il prenait plaisir à fureter chez les antiquaires (c'était improbable). Elle l'estimerait peut-être davatange si elle en savait un peu plus sur lui. Cat avait laissé entendre que sa personnalité recelait des richesses insoupçonnées, et elle devrait au moins tenter d'en découvrir quelques aspects. (S'obligeait-elle par devoir moral à combattre ses propres préventions ? Non. Les cinq cent soixante-dix pages étaient bien rangées en haut d'un rayonnage, et ce sujet n'était plus à l'ordre du jour.)

Toby marchait assez vite et, pour ne pas le perdre de vue, Isabel dut accélérer le pas. Elle le vit traverser Heriot Row et s'engager dans Dundas Street. Elle le suivait maintenant, vaguement consciente du ridicule de sa conduite, mais au bout du compte cela l'amusait. Il n'entrera pas dans une galerie, se dit-elle, et encore moins dans une librairie. Que cherchait-il, alors ? Peut-être l'agence de voyages au coin de Great King Street (pour une petite escapade aux sports d'hiver avant la fin de la saison ? Dans une station propice aux avalanches ?).

Soudain il fit halte et Isabel, plongée dans ses pensées coupables, s'aperçut qu'elle s'était rapprochée de lui. Aussitôt elle s'immobilisa. Toby regardait une vitrine, la tête penchée en avant comme pour mieux voir un objet ou déchiffrer une étiquette. Plantée sur le trottoir, Isabel regarda vers la gauche et s'aperçut qu'il ne s'agissait pas d'une boutique, mais d'une maison particulière ; et en guise de vitrine, elle vit la fenêtre d'un salon. Elle se mit à scruter l'intérieur de la pièce, craignant qu'en se retournant Toby ne la surprît en train de l'espionner. C'était un grand salon élégant et cossu, typique de cette partie de New Town, avec ses élégantes rues du dix-huitième siècle et ses belles maisons géorgiennes. Alors qu'elle l'examinait par-delà l'étroit jardinet qui le séparait de la rue, un visage de femme apparut et l'observa en retour. L'instant d'avant, sans doute était-elle assise et cachée à sa vue ; mais elle s'était levée pour regarder par la fenêtre et voyait maintenant une passante debout sur le trottoir, qui semblait très intéressée par son salon.

Leurs regards se croisèrent et Isabel se raidit, mal à l'aise. La dame à la fenêtre avait un visage qui lui était vaguement familier, mais elle ne put se rappeler où elle l'avait déjà vue. Pendant quelques secondes, toutes deux restèrent face à face, figées par la surprise ; puis l'étonnement sur le visage de la dame fit place à de l'irritation, et Isabel fit mine de regarder sa montre. Le mieux était de feindre la distraction, comme si tout en marchant elle s'était brusquement souvenue qu'on l'attendait quelque part et arrêtée pour rassembler ses pensées, les yeux perdus dans le vide (ou un pan de vide derrière lequel se trouvait un salon). À présent, elle regardait l'heure de peur d'être en retard.

Son petit numéro semblait avoir fonctionné, car la dame se détourna et Isabel reprit sa marche, notant que Toby s'était un peu éloigné et se tenait au bord de la chaussée : il s'apprêtait à la traverser pour s'engager dans Northumberland Street. Elle fit halte une nouvelle fois, feignant de regarder une vitrine (une vraie, cette fois !), tandis que Toby gagnait le trottoir d'en face.

Le moment était venu de prendre une décision. Elle pouvait arrêter cette absurde filature tout de suite, sans dévier d'un itinéraire dont elle pouvait affirmer sans mentir qu'elle l'aurait suivi de toute façon, ou bien emboîter le pas à Toby. Elle hésita un instant, puis regarda distraitement à droite et à gauche, et traversa à son tour avec nonchalance. Arrivée sur l'autre trottoir, elle ne put s'empêcher de trouver une nouvelle fois sa conduite ridicule. Elle, directrice de la *Revue d'éthique appliquée*, suivait en douce un jeune homme dans une rue d'Édimbourg en plein après-midi. Elle qui croyait si fort au respect de la vie privée, qui fustigeait la vulgarité des temps et leur passion pour le linge sale d'autrui, se comportait comme une gamine de collège. Pourquoi se laissait-elle absorber par les affaires des autres, au point d'adopter les méthodes d'un vulgaire privé de film noir ?

Northumberland Street était une des rues les plus étroites de New Town, tracée et bâtie à une échelle sensiblement plus petite que celles qui l'environnaient. Elle avait ses adeptes, qui appréciaient son caractère plus intime. Isabel, pour sa part, la trouvait trop sombre, privée de perspective et de cette impression de hauteur et de majesté qui faisait tout le charme de cette partie de la ville. Non qu'elle eût aimé y habiter : elle préférait de beaucoup la quiétude de Merchiston et de Morningside, et l'agrément d'un jardin. Elle leva les yeux vers une maison sur sa droite, qu'elle avait fréquentée au temps où Lord John Pinkerton en était le propriétaire. John, un ancien bâtonnier qui connaissait mieux que personne l'histoire architecturale d'Édimbourg, avait recréé un intérieur géorgien impeccable dans le moindre détail. Quel homme amusant, avec sa drôle de voix qui, lorsqu'elle s'éclaircissait, évoquait un peu les gloussements d'un dindon ! Et quel homme généreux aussi ! Il avait admirablement appliqué la devise de sa famille, une devise toute simple : *Bienveillance avant toute chose*. Personne n'avait habité la ville si pleinement, et connu la moindre de ses pierres. Et quel courage aussi sur son lit de mort, quand la maladie l'avait prématurément frappé et qu'il entonnait avec allégresse des chants patriotiques et des cantiques en vieil écossais, oubliés de tous mais qu'il se rappelait à la perfection, comme il se rappelait tout le reste ! Son lit de mort... Elle se remémora soudain le poème que Douglas Young avait composé à la mémoire de Willie Soutar, vantant son dévouement à la cause de l'Écosse. Comme John, pour qui la cause de l'Écosse était simplement : *Bienveillance avant toute chose*.

Toby avait ralenti à présent et marchait presque d'un pas de promenade. Isabel craignait qu'il ne se retourne à un moment ou à un autre, d'autant que dans cette rue étroite il ne pouvait manquer de la remarquer. Certes, il n'y avait pas de quoi s'inquiéter outre mesure : Toby ne pouvait rien voir d'insolite à sa présence dans cette rue un samedi après-midi, puisqu'il s'y trouvait aussi. La seule différence entre eux était que, de toute évidence, Toby savait où il allait, alors qu'elle-même n'avait aucune idée de l'endroit où il l'emmènerait.

Du côté est, Northumberland Street s'achevait à gauche par un tournant, et la rue changeait de nom pour devenir Nelson Street. Au goût d'Isabel, elle prenait alors un aspect plus attrayant. Jadis elle avait connu un peintre qui habitait Nelson Street, dans un atelier au dernier étage dont les verrières s'ouvraient à la claire lumière du nord qui imprégnait tous ses tableaux. Elle avait souvent partagé des dîners avec lui et sa femme, avant leur départ pour la France. Là, il avait abandonné la peinture pour devenir vigneron ; puis il était mort subitement, et sa femme s'était remariée avec un Français, un juge qu'elle avait suivi à Lyon. Pendant deux ou trois ans, Isabel avait reçu d'elle quelques nouvelles intermittentes, puis plus rien. Le juge, avait-elle appris plus tard, avait été emprisonné à Marseille à la suite d'un scandale de corruption (une « affaire », comme on disait pudiquement en France), et la veuve du peintre s'était installée dans le Midi pour visiter son mari à la maison d'arrêt ; mais la honte l'avait retenue d'en avertir ses anciens amis. De sorte que, pour Isabel, Nelson Street évoquait des souvenirs mitigés.

Au moment de s'y engager, Toby fit passer de sa main droite à sa main gauche le sac contenant ses achats et traversa bientôt la chaussée, sous les yeux d'Isabel qui le surveillait toujours discrètement, une Isabel aux airs de rôdeuse en quête d'un mauvais coup. Sur le trottoir d'en face, il fit halte et leva les yeux vers une maison massive, apparemment divisée en nombreux appartements, puis jeta un coup d'œil à sa montre. Isabel le vit s'avancer jusqu'au pied d'un perron menant à l'entrée d'un des logements du rez-de-chaussée. Là, il attendit une dizaine de secondes, puis monta les marches et pressa le bouton de la grosse sonnette en cuivre. Isabel s'était immobilisée derrière un fourgon de livraison garé juste après le coin de la rue, qui la dissimulait opportunément. Quelques instants passèrent, puis la porte s'ouvrit et elle distingua une jeune femme, vêtue, lui parut-il, d'un jean et d'un tee-shirt. Elle surgit de la pénombre du vestibule et la lumière du jour l'éclaira un bref moment – juste assez pour qu'Isabel la vît distinctement entourer de ses bras les épaules de Toby et presser ses lèvres sur sa joue.

Naturellement, il ne la repoussa pas – au contraire : laissant tomber son sac à ses pieds, il se pencha pour la prendre dans ses bras et la serrer fort contre lui, puis la fit doucement reculer dans le vestibule. Isabel était plus raide qu'une statue.

Elle ne s'était pas attendue à cela. Au vrai, elle avait suivi Toby sans s'attendre à rien de précis. Mais il ne lui était pas venu à l'esprit qu'en cédant au caprice de jouer les détectives, elle pourrait vérifier de ses propres yeux son intuition première au sujet de Toby. Infidèle.

Elle resta immobile deux ou trois minutes encore, les yeux fixés sur la porte refermée. Puis elle fit volte-face et reprit Northumberland Street, se sentant salie par ce qu'elle avait vu, mais tout autant par ce qu'elle venait de faire. Une sensation malsaine, et qui ne devait pas être très éloignée de ce dégoût d'eux-mêmes qu'éprouvent ceux qui s'éclipsent discrètement des tripots, maisons de passe et autres lieux clandestins. « Mortifiés, coupables », comme l'écrivait gravement WHA dans son poème sur les lendemains de jouissances viles, quand des têtes innocentes s'offraient au sommeil auprès des parjures.

10

— J'étais à l'arrêt du bus, en train d'attendre. En principe, il en passe un toutes les douze minutes. Toutes les douze minutes ? Laissez-moi rire !

Grace était indignée.

— Juste devant l'arrêt, il y avait une grande flaque d'eau. Tout à coup, voilà qu'une auto déboule, avec un jeune homme au volant. Un de ces garçons avec une casquette de base-ball à l'envers, vous voyez ? Eh bien, il a roulé droit dans la flaque et la vieille dame à côté de moi s'est retrouvée trempée des pieds à la tête. Elle dégoulinait ! Le gars au volant a très bien vu qu'il l'avait éclaboussée, mais croyez-vous qu'il se soit arrêté pour s'excuser ? Non, bien sûr. Qu'est-ce que vous croyez ?

— Oh, je ne crois rien, répondit Isabel en réchauffant ses mains à son bol de café. C'est le déclin de la politesse. Ou son absence.

— Déclin, absence, c'est du pareil au même, maugréa Grace.

— Pas tout à fait. On parle de déclin quand ce qui était vient à s'amoindrir. Et d'absence quand une chose n'est pas là et n'a peut-être jamais existé.

— Êtes-vous en train de me dire que dans le temps on ne s'excusait pas quand on éclaboussait les gens ?

Grace avait du mal à réprimer son ire. Sa patronne, décidément, posait sur certains problèmes un regard beaucoup trop indulgent. À commencer par celui des garçons à casquette de base-ball.

— Certaines personnes s'excusaient, bien sûr, dit Isabel d'un ton conciliant. D'autres non. Il n'y a aucun moyen d'affirmer qu'on s'excusait plus autrefois qu'aujourd'hui. C'est comme ceux qui prétendent que les agents de police sont plus jeunes que par le passé. C'est faux, ils ont toujours eu le même âge, mais certains ont l'impression qu'ils sont plus jeunes.

Il en fallait plus pour faire changer Grace d'avis.

— Eh bien ! Moi, je peux vous le dire. Les agents de police sont plus jeunes, aucun doute là-dessus, et les bonnes manières sont passées à la trappe. Il suffit de marcher dans la rue. À moins d'être aveugle, on s'en aperçoit tous les jours. Croyez-moi, les garçons ont besoin d'un père qui leur apprenne à se tenir !

La discussion avait lieu dans la cuisine et prenait le même tour qu'à l'accoutumée : Grace soutenait un point de vue, refusait d'en démordre, et, pour finir, Isabel concédait d'un ton évasif que la question était complexe et demandait une réflexion plus approfondie, mais que Grace avait sûrement raison jusqu'à un certain point.

Isabel se leva : il était presque 9 h 10 et ses mots croisés l'attendaient. Elle prit le *Scotsman* sur la table, laissant Grace finir de plier le linge sec, et passa dans le petit salon. Les garçons, avait-elle proclamé, avaient besoin d'un père. Pour leur apprendre à « se tenir », c'est-à-dire à faire la différence entre bonnes et mauvaises actions. C'était vrai, mais, comme tous les jugements de Grace, vrai en partie seulement. Pourquoi les mères n'auraient-elles pu assumer cette fonction ? Isabel connaissait de nombreuses femmes qui avaient élevé seules un ou plusieurs garçons et s'en étaient fort bien sorties. Une de ses amies, abandonnée par son mari six semaines après la naissance de leur fils, avait surmonté toutes les difficultés qui guettent les mères seules et magnifiquement réussi son éducation. C'était devenu un garçon très bien, comme beaucoup d'autres dans son cas. Grace aurait donc mieux fait de dire que ce qui importait pour les garçons, c'était d'avoir un parent.

Toby avait un père, et cela ne l'empêchait pas de tromper Cat. Son père lui avait-il jamais appris comment se conduire avec les femmes ? Question intéressante. Isabel ignorait si les pères abordaient ce genre de sujets avec leurs fils. Les prenaient-ils à part pour leur expliquer qu'une femme mérite le respect ? Ou était-ce une notion trop démodée ? Peut-être devrait-elle le demander à Jamie, qui, à la différence de Toby, savait sans aucun doute ce qu'était le respect des femmes.

Mais Isabel se doutait bien que le comportement des hommes dépendait de facteurs psychologiques beaucoup plus complexes. Il s'agissait moins d'éducation morale, réfléchit-elle, que de confiance en soi et de maturité sexuelle. Un homme à l'ego fragile, peu sûr de ce qu'il était, avait tendance à traiter les femmes comme un moyen de combattre son propre sentiment d'insécurité. Un homme à l'identité bien structurée, sûr de sa sexualité, s'accordait à la sensibilité et aux désirs féminins. Parce qu'il n'avait rien à prouver.

Toby ne semblait pas manquer de confiance en soi. À vrai dire, il transpirait la confiance en soi. Dans son cas, il s'agissait donc d'autre chose. Peut-être d'une absence d'imagination morale. Or il n'y a pas de moralité sans compréhension des sentiments d'autrui. Tout procède de là, car sans cela toute empathie est impossible. De telles personnes existent, pour qui la détresse, la souffrance des autres n'a aucune réalité, faute d'aptitude à percevoir de tels sentiments. Ces observations n'avaient bien sûr rien de nouveau : Hume n'avait pas dit autre chose en exposant son concept de « sympathie » ; et en matière de morale, rien, selon lui, n'était plus essentiel que l'expérience sensible des émotions d'autrui. Tout à coup, une question traversa l'esprit d'Isabel : serait-il possible d'expliquer la pensée de Hume en termes de vibrations ? Les vibrations étaient une notion chère au New Age, et peut-être cette approche – par les vibrations, les champs d'énergie – pouvait-elle rendre Hume intelligible à des jeunes gens qui, sans cela, n'auraient jamais la moindre idée de ce dont parlait son œuvre. L'idée lui parut intéressante, mais, comme tant d'idées intéressantes, le temps lui manquait pour la mettre à l'épreuve. Il y avait trop de livres à lire et à écrire, trop de pensées à développer, et elle n'avait pas de temps à consacrer à ces matières.

Ceux qui la connaissaient peu croyaient – bien à tort – qu'Isabel avait du temps à n'en savoir que faire. Naturellement, ils comparaient leur situation à la sienne : celle d'une femme assez fortunée pour se passer de gagner sa vie, habitant seule une grande maison dont s'occupait une employée à plein temps, et n'ayant d'autre contrainte que ses heures de travail hebdomadaires pour une obscure revue de philosophie aux délais sans doute peu contraignants. Comment pouvait-elle manquer de temps ? Leurs propres existences, régies par des obligations familiales et professionnelles plus pressantes les unes que les autres, leur en laissait si peu ! Du moins l'imaginaient-ils.

Bien entendu, toutes ces cogitations, quoique pertinentes au regard des questionnements moraux auxquels elle consacrait sa vie, ne résolvaient pas le dilemme qui l'occupait à présent. En se laissant aller à une curiosité déplacée, elle avait découvert sur Toby quelque chose dont Cat ne savait certainement rien. Le problème qui se posait maintenant était d'une banalité que n'aurait pas reniée le courrier du cœur d'un magazine féminin : « Le petit ami d'une jeune femme qui m'est chère la trompe avec une autre. Je le sais, mais elle l'ignore. Dois-je le lui révéler ? »

C'était peut-être une question rabâchée, mais la réponse à apporter était tout sauf évidente. Autrefois déjà, Isabel y avait été confrontée et n'était pas sûre d'avoir pris la bonne décision. Dans ce cas, il ne s'agissait pas d'infidélité mais de maladie : un confrère qu'elle appréciait beaucoup avait soudain présenté des symptômes de schizophrénie. Quoique travailler lui soit rapidement devenu impossible, il réagissait bien à son traitement. Une femme était alors entrée dans sa vie, à laquelle il avait fait une demande de mariage. Elle avait accepté ; mais, aux yeux d'Isabel, c'était surtout par désir de mettre fin à son célibat et faute d'avoir trouvé plus tôt un mari. Elle ignorait la maladie de son fiancé, et Isabel s'était longuement interrogée : devait-elle l'en informer ou non ? Finalement, elle avait choisi de se taire ; mais, plus tard, la découverte de la vérité avait plongé la femme dans un grand désarroi. Elle s'en était pourtant accommodée, et le couple menait à présent une vie tranquille et protégée dans la campagne du Perthshire. Jamais elle n'avait exprimé de regrets ; mais si Isabel l'avait prévenue, elle aurait pris sa décision en toute connaissance de cause : peut-être aurait-elle renoncé à se marier et vécu plus heureuse toute seule. En revanche, un refus aurait privé l'homme de la stabilité qu'il avait trouvée en l'épousant. Plus elle y pensait, plus il lui semblait que garder le silence avait été le meilleur parti. L'ennui, c'était qu'on ne pouvait jamais prévoir quel tour prendraient les choses ensuite, selon qu'on intervenait ou non. Le silence pouvait donc apparaître comme la solution la plus sage, dès lors qu'on n'était pas directement concerné. Sage, vraiment ? En l'occurrence, non, sûrement pas. Cat était sa nièce : n'était-ce pas son droit de la mettre en garde ? Et si elle avait découvert que Toby n'était pas ce qu'il prétendait, mais un meurtrier en liberté conditionnelle, préméditant peut-être un nouveau crime ? Dans ce cas, se taire au nom de la prudence aurait relevé de l'absurdité. Parler aurait non seulement été son droit, mais son devoir.

Assise devant sa tasse de café froid et sa grille de mots croisés à laquelle elle n'avait pas touché, Isabel se demanda comment aborder le sujet avec Cat. Une chose était sûre : elle garderait pour elle l'épisode de sa filature. En l'avouant, elle s'attirerait le reproche mérité de s'être immiscée de façon éhontée dans les affaires du jeune couple. Elle serait donc obligée de commencer par un mensonge, ou tout au moins une demi-vérité : « Je flânais dans Nelson Street, et j'ai vu par hasard… »

Comment Cat réagirait-elle ? D'abord, elle serait sous le choc, comme toute personne apprenant une trahison de cette nature. Ensuite, la colère viendrait peut-être, non contre l'amante, mais contre Toby : Isabel avait lu qu'une femme se découvrant trompée incriminait presque toujours l'homme infidèle, alors qu'un homme s'en prenait à son rival. Un moment, elle imagina la scène : Toby, sans rien soupçonner, se trouvait face à face avec une Cat folle de rage ; sa suffisance habituelle s'effondrait sous la tempête, et la honte d'être démasqué lui empourprait le visage. Et puis, quand Cat lui aurait dit tout ce qu'elle avait sur le cœur, Isabel pouvait espérer qu'elle partirait en claquant la porte, et c'en serait fini de Toby. Quelques semaines plus tard, la blessure serait encore à vif, mais pas au point d'interdire toute visite ; de sorte que Jamie pourrait passer voir Cat dans sa boutique et lui proposer de dîner avec lui. Il se montrerait compatissant, bien sûr, mais il faudrait lui recommander de garder une certaine distance, sans essayer de combler trop tôt le vide affectif causé par la rupture. Ensuite, on verrait bien. Si Cat avait un peu de plomb dans la cervelle, elle comprendrait que Jamie était incapable de perfidie, alors que Toby et ses semblables ne pouvaient que la faire souffrir.

Mais ici s'achevait le rêve. Le plus probable était que Cat rééditerait son erreur, deux fois, trois fois, il en allait toujours ainsi, et pour tout le monde. Les mauvais chevaux étaient inévitablement remplacés par d'autres mauvais chevaux. Chacun répétait ses erreurs, parce que les affinités électives obéissaient à des facteurs échappant à tout contrôle. Isabel avait assez lu Freud – et Melanie Klein, plus explicite sur ce sujet – pour savoir que les dés de l'Éros étaient jetés de très bonne heure, dès la petite enfance, et tombaient selon les forces les plus archaïques régissant notre psyché : celles de nos relations avec nos père et mère. L'amour et le désir avaient fort peu à voir avec les qualités de l'autre et l'appréciation raisonnée de celles-ci ; ils étaient plutôt le fruit des bonheurs et des tourments de la chambre d'enfant. Non que tous les bambins aient connu le luxe d'une chambre d'enfant, mais il existait toutes sortes d'équivalents : les contrées de l'enfance, peut-être.

11

Ce fut ce soir-là vers 18 heures, au terme d'une journée qu'elle jugeait complètement gâchée, qu'Isabel eut la surprise de voir paraître Neil, le jeune homme qui s'était montré si laconique lors de sa décevante visite au 48, Warrender Park Terrace. Il arriva sans s'annoncer, mais Isabel regardait à ce moment par la fenêtre de son bureau et put l'observer qui montait l'allée menant au porche, puis levait les yeux en direction de l'imposante maison. Il lui sembla qu'il hésitait un peu, mais il sonna et elle alla lui ouvrir.

Il portait un costume et une cravate sévères, et Isabel remarqua ses souliers, noirs, à lacets et soigneusement cirés. Hen avait évoqué le cabinet d'avocats où il travaillait : un endroit « très collet monté », selon elle. L'apparence du jeune homme confirmait cette opinion.

— Mademoiselle Dalhousie ? demanda-t-il, tout en sachant pertinemment à qui il s'adressait. J'espère que vous vous souvenez de moi. Vous êtes passée l'autre jour…

— Bien sûr, interrompit Isabel. Vous êtes Neil, n'est-ce pas ?

— Oui.

Elle s'écarta pour le laisser entrer, puis le précéda dans le salon. Il déclina l'offre d'une tasse de thé ou d'un sherry, mais elle s'en servit un petit verre et s'assit en face de lui.

— Hen m'a dit que vous étiez avocat.

— Avocat stagiaire, rectifia-t-il. Oui. C'est ma profession.

— Comme une personne sur deux à Édimbourg, plaisanta Isabel.

— J'ai quelquefois cette impression, c'est vrai.

Il y eut un silence. Isabel observa que Neil gardait les mains crispées sur ses genoux et que son attitude générale était tout sauf détendue. Il était nerveux et à cran, comme lors de leur précédente rencontre. Mais peut-être Neil Macfarlane faisait-il partie de ces gens naturellement anxieux, tendus comme des arcs et soupçonneux à l'égard du monde qui les entourait.

— Je suis venu vous voir…

Il s'interrompit.

— Oui. C'est ce que je vois, dit Isabel.

Neil tenta un rapide sourire, mais celui-ci s'effaça presque aussitôt.

— Je suis venu vous voir au sujet de… de ce dont nous parlions l'autre jour. Voyez-vous, je ne vous ai pas dit toute la vérité. Et, depuis, je me fais des reproches.

Isabel l'observait avec attention. La crispation des muscles de son visage le vieillissait et dessinait des plis aux coins de sa bouche. Les paumes de ses mains devaient être moites, se dit-elle. Mais elle resta silencieuse et attendit qu'il poursuive.

— Vous m'avez demandé... vous m'avez demandé s'il se passait quelque chose d'inhabituel dans la vie de Mark. Vous vous souvenez ?

Isabel fit oui de la tête et but une petite gorgée de sherry. Sec, trop sec, avait décrété Toby lorsqu'elle lui en avait servi. Presque amer.

— Je vous ai répondu que non, reprit Neil. Mais c'était faux. Il y avait quelque chose.

— Et maintenant vous désirez m'en parler ?

— Oui. Je me suis senti coupable de vous avoir induite en erreur. Je ne sais pas pourquoi je l'ai fait. Peut-être parce que, au fond de moi, je vous en voulais d'être venue. J'avais l'impression que tout cela ne vous regardait pas.

Et vous aviez raison, pensa Isabel, mais elle s'abstint de le dire. Neil continua :

— Voilà, il se trouve que Mark m'avait fait quelques confidences. Il avait découvert quelque chose. Et il avait peur.

Isabel sentit son pouls s'accélérer. Ainsi elle avait vu juste : la mort de Mark n'était pas ce qu'elle paraissait. Elle avait un double fond.

Neil desserra ses mains. Maintenant qu'il avait commencé de parler, sa tension semblait retomber un peu. Mais il n'était pas calme pour autant, il s'en fallait de beaucoup.

— Vous savez sans doute que Mark travaillait pour un fonds d'investissement, dit-il. La société McDowell. Une firme qui a pris pas mal d'importance depuis quelques années. McDowell gère plusieurs gros fonds de pension et trois ou quatre fortunes privées. Une boîte réputée.

— Je sais, dit Isabel.

— Bon. Dans ce genre de métier, on voit circuler beaucoup d'argent. Ce qui exige une grande vigilance.

— J'imagine.

— Et il faut veiller tout particulièrement à ne pas enfreindre certaines règles. Sinon, on risque de commettre un délit d'initié. Vous savez ce que c'est ?

Isabel répondit qu'elle connaissait l'expression, mais n'était pas très sûre de ce qu'elle recouvrait. Des achats d'actions suggérés par des personnes mises dans la confidence ?

— Oui, plus ou moins. En travaillant dans la finance, on peut obtenir certaines informations permettant de prédire les mouvements de capitaux. Par exemple, si l'on apprend qu'une entreprise va être rachetée, on sait que les actions ont de bonnes chances de s'apprécier. Et si on en achète avant que le rachat soit annoncé, on peut faire un gros profit. C'est simple.

— Et tentant, je suppose, remarqua Isabel.

— Bien sûr. Très tentant, reconnut Neil. Il n'y a pas si longtemps, je me suis trouvé dans une situation de ce genre. Une offre de rachat très avantageuse pour les actionnaires, dont mon cabinet supervisait les conditions. J'ai participé à la rédaction du contrat, et j'aurais très bien pu faire appel à un homme de paille pour acheter des actions à ma place. Simple comme bonjour. J'aurais gagné plusieurs milliers de livres.

— Et vous ne l'avez pas fait ?

— On risque la prison si on se fait prendre, dit Neil. La loi vous punit pour escroquerie, parce que vous trompez les personnes qui vous vendent les actions. Vous savez des choses qu'elles ignorent. Vous faussez le principe même du marché.

— Et vous pensez que Mark avait eu vent de manœuvres de ce genre ?

— Oui. Un soir, au pub, il m'en a parlé. Il s'était aperçu que des délits d'initié étaient commis chez McDowell. Il en était absolument sûr, et il disait pouvoir le prouver. Mais il m'a aussi parlé d'autre chose.

Isabel posa son verre de sherry. Le but de ces révélations se dessinait avec évidence, et elle se sentait mal à l'aise.

— Mark craignait que les fraudeurs en question n'aient compris qu'il les avait démasqués. Depuis peu, on le traitait d'une façon bizarre, presque méfiante. Et il avait eu droit à un drôle de petit laïus. Quelqu'un l'avait pris à part pour lui parler de confidentialité, de loyauté envers la firme… Un laïus qu'il avait interprété comme une menace voilée.

Il regarda Isabel, et elle crut percevoir une lueur dans ses yeux. Que trahissait-elle ? Avait-il besoin d'aide ? Était-ce l'expression d'une souffrance, d'une tristesse intérieure qu'il était incapable de formuler ?

— Il n'a rien dit de plus ? demanda-t-elle. Savez-vous qui lui avait donné cet avertissement ?

Neil secoua la tête.

— Non. Il a prétendu qu'il ne pouvait m'en dire davantage. Mais j'ai bien vu qu'il avait peur.

Isabel se leva et traversa la pièce pour fermer les rideaux.

Dans le silence, l'étoffe fit un bruit léger, comme celui d'une vaguelette sur la plage. De son siège, Neil l'observait attentivement. Elle revint s'asseoir.

— Je ne sais pas ce que vous attendez de moi, dit-elle. Avez-vous pensé à en parler à la police ?

À cette question, il sembla se crisper de nouveau.

— Je ne peux pas, dit-il. Vous comprenez, les policiers sont venus nous trouver à plusieurs reprises et je ne leur ai rien dit. Je leur ai fait les mêmes réponses qu'à vous l'autre jour. Si je changeais de version maintenant, cela reviendrait à admettre que je leur ai menti.

— Et ils pourraient le prendre assez mal, réfléchit Isabel tout haut. Ils penseraient peut-être que vous avez des choses à cacher, n'est-ce pas ?

Neil la fixa des yeux. De nouveau, elle vit cette étrange lueur dans son regard.

— Je n'ai rien à cacher.

— Bien sûr, s'empressa de dire Isabel, mais elle savait qu'il n'en était rien, qu'il lui dissimulait quelque chose. Seulement, quand on n'a pas dit la vérité, les gens se demandent si l'on n'avait pas une bonne raison pour cela.

— Il n'y avait aucune raison, insista Neil d'une voix un peu plus aiguë. Je n'ai rien dit parce que je ne savais pas grand-chose, presque rien, et parce que je n'imaginais pas que cette histoire de délits d'initié puisse avoir un rapport avec… avec ce qui arrivé. Et puis, je n'avais aucune envie de passer des heures dans un commissariat. Je voulais surtout qu'on en finisse. Il me semblait que le plus simple était de ne rien dire.

— C'est quelquefois plus simple, admit Isabel. Mais pas toujours.

Elle le regarda et il baissa les yeux. Elle éprouvait de la pitié pour ce garçon, un garçon ordinaire, ni très sensible ni très réfléchi, mais qui avait perdu un ami, un compagnon qu'il voyait tous les jours. Sa mort l'avait sûrement touché beaucoup plus qu'elle-même, qui avait seulement assisté à la chute fatale d'un inconnu. Il paraissait très vulnérable, et elle songea en l'observant qu'il y avait peut-être eu dans son amitié pour Mark une dimension dont elle ignorait tout. Il se pouvait même qu'ils aient été amants. Qu'une personne soit attirée par l'un et l'autre sexe n'était pas si rare, et avoir vu Neil surgir tout nu de la chambre de Hen n'excluait pas forcément d'autres combinaisons dans cet appartement, autrefois.

— Il vous manque, n'est-ce pas? dit-elle d'une voix tranquille, guettant l'effet que ses mots auraient sur lui.

Il détourna le regard, comme s'il s'intéressait aux tableaux accrochés au mur. Pendant plusieurs secondes, il resta silencieux. Puis :

— Il me manque beaucoup, oui, murmura-t-il. Énormément. Je pense à lui chaque jour. Tout le temps même. Je n'arrête pas de penser à lui.

Il avait répondu à sa question et confirmé ses doutes.

— N'essayez pas de l'oublier, dit-elle. Certaines personnes prétendent que le mieux est d'éviter de penser à ceux qu'on a perdus, mais c'est une bêtise. On ne le peut pas. Et on ne le doit pas.

Il acquiesça de la tête. Son regard revint sur elle un bref instant, puis se détourna de nouveau, douloureusement, pensa-t-elle.

— Je suis contente que vous soyez venu, dit-elle avec douceur. Vous avez été courageux. Ce n'est jamais facile de reconnaître qu'on n'a pas dit toute la vérité. Merci, Neil.

Ces mots ne mettaient pas un terme à l'entretien, mais ce fut ainsi qu'il les interpréta. Il se leva et lui tendit la main, et quand Isabel la prit, elle se rendit compte que cette main tremblait.

Après son départ, elle retourna s'asseoir dans le salon, son verre de sherry vide à côté d'elle, pour méditer sur ce que son visiteur lui avait confié. Cette rencontre inattendue l'avait troublée à plusieurs égards. De toute évidence, Neil était beaucoup plus affecté par la disparition de Mark qu'elle ne l'avait imaginé, au point de se sentir perdu dans le flot de ses émotions.

À cela Isabel ne pouvait rien, car il était clair que le jeune homme ne tenait pas à lui dévoiler les raisons intimes d'un tel tourment. Il se remettrait, bien sûr, mais seul le temps pourrait l'y aider. Plus déconcertantes étaient ses révélations sur les délits d'initié commis chez McDowell. Sur ce point, lui semblait-il, elle ne pouvait rester les bras croisés : que la firme se livre ou non à de telles malversations et autres actes de lucre illicite était pour elle sans conséquence directe, mais elles la concernaient tout de même dès lors qu'elles avaient un rapport avec la mort de Mark. « Un rapport avec la mort de Mark » : qu'est-ce que cela voulait dire, au juste ? Qu'on l'avait assassiné ? C'était la première fois qu'elle osait se formuler en termes clairs une telle hypothèse. Mais à présent, celle-ci ne pouvait plus être éludée.

Avait-on tué Mark parce qu'il menaçait de révéler des faits préjudiciables à certaines personnes de sa société ? A priori, une telle idée semblait extravagante. On était en Écosse, patrie d'Adam Smith et du capitalisme vertueux, où le monde de la finance jouissait d'une réputation de rigueur et de probité qui faisait toute sa fierté. À Édimbourg, les financiers jouaient au golf, fréquentaient les lambris séculaires du New Club, et plusieurs étaient des ministres laïques de l'Église d'Écosse. Elle pensa à Paul Hogg, le prototype de ceux qui travaillaient dans ce genre d'établissements. D'une franchise sans détour ni ambiguïté, et « terriblement conventionnel », selon ses propres dires. Un jeune homme qu'on croisait aux vernissages et qui aimait Elizabeth Blackadder. De telles personnes ne se livraient pas aux pratiques qui étaient monnaie courante dans certaines banques italiennes ou russes, voire dans quelques bureaux douteux de la City de Londres. Elles n'assassinaient pas non plus les gêneurs. Toutefois, pour peu qu'on admette que tout individu, même connu pour sa droiture, pouvait un jour prêter l'oreille aux sirènes de la convoitise et enfreindre les règles des institutions financières (après tout, il ne s'agissait pas de vol à proprement parler, mais de mésusage d'informations), était-il impensable qu'une telle personne, par peur d'être dénoncée, ait recours à des moyens désespérés pour préserver sa réputation ? Dans d'autres milieux, moins stricts et moins rigoristes, se voir accusé de tricherie était sans doute moins infamant, parce que les tricheurs étaient nombreux et que, selon toute vraisemblance, la plupart des gens avaient un jour où l'autre succombé à ce genre de tentations. Il existait des endroits en Europe du Sud – certains quartiers de Naples, par exemple – où tricher était la norme et obéir aux lois une espèce de déviance sociale. Mais ici, à Édimbourg, la perspective d'un procès pour fraude financière avait de quoi terroriser. Combien plus séduisante, alors, devait être la perspective de prendre toutes les mesures nécessaires pour s'éviter un tel déshonneur. Jusqu'à éliminer physiquement un jeune homme qui en savait trop ?

Son regard se tourna vers le téléphone. Elle savait qu'il lui suffisait d'un coup de fil à Jamie pour qu'il accoure aussitôt. Il le lui avait dit à plusieurs reprises : « Téléphone-moi à n'importe quelle heure, Isabel. Je suis toujours content de venir te voir. Je t'assure. »

Elle se leva et alla décrocher. Jamie habitait un appartement du quartier de Stockbridge, qu'il partageait avec trois autres jeunes gens. Une fois, elle lui avait rendu visite avec Cat, au temps trop bref de leur liaison, et il leur avait préparé un dîner. C'était un appartement plein de coins et de recoins, aux plafonds très hauts et au sol recouvert d'ardoise dans l'entrée et la cuisine. Les parents de Jamie le lui avaient acheté quand il était étudiant, et, en tant que maître des lieux, il s'était octroyé deux pièces : une chambre et une petite salle de musique, où il donnait des leçons. Jamie avait passé une licence de musique et gagnait sa vie comme professeur de basson. Il ne manquait pas d'élèves et complétait ses revenus en jouant dans un orchestre de chambre ; il effectuait aussi des remplacements au Scottish Opera. Une existence délicieuse, pensait Isabel, où Cat aurait idéalement trouvé sa place. Mais voilà : Cat ne partageait pas cet avis, et il était à craindre que jamais elle ne le partagerait.

Quand elle téléphona, Jamie était occupé avec un élève et il lui promit de rappeler une demi-heure plus tard. En attendant, elle passa dans la cuisine pour se préparer un sandwich, car elle n'avait pas assez d'appétit pour un vrai repas. Puis elle retourna au salon pour guetter l'appel.

Oui, il était libre. Son dernier élève, un adolescent doué qu'il préparait à un examen, venait de partir après une leçon fort encourageante, et une petite marche pour se rendre chez Isabel lui ferait le plus grand bien. Il serait ravi de prendre un verre avec elle, et aussi de faire un peu de musique...

— Excuse-moi, mais pas ce soir, coupa Isabel. Je ne suis pas d'humeur à ça. J'aimerais surtout te parler.

Il sentit une note d'inquiétude dans sa voix et abandonna l'idée de venir à pied au profit d'un trajet plus rapide en autobus.

— Ça va ?

— Oui, répondit-elle, mais j'ai vraiment besoin de ton avis sur quelque chose qui me tracasse. Je t'expliquerai tout à l'heure

Les bus tant dénigrés par Grace devaient quelquefois passer à l'heure, car vingt minutes plus tard Jamie était assis dans la cuisine d'Isabel, devant un verre de bordeaux qu'elle venait de lui servir avant de lui préparer une omelette. Tout en battant les œufs, elle lui raconta sa visite à l'appartement de Warrender Park Terrace. Il l'écouta gravement, sans l'interrompre. Quand elle en vint à sa conversation avec Neil plus tôt dans la soirée, il ouvrit de grands yeux et prit un air soucieux.

— Isabel ! protesta-t-il quand elle eut fini. Tu sais déjà ce que je vais te dire, non ?

— Que je ne devrais pas me mêler de problèmes qui ne me concernent pas ?

— Exactement. (Il secoua la tête en silence.) Mais je sais par expérience que tu es incorrigible. Alors, mieux vaut peut-être que je ne dise rien.

— Parfait.

— Même si je n'en pense pas moins.

— Comme tu voudras.

Jamie fit une grimace.

— Alors, que pouvons-nous faire ?

— C'est justement pour cette raison que je t'ai demandé de venir, répondit-elle en remplissant son verre. J'avais besoin d'en discuter avec toi.

L'omelette était prête, et elle la fit glisser de la poêle dans une assiette qui chauffait sur le bord du fourneau.

— J'ai ajouté des chanterelles, dit-elle en la posant devant lui. Elles sont délicieuses en omelette.

Jamie baissa les yeux avec gratitude vers la généreuse omelette entourée de salade verte.

— C'est toujours toi qui cuisines pour moi, observa-t-il. Jamais le contraire.

— Parce que tu es un homme. Les hommes n'y pensent pas, dit-elle d'un ton détaché.

Aussitôt elle regretta ces paroles – elles étaient désagréables et injustes. Parler ainsi à Toby aurait peut-être été admissible, car elle doutait qu'il prenne un jour la peine de cuisiner pour quiconque ; mais de telles paroles à l'adresse de Jamie étaient complètement déplacées.

— Excuse-moi. J'ai dit cela sans réfléchir, je n'en pense pas un mot.

Jamie posa sa fourchette et son couteau, et regarda fixement l'omelette. Il pleurait.

12

— Oh, mon Dieu, Jamie, je suis désolée ! Comment ai-je pu te dire une chose aussi méchante ? Mais je ne pensais pas…

Jamie secoua vigoureusement la tête. Il ne sanglotait pas, mais des larmes coulaient sur son visage.

— Non, non, dit-il en s'essuyant les yeux avec son mouchoir. Ce n'est pas à cause de ce que tu as dit, pas du tout…

Isabel poussa un soupir de soulagement. Donc elle ne l'avait pas blessé. Mais alors, pourquoi ce gros chagrin ?

Jamie coupa un morceau de son omelette, mais repoussa son assiette.

— C'est la salade ! expliqua-t-il enfin. Elle est pleine d'oignon. Et j'ai les yeux affreusement sensibles à l'oignon. Je ne peux pas m'en approcher !

Isabel éclata de rire.

— Ouf ! J'ai cru que tu pleurais vraiment, par ma faute. À cause de ce truc idiot que je viens de te dire.

Elle tendit le bras, prit l'assiette, en fit disparaître la salade, puis la lui rendit.

— Voilà, il n'y a plus que l'omelette. Des œufs et des champignons, sans oignon. Comme la nature les a créés.

— Parfait, dit-il. Pardon, mais c'est génétique, je crois. Ma mère avait le même problème, et un cousin à elle aussi. Nous sommes allergiques à l'oignon.

— Un instant, j'ai pensé que c'était à cause de Cat. Que tu te rappelais le soir où nous avions dîné toutes les deux chez toi.

Jamie, qui souriait, prit tout à coup un air pensif.

— Oui, je m'en souviens, dit-il.

Isabel n'avait pas l'intention de parler de Cat, mais c'était trop tard à présent, et elle savait quelle question il lui poserait ensuite. Il la lui posait chaque fois qu'il la voyait.

— Que devient Cat ces temps-ci ?

Isabel se servit un verre de vin. Après son sherry, elle ne comptait pas boire davantage, mais l'intimité de la cuisine et le parfum des chanterelles lui chatouillant les narines la firent changer d'avis. Encore l'*akrasia*, la faiblesse de la volonté. Mais ce serait si apaisant de pouvoir bavarder avec Jamie en dégustant un bon bordeaux... Elle savait qu'elle se sentirait mieux ensuite.

— Tout va comme d'habitude, répondit-elle. Sa boutique l'occupe beaucoup. Elle vit sa vie.

Elle baissa la voix et n'alla pas plus loin. Sa réponse était d'une platitude absolue, mais que dire d'autre ? Une telle question était aussi banale que de prononcer le « Comment vas-tu ? » rituel lorsqu'on croise un ami. On n'attend qu'une réponse, l'assurance anodine que tout va bien, nuancée plus tard par une éventuelle confidence sur la situation réelle, si cette situation est différente. D'abord le stoïcisme, puis la réalité : on pouvait résumer les choses ainsi.

— Et ce type avec qui elle sort ? Toby ? s'enquit Jamie. Est-ce qu'elle te l'amène quelquefois ?

— Je l'ai vu l'autre jour, dit Isabel distraitement, mais pas ici. Jamie prit son verre en fronçant les sourcils, comme s'il cherchait ses mots.

— Où ça alors ?

— En ville, répondit-elle rapidement.

Elle espérait qu'en restant évasive elle mettrait un terme à ses questions, mais son espoir fut déçu.

— Avec… avec Cat ?

— Non. Tout seul ? (Tout seul pour commencer, pensa-t-elle.)

Jamie la regarda fixement.

— Qu'est-ce qu'il faisait ?

— Tu t'intéresse beaucoup à lui, dit Isabel en souriant. Pourtant, il n'est pas vraiment intéressant.

Avec un peu de chance, cette désinvolture le rassurerait et la conversation pourrait partir sur d'autres rails. Mais elle eut l'effet inverse. Jamie se crut encouragé à poursuivre la discussion sur Toby :

— Alors ? Qu'est-ce qu'il faisait ?

— Il marchait dans une rue. C'est tout. Il marchait... Dans ce pantalon en velours fraise écrasée qu'il aime tant.

Cette précision était inutile : un sarcasme, qu'Isabel regretta aussitôt. C'était la deuxième phrase déplaisante qu'elle prononçait ce soir, pensa-t-elle. D'abord, ce jugement gratuit sur la réticence des hommes à faire la cuisine ; et, à présent, cette remarque déplacée sur les goûts vestimentaires de Toby. Comme il était facile, tellement facile de devenir une vieille fille à la langue acérée ! Il faudrait qu'elle y prenne garde. Aussi ajouta-t-elle :

— Après tout, il n'est pas si mal, ce pantalon. En tout cas, il doit plaire à Cat. Il faut bien...

De nouveau, elle s'interrompit. Elle s'apprêtait à dire : « Il faut bien que Cat apprécie les pantalons en velours fraise écrasée », mais ç'aurait été manquer de tact, comme si elle sous-entendait que Jamie et ses pantalons n'étaient pas à la hauteur. Elle se permit un rapide coup d'œil à celui qu'il portait. Elle n'y avait jamais fait attention, notamment parce que son intérêt pour Jamie ne tenait en rien à ses pantalons, mais à son visage, et à sa voix. Au vrai, c'était toute sa personne qui la charmait. Telle était sans doute la différence entre Toby et Jamie : on ne pouvait apprécier Toby en tant que personne (à moins d'être une personne du même genre, le mauvais genre, s'entend), mais seulement pour son physique. Oui, pensa-t-elle, c'est tout ce qu'il avait. Toby n'était rien d'autre qu'un objet sexuel en pantalon fraise écrasée. Alors que Jamie... Ma foi, Jamie était tout simplement magnifique, avec ses hautes pommettes, sa peau hâlée et cette voix qui faisait fondre le cœur. Soudain, elle se demanda quel genre d'amants ils étaient l'un et l'autre. Toby devait n'être que vigueur, alors qu'elle imaginait Jamie silencieux, doux et caressant – comme une femme, au fond. Ce qui posait peut-être un problème, mais il aurait été bien irréaliste de croire qu'elle puisse y remédier. Pendant quelques secondes, quelques secondes carrément inadmissibles, elle songea : À moins que je ne lui apprenne... Elle se rappela à l'ordre. De telles pensées étaient aussi inacceptables qu'imaginer des gens engloutis sous des avalanches. Les avalanches. Le grondement. Un enchevêtrement de jambes couleur de fraise. Un raz de marée de neige, et aussitôt après le silence, presque surnaturel.

— Tu lui as parlé ? demanda Jamie.

Isabel revint sur terre.

— À qui ?

— À... à Toby, articula Jamie.

À l'évidence, il avait du mal à prononcer ce nom. Isabel secoua la tête.

— Non. Je l'ai vu, c'est tout.

C'était une demi-vérité, bien sûr. Il y avait certes une différence entre un mensonge et une demi-vérité, mais elle était des plus minces. Isabel avait écrit un bref article sur ce sujet après la parution d'une monographie de la philosophe Sissela

Bok intitulée *Mentir*. Elle avait pris parti pour une définition assez large : affirmant d'abord le devoir de répondre aux questions avec sincérité, et sans cacher aucun fait susceptible d'éclairer le sujet sous un autre jour, elle avait, après réflexion, nuancé cette position. Répondre avec franchise restait la règle, mais ne devenait un devoir que si le questionneur attendait vraiment des révélations complètes, et pour des motifs raisonnables. On ne pouvait parler de devoir s'il s'agissait d'une question posée à la légère par une personne n'ayant aucun droit à connaître toute la vérité.

— Tu rougis, dit Jamie. Je suis sûr que tu me caches quelque chose.

Il suffisait donc de si peu, se dit Isabel. L'édifice du débat philosophique sur les nuances subtiles de la véracité des dires pouvait se voir entièrement miné par un banal phénomène physiologique. Lorsqu'on ment, on rougit. Ainsi résumé, le problème perdait beaucoup de la noblesse qu'on pouvait lui trouver dans les pages de Sissela Bok, et pourtant c'était la réalité. Toutes les grandes questions pouvaient se réduire aux simples faits du quotidien et aux métaphores et maximes auxquelles la plupart des gens se référaient d'ordinaire. Le système économique international et les théories qui le fondaient ? L'argent va à l'argent. Les incertitudes de l'existence ? Il n'est pire eau que l'eau qui dort (une idée en laquelle elle avait cru si fort dans son enfance, quand Fersie McPherson, sa nounou, l'emmenait en promenade près de l'étang des Meadows et qu'elle prenait grand soin de ne pas s'approcher de l'eau).

— Je rougis parce que je ne t'ai pas dit toute la vérité, reconnut-elle. Je suis désolée. Tu comprends, si je ne t'ai pas dit ce que j'ai fait en voyant Toby, c'est parce que je n'en suis pas très fière, et aussi...

Elle hésita. Il y avait une autre raison, bien sûr, mais à présent qu'elle avait commencé d'avouer, elle ne pouvait revenir en arrière : il fallait tout dire à Jamie. Sinon, il le sentirait et elle ne voulait pas qu'il croie à un manque de confiance de sa part. Avait-elle entière confiance en lui ? Oui. Évidemment. Un garçon comme Jamie, avec ces beaux cheveux et cette voix de miel, ne pouvait qu'être digne de confiance. On devait faire confiance aux Jamie ; aux Toby, sûrement pas.

— Et aussi, reprit-elle, parce que j'ai découvert quelque chose dont j'aurais préféré que tu ne sache rien. Ce n'est pas que je n'aie pas confiance en toi, bien sûr, mais parce que ni toi ni moi n'y pouvons rien. J'ai donc pensé que le mieux était de ne pas t'en parler.

— Et qu'as-tu découvert ? interrogea Jamie. Maintenant que tu as commencé, il faut que tu me dises.

Isabel acquiesça. Il avait raison, elle ne pouvait s'arrêter en chemin.

— Quand j'ai vu Toby, dit-elle, il marchait dans Dundas Street. J'étais dans un bus et je l'ai aperçu. Alors j'ai décidé de le suivre. Ne me demande pas pourquoi, je doute de pouvoir te donner une explication sensée là-dessus. On fait parfois des choses... des choses absurdes, ridicules... sans même savoir pourquoi on les fait.

Elle s'embrouillait, mais se reprit :

— Donc, voilà : je suis descendue et je l'ai suivi. Il a pris Northumberland Street, puis tourné dans Nelson Street. Là, je l'ai vu traverser la rue et sonner à une porte au rez-de-chaussée. Une fille est venue lui ouvrir. Il l'a serrée dans ses bras, plutôt fougueusement. Ensuite la porte s'est refermée, et je n'ai rien vu de plus.

Jamie la regarda sans rien dire. Puis, très lentement, il leva son verre et but une gorgée de vin. Isabel remarqua la finesse de ses mains et, dans ses yeux, le reflet fugace du verre.

— La fille était sa sœur, dit-il calmement. Il a une sœur qui habite Nelson Street. Je l'ai rencontrée une fois. C'est l'amie d'un ami.

Isabel se figea. Elle ne s'attendait pas à cela.

— Aaah, fit-elle. Puis, de nouveau : Aaah...

13

— Oui, poursuivit Jamie, Toby a une sœur qui habite dans cette rue. Mon ami Roderick et elle travaillent pour la même agence immobilière, ils sont géomètres. Pas du genre à se promener avec des théodolites, non : ils sont experts en évaluation.

Il se mit à rire.

— Et tu croyais qu'en jouant les détectives privés tu avais surpris Toby en train de faire des infidélités à Cat ! Ma pauvre Isabel, si seulement c'était vrai ! Mais non. Ça t'apprendra à suivre les beaux garçons !

À présent, Isabel avait retrouvé assez de contenance pour se moquer d'elle-même.

— À vrai dire, je me suis cachée derrière un fourgon de livraison pour l'espionner, avoua-t-elle. Dommage que tu ne m'aies pas vue !

— Ce devait être assez grisant, ta petite aventure, remarqua Jamie en souriant. Tant pis pour le résultat. C'est comme ça.

— En tout cas, je me suis bien amusée. Et ça m'apprendra à être soupçonneuse et à toujours penser du mal des gens.

— Tu ne penses pas toujours du mal des gens, protesta Jamie. Et tu n'es pas du tout soupçonneuse. Au contraire. Tes jugements sont tout ce qu'il y a de plus mesuré.

— Tu es très gentil, mais j'ai des tas de défauts, comme tout le monde. Des tas !

Jamie prit de nouveau son verre.

— Elle est plutôt sympathique, la sœur de Toby, dit-il. Je l'ai rencontrée à une soirée chez Roderick il y a quelques mois. Pas vraiment le genre de personnes que j'ai l'habitude de fréquenter, mais j'ai passé un bon moment. Et je l'ai trouvée sympa. Une belle blonde, très grande. Le genre mannequin.

Isabel ne dit rien, mais elle ferma les yeux. Un moment, elle se remémora ce qu'elle avait vu du coin de Nelson Street, à demi cachée par le fourgon, à l'instant où Toby attendait devant la porte et où celle-ci s'ouvrait. Elle avait toujours eu une bonne mémoire visuelle et revoyait la scène avec précision, une image très nette : la porte s'ouvrait et la jeune femme apparaissait. Elle n'était pas grande, car Toby avait dû se pencher pour la prendre dans ses bras. Ni blonde. Ses cheveux étaient sombres, sans aucun doute, châtain foncé ou bruns. Pas blonds.

Elle rouvrit les yeux.

— Alors, ce n'était pas sa sœur. C'était quelqu'un d'autre, dit-elle.

À son tour, Jamie resta silencieux. Isabel imagina les sentiments contradictoires qui devaient l'assaillir : le chagrin, voire la colère que Cat se fasse ainsi berner, et la satisfaction que Toby puisse à présent être démasqué. Sans doute pensait-il aussi qu'il pourrait bientôt prendre sa place, comme elle l'avait pensé elle-même. Mais au moins avait-elle compris que cela ne serait pas si simple, ce dont Jamie n'avait sûrement pas conscience. L'optimisme était certainement en train de le gagner. Aussi décida-t-elle de lui dessiller les yeux.

— Il ne faut pas que tu ailles l'avertir, dit-elle. Cat t'en voudrait. Même si elle te croit – ce qui n'est pas sûr. Tu le regretterais, je t'assure.

— Mais il faut qu'elle le sache ! protesta Jamie. C'est… c'est une honte que ce type s'amuse avec une autre derrière son dos. Il faut le lui dire. C'est le moins que nous puissions faire.

— Il y a des choses qu'on doit découvrir par soi-même, tempéra Isabel. On doit parfois laisser les gens s'apercevoir de leurs erreurs.

— Eh bien, je ne suis pas d'accord, répliqua Jamie. La situation est très simple. Ce Toby est un salaud et nous le savons. À nous de la prévenir.

— Mais le problème, c'est qu'elle nous en voudrait. Tu comprends ? Même si elle trouvait la preuve de ce que nous avançons, elle nous en voudrait quand même de l'avoir prévenue. Et je ne veux pas… Je ne veux pas qu'elle te fasse passer à la trappe. C'est ce qu'elle fera si tu lui dis ce que nous savons.

Jamie réfléchit. Jamais elle ne lui avait dit ouvertement qu'elle désirait qu'il redevienne le compagnon de Cat. Mais à présent c'était clair. Et cela confirmait ses espoirs.

— Je comprends, dit-il. Merci. (Il resta pensif encore un instant, puis reprit :) Mais pourquoi la trompe-t-il, à ton avis ? Si c'est l'autre fille qui lui plaît – la colocataire de sa sœur, je suppose –, qu'est-ce qui l'empêche de quitter Cat pour elle ?

— Tu n'en as pas la moindre idée ? hasarda Isabel.

— Non. Quelque chose m'échappe, je suppose.

— Cat est riche, dit Isabel. Elle est propriétaire d'une boutique et de pas mal d'autres choses. Un beau patrimoine, au cas où tu ne le saurais pas. Et si on s'intéresse à l'argent – comme c'est le cas de Toby, à mon avis –, on peut avoir envie d'en profiter.

La stupeur de Jamie était visible.

— Il en veut à son argent ? Isabel hocha la tête.

— C'est probable. J'ai connu plusieurs cas similaires. Des gens qui se mariaient par intérêt, en se disant qu'ensuite ils pourraient vivre à leur guise. Ils acquièrent une sécurité matérielle et continuent à s'envoyer en l'air dans le dos de leur femme ou de leur mari. Ça n'a rien d'exceptionnel. Pense à toutes ces filles qui épousent de vieux messieurs pour leur compte en banque ! Tu crois qu'elles vivent comme des nonnes ?

— Non, je suppose que non, admit Jamie.

— Donc tu vois de quoi je parle. Bien sûr, c'est une explication parmi d'autres. Il se peut aussi que Cat lui plaise vraiment, mais sans qu'il soit prêt à renoncer aux autres femmes. Ça non plus, ce n'est pas rare.

De nouveau, Isabel remplit le verre de Jamie. Le niveau de la bouteille baissait rapidement et, le vin aidant, la soirée se chargeait d'émotion. Une autre bouteille attendait dans le réfrigérateur, au cas où, et ils pourraient l'ouvrir plus tard. Du moment que je reste assez maîtresse de moi-même, pensa Isabel. Que je ne perde pas la tête au point d'avouer à Jamie qu'en vérité je suis amoureuse de lui, et que rien ne me plairait davantage que d'embrasser son front, de passer ma main dans ses cheveux et de le serrer contre moi.

Le lendemain matin, Grace arriva de bonne heure : deux verres, une bouteille vide, se dit-elle. Dans le réfrigérateur elle trouva une autre bouteille, rebouchée mais largement entamée. Et la moitié d'une autre ! ajouta-t-elle intérieurement. Elle ouvrit le lave-vaisselle, vit l'assiette et les couverts tachés d'œuf, et comprit que le visiteur de la veille était Jamie : Isabel lui préparait toujours une omelette quand il passait à l'improviste.

Grace était contente que le jeune homme soit venu la voir. Elle aimait bien Jamie, et elle savait ce qui s'était passé entre lui et Cat. Elle soupçonnait aussi ce qu'Isabel avait en tête : reformer le couple.

Elle ferait mieux d'y renoncer tout de suite. Ces choses-là n'arrivaient presque jamais ; quand on ne voulait plus de quelqu'un, c'était généralement pour toujours, du moins dans son expérience à elle. Grace, pour sa part, n'avait que très rarement réhabilité dans son cœur une personne qu'elle n'avait plus envie de fréquenter.

Elle prépara le café, car Isabel ne tarderait pas à descendre et appréciait de le trouver tout fumant lorsqu'elle entrait dans la cuisine. Le *Scotsman* était arrivé, et Grace l'avait ramassé sous la fente de la boîte aux lettres, où il gisait sur le sol dallé. Maintenant, il était posé sur la table, et elle jeta un coup d'œil à la première page en remplissant le percolateur. Des parlementaires réclamaient la démission d'un député de Glasgow soupçonné de trafic d'influence. (De Glasgow ? Rien d'étonnant, pensa Grace. Rien d'étonnant du tout.) Puis, sous ce gros titre, on voyait une photographie de ce bonhomme prétentieux qu'Isabel exécrait – le gros m'as-tu-vu, disait-elle. En traversant Princes Street, il s'était effondré au milieu de la chaussée et on l'avait transporté aux urgences. Intriguée, Grace se pencha pour lire la suite. On avait d'abord cru à un infarctus, mais non, il s'agissait d'autre chose : à leur stupeur, les médecins avaient découvert une grande déchirure au flanc, mais un chirurgien réputé pour son habileté l'avait promptement recousue. Depuis, il s'était complètement remis, mais l'hôpital avait alors révélé le diagnostic : il avait éclaté de vanité.

Grace, interdite, posa le paquet de café. Sûrement pas. Impossible. Elle prit le journal pour examiner plus attentivement la première page. Ce fut alors qu'elle vit la date : 1er avril. Le *Scotsman* n'avait pas failli à la tradition. La petite farce était drôle, et fort bien vue.

14

Même s'ils avaient déjà vidé plusieurs verres de vin, ce fut d'abord avec scepticisme que Jamie accueillit la proposition d'Isabel. Mais celle-ci, à force de persuasion et de cajoleries, finit par le convaincre qu'ils devaient au moins essayer.

Essayer quoi ? Une visite à Paul Hogg, bien sûr. Ce serait la première étape vers la découverte des fraudes constatées par Mark et des noms de leurs auteurs supposés. Assis à la table de la cuisine, ayant terminé son omelette, Jamie, très attentif, l'avait écoutée lui expliquer pour quelles raisons, depuis sa conversation avec Neil, elle estimait ne pouvoir fermer les yeux sur ce qu'il lui avait appris. Elle voulait en savoir davantage, mais n'avait pas envie d'enquêter seule. Mieux valait être deux, conclut-elle, sans pour autant s'étendre sur la nature du danger – réel ou supposé – qui pourrait la menacer. Pour finir, Jamie accepta.

— Si tu insistes, maugréa-t-il. Si tu insistes, d'accord, je veux bien t'accompagner. Mais seulement parce que je ne veux pas que tu te lances dans cette histoire toute seule. Pas parce que j'approuve ton idée.

Quand Isabel l'avait reconduit à la porte, ils étaient convenus qu'elle lui téléphonerait dans les prochains jours, pour discuter du meilleur moyen de se faire inviter par Paul Hogg. Au moins Isabel et lui avaient-ils déjà sympathisé, ce qui rendait possible une prise de contact. Mais sous quel prétexte ? Cela restait à établir.

À peine Jamie était-il parti qu'une pensée traversa l'esprit d'Isabel. Elle faillit courir derrière lui pour lui en parler, mais elle renonça : il n'était pas encore très tard, et à cette heure plusieurs de ses voisins promenaient leurs chiens dans les rues avoisinantes. Elle ne souhaitait pas qu'on la voie courir après un jeune homme, du moins dans la rue (encore qu'au sens métaphorique ce serait tout aussi fâcheux). Personne n'aurait apprécié d'être surpris dans pareille situation. De même, Dorothy Parker avait affirmé qu'elle n'aurait pas aimé être surprise alors qu'on la hissait par la taille pour entrer chez quelqu'un par une fenêtre. Cette pensée la fit sourire. Qu'avait-elle de si drôle, pourtant ? C'était difficile à expliquer, mais elle l'était. Peut-être parce qu'une femme qui ne serait jamais passée par une fenêtre évoquait néanmoins cette possibilité. Mais en quoi était-ce amusant ? Il n'y avait peut-être aucune raison valable. Elle ne s'expliquait pas non plus l'humour ravageur de Domenica Legge, grande historienne de la période anglo-normande, qui, lors d'une conférence, avait glissé cette remarque : « Nous devons nous rappeler que les gens de cette époque ne se mouchaient pas tout à fait comme nous : *ils n'avaient pas de mouchoirs*. » L'assemblée avait réagi par une hilarité générale, et chaque fois qu'elle repensait à ces mots, Isabel se retenait d'éclater de rire. Et pourtant l'idée n'avait rien de drôle : ne pas avoir de mouchoirs était une affaire sérieuse. Triviale, si l'on voulait, mais sérieuse quand même. (Comment, dans ce cas, les aristocrates se mouchaient-ils ? Aux dires du Pr Legge, ils utilisaient de la paille. Quelle horreur ! Cela devait piquer affreusement. Et si les nobles se servaient de paille, qu'en était-il des gens du peuple ? La réponse était évidente tout autant que pittoresque : ils se mouchaient dans leurs doigts, comme beaucoup le font encore. Une ou deux fois, elle avait vu des gens se moucher de cette façon – mais pas à Édimbourg, bien sûr.)

L'idée qui lui était venue, cependant, ne concernait ni les mouchoirs ni leurs substituts, mais Elizabeth Blackadder. Paul Hogg avait acheté l'aquarelle de Blackadder qu'elle-même convoitait. La galerie n'exposait les œuvres de la peintre que pour une brève période, et ceux qui les avaient acquises avaient dû être autorisés à les emporter. Aussi toute personne désireuse de revoir le tableau ne pourrait-elle le faire qu'au domicile de Mr Hogg, dans Great King Street. Tel pouvait être son cas. Si bien qu'il lui faudrait téléphoner à Paul Hogg pour qu'il le lui permette, car elle songeait à prier Elizabeth Blackadder de lui peindre une aquarelle dans le même style. Quoi de plus vraisemblable ? En général, un artiste n'aimait guère copier ses propres œuvres, mais pouvait accepter d'en peindre une autre sur un thème similaire.

Mensonge, pensa-t-elle. Mais à ce stade seulement, car les mensonges se muaient parfois en vérités. Puisqu'elle avait songé à acheter un Blackadder, rien ne l'empêchait de passer commande à la peintre. Du reste, elle le ferait au plus vite – et dans ces conditions elle pouvait rendre visite à Paul Hogg la conscience tranquille. Même Sissela Bok, l'autrice de *Mentir*, n'aurait rien trouvé à redire. Ensuite, quand elle aurait admiré l'aquarelle (que Paul, tout fier, aurait placée bien en vue), elle suggérerait avec délicatesse qu'en travaillant chez McDowell, Mark Fraser avait peut-être fait certaines découvertes « gênantes ». De quoi pouvait-il s'agir ? Paul en avait-il une idée ? S'il n'en avait aucune, elle pourrait employer des termes plus précis. Et, surtout, lui faire observer qu'en mémoire de Mark – qu'il aimait sincèrement, à en juger par son émotion lorsqu'ils avaient parlé au Vincent Bar –, il serait peut-être bon qu'il mène une petite enquête, histoire de confirmer ou non l'inquiétante hypothèse vers laquelle portaient tous ces soupçons. Il lui faudrait faire preuve de tact, mais son approche n'était pas mauvaise. Au bout du compte, il se pouvait qu'il acceptât. Et tout au long de la visite, Jamie serait à ses côtés, assis sur le sofa de Paul Hogg, pour lui donner confiance. Nous pensons, pourrait-elle dire, nous nous demandons. Ce « nous » donnerait à ses propos le poids qui leur aurait manqué si elle lui avait parlé seule à seul.

Le lendemain matin, elle téléphona à Jamie à la première heure décente : 9 heures, selon elle. Au téléphone, Isabel observait certaines règles de courtoisie élémentaire : un appel avant 8 heures ne pouvait se justifier que par une urgence; entre 8 et 9 c'était de l'indiscrétion; à partir de 9 heures on pouvait téléphoner jusqu'à 22 heures, mais après 22 h 30 il fallait tout de même s'excuser. Et, de nouveau, passé 22 heures seuls les appels urgents étaient acceptables. En répondant au téléphone, on devait de surcroît se présenter (pour peu qu'on vous en laisse le temps), mais seulement après avoir gratifié son interlocuteur d'un bonjour ou d'un bonsoir. Elle devait bien reconnaître qu'en général aucune de ces convenances n'était respectée – même par Jamie, remarqua-t-elle, qui ce matin-là l'accueillit par un simple :

— Oui ?

— Tu n'as pas l'air de bonne humeur, dit Isabel d'un ton de reproche. Comment puis-je savoir qui est à l'appareil ? « Oui », cela ne suffit pas. Si tu n'avais pas le temps de parler, aurais-tu répondu « non » ?

— C'est toi, Isabel ?

— Si tu m'avais dit ton nom, je t'aurais rendu la politesse. Et ta question n'aurait pas eu de raison d'être.

Jamie se mit à rire.

— Tu comptes me faire la leçon encore longtemps ? Je dois prendre le train pour Glasgow. Nous répétons *Parsifal*.

— Je te plains ! compatit Isabel. Et je plains les chanteurs ! *Parsifal* est une véritable épreuve d'endurance.

— Je trouve aussi, acquiesça Jamie. Et Wagner me donne la migraine. Il n'empêche, je dois me préparer.

Isabel lui expliqua sommairement son idée, puis attendit sa réaction.

— Si tu insistes, dit Jamie une fois de plus. Ça ne me semble pas irréalisable. Je veux bien venir avec toi, mais seulement si tu insistes vraiment.

Il aurait pu se montrer plus accommodant, songea Isabel quand elle eut raccroché, mais l'important était qu'il ait accepté. Maintenant, il lui fallait appeler Paul Hogg chez McDowell pour lui demander si elle pouvait passer voir le Blackadder une nouvelle fois, et à quel moment. Elle était certaine qu'il accepterait. Ils avaient réellement sympathisé et, hormis le moment où elle avait réveillé en lui de tristes souvenirs, ils avaient passé une soirée très agréable. Du reste, n'avait-il pas proposé de lui présenter sa fiancée ? Elle avait oublié son prénom, mais le terme « fiancée » suffirait pour l'instant à la désigner.

Elle téléphona à 10 h 45, l'heure à laquelle, supposait-elle, les gens des bureaux prenaient leur pause-café. Elle avait vu juste.

— Je suis assis avec le *Financial Times* déplié sur mon bureau. Je suis censé le lire, mais comme j'ai la flemme, je regarde par la fenêtre en sirotant mon café.

— Mais vous vous apprêtez sûrement à prendre d'importantes décisions, dit Isabel. Je suis sûre que la première d'entre elles sera de m'autoriser ou non à revoir votre aquarelle d'Elizabeth Blackadder. J'ai décidé de lui en commander une sur le même thème, et je crois que cela m'aiderait de jeter un nouveau coup d'œil à la vôtre.

— Bien volontiers, mais tout le monde peut la voir, répondit Paul. Elle est exposée à la galerie une semaine encore.

Un instant, Isabel fut prise au dépourvu. Bien sûr, elle aurait dû téléphoner d'abord à la galerie pour vérifier si les Blackadder étaient toujours exposés, et, dans l'affirmative, attendre que Paul ait emporté la sienne.

— Mais aquarelle ou non, je serais ravi de vous voir, ajouta-t-il, comme pour la tirer d'embarras. J'ai un autre Blackadder qui vous intéressera peut-être.

Ils convinrent qu'Isabel viendrait prendre un verre le lendemain vers 19 heures. Et Paul ne voyait aucun inconvénient à ce qu'elle vienne avec un ami, un jeune homme passionné de peinture et qu'elle aimerait lui faire rencontrer. Bien sûr qu'il était d'accord. Bien sûr qu'il serait ravi.

Voilà qui avait été facile, pensa Isabel. Tout était facile avec les gens courtois comme Paul Hogg. Ils maîtrisaient ces échanges de bons procédés et de bonnes manières qui rendent la vie plus douce, ce qui est le but de la courtoisie : éviter les frictions en arrondissant les angles en société. Si chaque partie savait ce qu'elle pouvait attendre de l'autre, les conflits devenaient chose improbable. Et cette règle était valable à tous égards, des accords les plus anodins entre deux individus jusqu'aux conventions entre États. Somme toute, le droit international n'était guère autre chose qu'une courtoisie à l'échelle du monde.

Jamie était courtois. Paul Hogg également. Le mécanicien qui révisait sa voiture (rarement utilisée) dans son modeste garage au bout d'une petite rue faisait preuve d'une courtoisie parfaite. Toby, à l'inverse, était totalement dénué de courtoisie : non en surface, où il croyait – à tort – que cela comptait, mais en profondeur, dans son attitude à l'égard d'autrui. La courtoisie était affaire d'attention morale aux autres : elle exigeait qu'on les traite avec un sérieux moral absolu, en comprenant leurs sentiments et leurs besoins. Certaines personnes – les égoïstes – n'avaient pour cela aucune inclination, et on finissait toujours par s'en rendre compte. Ces gens-là ne faisaient preuve d'aucune patience envers ceux qu'ils tenaient pour quantité négligeable : les vieux, les sans-voix, les déshérités. Une personne courtoise ne s'impatientait pas ; toujours elle les écoutait et les traitait avec respect.

De quel égarement n'avait-on pas fait preuve en écoutant les pourfendeurs de la courtoisie, tous ceux qui n'y voyaient qu'affectation bourgeoise et futilités obsolètes ! Pour les mœurs, un désastre s'était ensuivi ; car la courtoisie était le fondement de la société civilisée, la méthode pour faire passer le message de l'estime mutuelle. En conséquence, toute une génération s'était vue privée d'une pièce essentielle du puzzle moral, et à présent le résultat crevait les yeux : une société où personne ne songeait plus à aider, ni à prendre en charge la détresse d'autrui. Où langage agressif et insensibilité étaient devenus la norme.

Elle coupa court à ces réflexions : pour justes qu'elles soient, elles lui donnaient l'impression d'être une mamie, aussi antique que Cicéron en train de s'écrier : *O tempora ! O mores !* Mais cette autocensure, en soi, démontrait le subtil et corrosif pouvoir du relativisme. Les discours des relativistes étaient si bien parvenus à s'introduire sous notre épiderme moral qu'on avait intégré leurs doctrines, et qu'elle-même, Isabel Dalhousie, malgré toute sa passion pour la philosophie morale et son aversion pour les positions relativistes, se sentait gênée à l'idée de nourrir certaines pensées.

Tout de même, il lui fallait cesser de ruminer et se concentrer sur des sujets d'une importance plus immédiate. Le courrier du matin, par exemple ; et, surtout, les vraies raisons de la chute qui avait coûté la vie au pauvre Mark Fraser. Mais elle savait que jamais elle ne délaisserait les questionnements plus larges : c'était son lot, et mieux valait l'accepter. Elle était réglée pour capter d'autres ondes que la plupart des gens, et le bouton de réglage était cassé.

Elle composa le numéro de Jamie, oubliant qu'à cette heure son train devait approcher de Glasgow.

Elle attendit la fin de l'annonce sur son répondeur, puis laissa un message :

Jamie, j'ai téléphoné à Paul Hogg. Il nous invite à prendre un verre chez lui demain à 19 heures. Je te propose que nous nous retrouvions au Vincent Bar à 18 h 30. Et aussi... merci pour tout, Jamie. Je te suis vraiment reconnaissante de bien vouloir m'aider. Merci.

15

Au Vincent Bar, Isabel attendait anxieusement Jamie. En début de soirée, la clientèle était presque entièrement masculine et elle se sentait assez mal à l'aise. Non, bien sûr, qu'il soit inconvenant pour une femme d'entrer seule dans un bar, et pourtant il lui semblait qu'elle n'était pas à sa place. Quand le barman lui tendit son verre de *bitter lemon* où s'entrechoquaient des glaçons, il lui sourit amicalement et la gratifia d'un commentaire sur le beau temps. On venait de passer à l'heure d'été, et le soleil ne se couchait pas avant 19 heures passées.

Isabel appréciait elle aussi que le ciel fût si clair, mais ne trouvait rien à ajouter.

— C'est le printemps, dit-elle, faute de mieux.

— Oui. Mais on ne sait jamais, répondit le barman.

Elle retourna à sa table, son verre à la main. On ne sait jamais. Bien sûr qu'on ne savait jamais. Tout pouvait arriver dans cette vie. En ce moment même, elle, Isabel Dalhousie, directrice de la *Revue d'éthique appliquée*, s'apprêtait à partir en quête de... d'un assassin, il n'y avait pas d'autre mot. Et dans cette tâche elle serait assistée (si réticent fût-il) par un beau bassoniste qui avait la moitié de son âge et dont elle était presque amoureuse, alors que lui était amoureux de sa nièce, laquelle n'avait d'yeux que pour un autre garçon, qui entretenait en même temps une liaison avec la colocataire de sa sœur. Non, le barman ne savait rien du tout, et si elle le lui disait, il aurait du mal à la croire.

Jamie arriva avec dix minutes de retard. Il sortait d'une répétition, s'excusa-t-il, et n'avait pensé à regarder la pendule qu'un peu avant 18 h 30.

— L'important, c'est que tu sois là, le rassura Isabel. Elle jeta un coup d'œil à sa montre. Il nous reste une vingtaine de minutes. Juste le temps de t'expliquer comment je compte procéder.

Jamie l'écouta par-dessus sa chope de bière. Le projet dans son ensemble le laissait toujours sceptique, mais il dut reconnaître qu'Isabel avait bien planifié les choses. Elle aborderait le sujet avec douceur, d'autant qu'elle savait Paul encore très affecté par la mort de Mark. Elle commencerait par préciser qu'elle n'avait nullement l'intention de causer des ennuis à la société McDowell. Mais, ajouterait-elle, ils devaient à la mémoire de Mark (et à Neil, qui lui avait confié ses inquiétudes) d'essayer au moins d'en apprendre un peu plus. Elle-même, naturellement, ne croyait pas du tout que de tels soupçons soient fondés; mais, ensuite, ils n'auraient plus à y penser, leur mauvaise conscience aurait disparu puisqu'ils sauraient tout ce qu'il y avait à savoir.

— Bon scénario, commenta Jamie quand elle eut terminé. Tu as tout pris en compte.

— Je ne vois pas comment il pourrait trouver cela blessant.

— En effet, dit Jamie. Sauf si c'est lui.

— Lui ?

— Lui le fraudeur. C'est peut-être ton ami Paul qui a commis des délits d'initié.

Isabel le regarda fixement.

— Qu'est-ce qui te fait penser cela ?

— Eh bien, c'est possible, non ? Mark et lui devaient travailler en étroite collaboration puisque c'était son assistant. Si Mark a découvert quelque chose, il devait s'agir d'affaires qui se tramaient à côté de lui.

Isabel réfléchit à cette hypothèse. Oui, bien sûr, c'était possible. Mais fort peu vraisemblable, à son avis. Le soir de leur première rencontre, quand ils avaient parlé de Mark, il ne faisait pas de doute que l'émotion de Paul était sincère : de toute évidence, la mort de son jeune adjoint l'avait bouleversé. Dans ces conditions, ce ne pouvait être lui qui s'en était débarrassé ; et lui-même ne pouvait donc pas craindre d'être dénoncé.

— Tu comprends ? demanda-t-elle à Jamie.

Oui, bien sûr, il comprenait, mais jugea plus sage d'éviter les conclusions hâtives.

— Nous pourrions faire fausse route, dit-il. Certains meurtriers sont rongés par la culpabilité, tu sais ? Parfois, ils pleurent leurs victimes. C'est peut-être son cas.

— Non, trancha Isabel. Je n'y crois pas. Quand tu l'aurais rencontré, tu seras du même avis. C'est forcément quelqu'un d'autre.

— Peut-être, dit Jamie. Ou peut-être que non. Au moins, restons ouverts à toute éventualité.

Paul Hogg habitait au premier étage d'une grande maison géorgienne de Great King Street. C'était une des rues les plus majestueuses de New Town, et, de son côté – au sud –, les derniers étages jouissaient d'une vue sur le Firth of Forth, une bande de mer bleue au-delà du lointain faubourg de Leith ; et, plus loin, on distinguait les collines du comté de Fife. Mais les appartements du premier présentaient d'autres avantages, bien que la vue se limite aux maisons d'en face. Dans certaines rues au moins, on les appelait « appartements-salons », car c'était au *piano nobile* que se trouvaient les salles de réception du temps où les propriétaires occupaient les demeures entières. Les murs étaient plus hauts et les fenêtres, qui s'élevaient du sol au plafond, formaient de vastes baies vitrées par où la lumière inondait les pièces.

Ils montèrent l'escalier commun, une large volée de marches en pierre où flottait une légère odeur de chat, et trouvèrent la porte où le nom P. HOGG était gravé sur une plaque en cuivre. Isabel jeta un regard à Jamie, qui répondit par un clin d'œil. Son scepticisme s'était estompé et cédait la place à un amusement croissant. À présent, c'était à Isabel d'être en proie au doute.

Paul leur ouvrit rapidement et les débarrassa de leur manteau. Isabel lui présenta Jamie.

— Je vous ai déjà rencontré quelque part, dit Paul en lui serrant la main. Mais où ?

— À Édimbourg, répondit Jamie, et ils se mirent à rire.

Il les fit entrer au salon, vaste et meublé avec élégance, où ils admirèrent une impressionnante cheminée en marbre blanc. Aussitôt, Isabel remarqua plusieurs invitations posées sur le manteau, et à peine Paul Hogg fut-il sorti de la pièce pour chercher leurs verres que, sans même s'asseoir, elle s'approcha pour les lire :

— « M. et Mme Humphrey Holmes ont le plaisir de vous convier à la réception qu'ils donneront chez eux, le jeudi 16 avril à partir de 19 heures » (Isabel était invitée aussi). Puis : « George Maxtone serait heureux d'accueillir Mlle Minty Auchterlonie à la Lothian Gallery, le mercredi 18 mai à 19 h 30. » Et : « Pour Minty. De la part de Peter et Jeremy. Cocktail dans le jardin si le temps le permet (donc probablement à l'intérieur). Mardi 24 mai, 18 h 30. » Enfin : « Paul et Minty. Nous serions heureux de vous recevoir à l'occasion de notre mariage. Ceilidh, à partir de 20 heures. Prestonfield House, samedi 21 mai. Tenue de soirée ou traditionnelle des Highlands. »

Isabel sourit, mais Jamie la regardait d'un air désapprobateur, comme si elle lisait une correspondance privée. Il s'approcha d'elle et jeta un bref coup d'œil à la dernière invitation.

— Tu ne sais pas que c'est impoli de lire ce qui est adressé à d'autres ? murmura-t-il.

— Allons donc ! Pourquoi crois-tu qu'elles soient exposées ? Pour qu'on les lise, évidemment. J'ai vu sur des cheminées des invitations vieilles de trois ans ! Pour une *garden-party* à Holyrood House, par exemple. Les visiteurs doivent savoir qu'on a des relations !

Elle l'entraîna plus loin, devant une grande aquarelle représentant des coquelicots dans un jardin.

— Voilà. Elizabeth Blackadder. Des coquelicots, des murs de jardin où des chats font la sieste. Le sujet peut sembler fade, mais admire cette facture ! Une merveille.

Et elle songea tout à coup : Je n'ai pas de coquelicots dans les tableaux que je possède. On ne m'a jamais hissée par la taille pour passer par une fenêtre.

Paul Hogg revint avec deux verres pleins et trouva ses visiteurs debout devant l'aquarelle.

— Ah ! vous l'avez repérée, s'exclama-t-il d'un ton allègre. C'est ce que je voulais vous montrer.

— Elle est superbe, commenta Isabel. Des coquelicots, encore une fois. C'est très important, les coquelicots.

— J'adore les coquelicots, dit Paul. Quel dommage que leurs pétales tombent quand on les cueille !

— Un excellent mécanisme de défense, observa Isabel en jetant un regard à Jamie. Les roses feraient bien de s'en inspirer. Leurs épines ne sont pas une protection suffisante. Et pourtant la beauté parfaite devrait demeurer inviolée.

Jamie lui rendit son regard, murmura « Aaah... », puis se tut. Paul Hogg le considéra un instant et tourna les yeux vers Isabel. Il se demande quel genre de relations nous avons, devina-t-elle. Et il le prend pour mon jeune amant. Mais quand bien même ce serait le cas ? Il n'y aurait pas de quoi s'étonner. Ces choses-là sont fréquentes de nos jours.

Paul ressortit un instant pour aller chercher son verre, et Isabel se tourna en souriant vers Jamie, posant son index sur sa bouche d'un air de conspiratrice.

— Mais je n'ai rien dit ! protesta Jamie. Seulement « Aaah... ».

— C'est bien assez, dit Isabel. Un monosyllabe éloquent.

Jamie secoua la tête.

— Je me demande ce qui m'a pris de t'accompagner. Tu es à moitié folle, tu sais ?

— Merci, Jamie, dit-elle à mi-voix. Mais voici notre hôte.

Paul était de retour, et ils levèrent leurs verres.

— J'ai acheté ce tableau aux enchères il y a environ deux ans, dit-il. C'était la première fois que ma boîte me versait une prime et j'ai voulu fêter ça.

— En achetant un Blackadder ? Quelle merveilleuse idée ! approuva Isabel. Tellement plus jolie que ces affreux déjeuners dont on parle dans la presse, ces repas entre financiers qui ont un succès à fêter, qui leur coûtent dix mille livres rien que pour les vins. J'imagine que de telles pratiques n'ont pas cours à Édimbourg.

— Sûrement pas, dit Jamie. À Londres ou à New York peut-être. Ce genre de villes.

Isabel se tourna vers la cheminée. Au-dessus était suspendue une grande toile dans un cadre doré, qu'elle avait aussitôt identifiée.

— Quel magnifique Peploe ! dit-elle.

— Oui, je l'aime beaucoup, répondit Paul. La côte ouest de l'île de Mull, je crois.

— Ou d'Iona ? suggéra Isabel.

— Peut-être. Quelque part là-bas, dit-il vaguement.

Isabel fit quelques pas pour observer le tableau.

— Toute cette affaire de faux il y a deux ou trois ans, ça ne vous a pas tracassé ? Vous en avez parlé à un expert ?

Paul parut surpris.

— Des faux ?

— Oui, c'est ce qu'on m'a dit. Des Peploe, des Cadell. Assez nombreux. Le procès a causé pas mal d'inquiétudes. Un ami à moi a eu une de ces copies entre les mains : une toile ravissante, mais peinte huit jours plus tôt, à peu de chose près. De très habile facture, d'ailleurs. Les faussaires sont souvent très habiles.

Paul haussa les épaules.

— C'est toujours un risque, je suppose.

Isabel, cependant, examinait toujours le tableau.

— De quand date-t-il, ce Peploe ?

— D'une époque où il habitait Mull, probablement, répondit Paul avec un geste incertain.

Isabel se tourna vers lui. Sa réponse était d'une pauvreté vertigineuse, mais au moins confirmait-elle l'idée qu'elle se faisait de lui : non seulement Paul Hogg ne connaissait pas grand-chose à la peinture, mais il s'y intéressait fort peu. Sinon, comment pourrait-il posséder un Peploe de cette qualité – authentique, elle en était sûre – et ne rien savoir ou presque à son sujet ?

Il y avait au moins dix autres tableaux dans le salon, tout aussi remarquables, bien qu'aucun ne soit aussi poignant que le Peploe. Un paysage de Gillies, par exemple, et un autre, minuscule, de McTaggart. Et, au fond de la pièce, un Bellamy typique. Ou bien la personne qui les avait rassemblés connaissait très bien la peinture écossaise, ou bien elle était tombée sur une collection déjà constituée et parfaitement cohérente. Isabel s'approcha d'une autre toile. Puisque son hôte l'avait conviée à admirer son Blackadder, il n'y avait rien d'impoli à se montrer curieuse, des peintures de son salon tout au moins.

— C'est un Cowie, n'est-ce pas ?

Paul jeta un coup d'œil au tableau.

— Je crois, oui, répondit-il.

Pas du tout. C'était un Crosbie, comme n'importe quel amateur aurait pu le lui dire. Ces tableaux n'appartenaient pas à Paul Hogg ; par conséquent, ils étaient la propriété de Minty Auchterlonie, sa fiancée, supposait Isabel, dont seul le nom apparaissait sur deux des cartons. Et ces invitations, comme par hasard, avaient été envoyées par des marchands d'art. George Maxtone, qui dirigeait la Lothian Gallery, était l'homme à qui s'adresser si l'on voulait acheter une toile d'un peintre écossais du début du XXe siècle. Quant à Peter Thom et Jeremy Lambert, ils possédaient une petite galerie dans un village non loin d'Édimbourg, et les collectionneurs en quête d'une œuvre en particulier recouraient souvent à leurs services : ils faisaient preuve d'un flair déconcertant pour dénicher des propriétaires de tableaux disposés à vendre pourvu que la transaction reste discrète. Les deux réceptions accueilleraient sans doute un mélange de clients et d'amis, ou de gens qui étaient les deux.

— Minty..., commença Isabel, désireuse d'en savoir plus sur la fiancée de Paul, mais elle fut aussitôt interrompue.

— C'est ma fiancée, dit-il. Elle devrait arriver d'un moment à l'autre. Elle travaille un peu tard aujourd'hui, encore que pour elle ce ne soit pas très tard. Certains soirs, elle ne rentre pas avant 23 heures ou minuit.

— Ah bon ? Laissez-moi deviner, dit Isabel. Elle est... chirurgien, c'est ça ? Oui, chirurgien. Ou peut-être... pompier ?

Paul se mit à rire.

— Sûrement pas, non. Je crois qu'elle allume plus de flammes qu'elle n'en éteint !

— Quelle belle répartie ! admira Isabel. C'est gentil à vous de dire cela de votre fiancée. Et si passionné ! J'espère que tu en dirais autant de la tienne, Jamie.

Paul Hogg jeta un coup d'œil en direction de Jamie, qui regardait Isabel en fronçant les sourcils. Puis, comme s'il se rappelait son devoir, sa mine fâchée fit place à un sourire.

— Ha, ha ! fit-il.

Isabel se tourna vers Paul.

— Où travaille-t-elle, alors, pour être retenue si tard ?

Mais en posant la question elle devina la réponse.

— Dans une société financière, répondit-il.

Dans sa voix Isabel perçut une note de résignation, presque un soupir, et conclut que la carrière de la demoiselle suscitait quelque tension. Minty Auchterlonie, dont ils feraient sous peu la connaissance, ne devait pas être du genre popote, ni femme d'intérieur rassurante. Plutôt une coriace, une dure. C'était elle qui avait l'argent, elle qui achetait tous ces coûteux tableaux. De surcroît, Isabel avait l'intuition qu'elle ne les collectionnait pas pour l'amour de l'art. Ils faisaient partie d'une stratégie.

Tous trois se tenaient devant une des hautes fenêtres, près du Cowie qui était un Crosbie. Paul regarda au-dehors et tapota doucement la vitre.

— C'est elle, dit-il d'une voix fière en leur montrant la rue. Minty. Elle arrive !

Isabel et Jamie regardèrent à leur tour. Juste en dessous de la fenêtre, une petite voiture de sport aux airs provocants manœuvrait pour se garer. Elle était du même vert que les voitures de course britanniques et sa calandre avait une forme particulière, mais Isabel, qui s'intéressait un peu à l'automobile, ne reconnut pas la marque. Une italienne peut-être ? Une Alfa Romeo d'un modèle peu connu, une vieille Spider ? La seule bonne voiture jamais sortie d'Italie, selon elle.

Quelques minutes plus tard, la porte du salon s'ouvrit et Minty Auchterlonie fit son entrée. Paul Hogg, remarqua Isabel, claqua légèrement des talons, tel un soldat devant un officier. Mais il était souriant, et de toute évidence enchanté. C'était toujours un trait remarquable, pensa-t-elle : le visage des gens s'éclairait quand ils étaient vraiment heureux de voir quelqu'un. On ne pouvait s'y tromper.

Paul avait traversé la pièce pour embrasser Minty, et Isabel l'observa. Grande, assez anguleuse, elle devait approcher de la trentaine ; en approcher suffisamment pour se sentir obligée de soigner son maquillage, appliqué sans modération mais non sans adresse. Sa tenue aussi était soignée, visiblement coûteuse et étudiée dans les moindres détails. Elle embrassa négligemment Paul sur les deux joues, puis s'avança vers eux pour leur serrer la main. Son regard passa rapidement d'Isabel (dédaigneux, pensa-t-elle) à Jamie (intéressé). Isabel fut aussitôt sur ses gardes.

16

— Tu ne lui as posé aucune question sur Mark ! dit Jamie, exaspéré, lorsqu'ils refermèrent la porte de la grande maison et sortirent dans la rue assombrie. Pas un mot ! Pourquoi diable sommes-nous venus ?

Isabel glissa son bras sous le sien et l'entraîna vers l'angle de Dundas Street.

— Du calme, dit-elle. Il n'est que 20 heures et nous avons tout le temps pour dîner. C'est moi qui t'invite. Il y a un bon restaurant italien tout près d'ici et nous pourrons parler. Je vais tout t'expliquer.

— Mais je ne comprends pas ce que nous sommes venus faire ! insista Jamie. Nous sommes restés assis dans ce salon, à causer avec Paul Hogg et son horrible fiancée, et sur quel sujet ? Du début à la fin, la peinture ! Toi et cette Minty, surtout. Paul est resté bras croisés sur sa chaise et il regardait le plafond. Il s'ennuyait, je l'ai bien vu.

— Elle aussi s'ennuyait, dit Isabel. Ça, c'est moi qui l'ai vu.

Jamie se tut et Isabel lui serra le bras.

— Ne t'inquiète pas, dit-elle. Je t'expliquerai lorsque nous dînerons. Pour l'instant, j'ai besoin de quelques minutes pour réfléchir.

Ils remontèrent Dundas Street, traversèrent Queen Street et se dirigèrent vers Thistle Street, où, aux dires d'Isabel, ils trouveraient le restaurant. La ville n'était pas animée et aucune voiture ne passait dans Thistle Street. Aussi marchèrent-ils sur la chaussée, leurs pas éveillant autant d'échos entre les rangées de façades. À droite, un peu plus loin, on apercevait l'entrée discrète du restaurant.

L'endroit n'était pas grand : sept ou huit tables en tout, dont une seule était occupée. Isabel reconnut le couple de dîneurs et les salua d'un signe de tête. Ils lui sourirent, puis baissèrent les yeux vers la nappe, avec discrétion, mais non sans intérêt.

— Alors ? Je t'écoute, dit Jamie lorsqu'ils prirent place.

Isabel étendit sa serviette sur ses genoux et s'empara du menu.

— C'est toi qui avait la bonne intuition, commença-t-elle. En partie, du moins.

— Moi ?

— Oui, toi. Au Vincent Bar, tu m'as dit que je ne devrais pas être étonnée si jamais Paul Hogg était notre homme. N'est-ce pas ? Et cela m'a fait réfléchir.

— Donc tu penses que c'est lui ?

— Non, dit Isabel. Elle ! Minty Auchterlonie.

— Une vraie harpie ! Avec des dents qui rayent le parquet, grommela Jamie.

— C'est assez bien dit, approuva Isabel en souriant. J'emploierais peut-être un vocabulaire moins imagé, mais je ne te contredirai pas.

— Elle m'a déplu dès le premier instant.

— Oui. Et c'est curieux, parce que toi, tu lui as plu, je crois. Je suis même prête à affirmer que tu lui as... Comment dire ? Tu lui as tapé dans l'œil.

Jamie parut gêné et baissa la tête vers son menu.

— Je n'ai pas remarqué..., commença-t-il.

— Non, bien sûr. Il faut être une femme pour remarquer ce genre de choses. Mais tu l'as beaucoup intéressée. Ce qui ne l'a pas empêchée de nous trouver tous les deux très ennuyeux au bout d'un moment.

— Je ne sais pas, dit Jamie. En tout cas, c'est le genre de femme que je ne peux pas supporter. Vraiment pas.

Isabel eut l'air pensif.

— Je me demande ce qui nous a fait la prendre en grippe, tous les deux.

— C'est ce qu'elle représente, suggéra Jamie. Une espèce de mélange de tout ce que nous détestons, non ? D'ambition, de brutalité, de matérialisme, de...

— Oui, coupa Isabel. Tout à fait. C'est difficile à définir, mais je crois que nous savons précisément de quoi il s'agit, toi et moi. Et ce qui est intéressant, c'est qu'elle est ainsi et pas lui. Tu es d'accord ?

Jamie acquiesça.

— Je l'ai trouvé sympathique, dit-il. Pas au point d'en faire un ami intime, mais c'est un gentil garçon.

— Exactement. Irréprochable, et irréprochablement banal.

— En tout cas, pas le genre à liquider sans pitié un collègue qui serait une menace pour lui.

Isabel secoua la tête.

— Non. Certainement pas.

— Alors qu'elle…

— Une Lady Macbeth, dit Isabel fermement. Ce devrait être le nom d'un syndrome. Ça se dit peut-être. Comme le syndrome d'Othello.

— Qu'est-ce que c'est que ça ? interrogea Jamie.

Isabel prit un petit pain rond et le rompit au-dessus de son assiette. Pas question de le couper avec un couteau, même si Jamie le faisait. En Allemagne, autrefois, on tenait pour une mauvaise manière de couper une pomme de terre avec un couteau, et ce curieux préjugé l'avait toujours laissée perplexe. Un ami allemand qu'elle avait questionné lui avait fourni une explication étrange, qu'elle avait prise pour une plaisanterie : « La coutume remonte au XIXe siècle, avait-il répondu. Peut-être parce que l'empereur avait une tête comme une pomme de terre. Donc, ç'aurait été un manque de respect. »

Elle avait ri, mais en voyant plus tard un portrait de l'empereur, elle s'était dit qu'après tout c'était peut-être vrai. Sa tête ressemblait bien à une pomme de terre, tout comme Quintin Hogg, ou Lord Hailsham, avait des traits légèrement porcins. Elle imagina le lord-chancelier à son petit déjeuner, devant une assiette de bacon, posant avec regret sa fourchette et son couteau : « Vraiment, je ne peux pas... »

— Le syndrome d'Othello, c'est la jalousie pathologique, expliqua-t-elle en prenant le verre d'eau gazeuse que le serveur prévenant venait de lui verser. En général, ce sont les hommes qui en sont atteints. Ils s'imaginent que leur femme ou leur compagne les trompe. Cette idée les obsède et il n'y a pas moyen de les persuader du contraire. Parfois ils peuvent devenir violents.

Jamie l'écoutait attentivement, et la pensée lui vint qu'il se sentait concerné par ce qu'elle était en train de lui expliquer. Était-il jaloux de Cat ? Oui, bien sûr qu'il l'était. Mais Cat avait réellement une liaison avec un autre homme, du moins de son point de vue.

— Ne t'inquiète pas, dit-elle d'un ton rassurant. Tu n'es pas du genre à sombrer dans la jalousie pathologique.

— Non, évidemment, dit-il (un peu trop vite, pensa Isabel) avant d'ajouter : Où peut-on lire quelque chose sur ce sujet ? Tu as une suggestion ?

— Dans ma bibliothèque, j'ai un livre intitulé *Syndromes psychiatriques méconnus*, répondit Isabel. Certains sont réjouissants. Le culte de la cargaison, par exemple. Il touche des groupes de gens qui sont tous convaincus qu'on va leur apporter des provisions. Une cargaison. Ou une manne, c'est la même chose. On a relevé des cas étonnants dans les mers du Sud, où tous les habitants croyaient que s'ils attendaient assez patiemment, des avions américains viendraient leur larguer des colis de nourriture.

— Et quoi d'autre ?

— Le syndrome qui fait croire qu'on connaît le monde entier. On croit connaître les gens alors qu'on ne les a jamais vus. Un problème neurologique. Par exemple, ce couple à l'autre table. Je suis sûre de le connaître, mais c'est probablement faux. Je dois être atteinte du syndrome ! acheva-t-elle en riant.

— Paul Hogg aussi en est atteint, remarqua Jamie. Il a prétendu m'avoir déjà rencontré. C'est même la première chose qu'il ait dite.

— Mais c'est sûrement vrai. Tu fais partie de ces gens qu'on remarque tout de suite !

— Je ne crois pas. Pourquoi veux-tu qu'on me remarque ?

Isabel le regarda. C'était touchant qu'il n'en ait pas conscience. Et cela valait peut-être mieux, car en avoir conscience pourrait abîmer son caractère. Aussi se borna-t-elle à sourire. Cat était bien malavisée !

— Et Lady Macbeth, dans tout ça ? demanda-t-il.

Isabel se pencha vers lui.

— Une meurtrière, murmura-t-elle. Une meurtrière rusée, manipulatrice.

Jamie se raidit sur sa chaise. Tout à coup, c'en était fini du ton léger, badin de leur conversation. Un froid le saisit.

— Elle ?

Isabel ne souriait plus et sa voix se fit grave.

— J'ai compris assez vite, dit-elle, que tous ces tableaux n'étaient pas à lui, mais à elle. C'est à elle que les invitations des marchands d'art étaient adressées. Paul Hogg ne sait rien sur les œuvres qu'il a chez lui. C'est elle qui achète ces trucs hors de prix !

— Et alors ? Si elle a de l'argent...

— Oh, elle en a, c'est sûr. Seulement, si on dispose de grosses sommes d'argent et qu'on n'a pas envie qu'elles apparaissent sur des comptes bancaires, acheter des tableaux constitue un excellent investissement. Rien n'empêche de payer en liquide, et voilà : on possède un actif qui s'apprécie sans cesse et reste très facile à déplacer. À condition de savoir ce qu'on achète, et elle le sait très bien.

— Mais quel rapport avec Mark Fraser ? C'est Paul Hogg qui travaillait avec lui, pas sa Minty.

— Minty Auchterlonie est non seulement une harpie dont les dents rayent le parquet, comme tu l'as dit si judicieusement, mais une harpie qui travaille dans une banque d'affaires. Alors, quand Paul Hogg rentre du bureau, elle lui demande : « Eh bien, mon petit Paul, tu as fait des choses intéressantes, aujourd'hui ? » Paul répond ceci, cela, il lui révèle certaines choses, parce qu'ils font plus ou moins le même métier. Y compris des informations assez sensibles, mais, tu sais, les confidences sur l'oreiller doivent être tout à fait franches, sinon ça ne vaut pas la peine. Et elle mémorise le moindre détail. Ensuite, elle court acheter les actions qui l'intéressent, en son nom propre ou en payant un homme de paille, et quelle belle surprise ! La voilà bien plus riche tout à coup. Tout cela sur la base d'informations confidentielles. Une fois le profit encaissé, elle l'investit dans des tableaux, parce que c'est plus discret. À moins qu'elle ne soit de mèche avec un marchand d'art. Elle lui fournit les renseignements utiles et c'est lui qui achète les actions. Impossible d'établir un lien entre eux ! Ensuite, il la paie en tableaux après avoir pris sa commission, mais les toiles ne sont pas officiellement vendues, voilà tout. Pas de facturation, donc. Rien qui révèle une source de revenus imposable.

Jamie en était bouche bée.

— Et tu as échafaudé tout ça ce soir, en marchant jusqu'ici ?

— Ça n'a rien de compliqué, dit Isabel en riant. Quand j'ai eu la certitude que ce ne pouvait pas être lui et quand j'ai vu à quelle femme nous avions affaire, tout s'est emboîté. Évidemment, ce n'est qu'une hypothèse. Mais elle pourrait bien s'avérer la bonne.

Jusqu'ici Jamie trouvait l'ensemble assez clair ; mais ce qu'il ne comprenait pas, c'était pourquoi Minty avait souhaité se débarrasser de Mark.

Isabel le lui expliqua. Minty était ambitieuse, et un mariage avec Paul Hogg (qui avait certainement un bel avenir chez McDowell) présentait pour elle plusieurs avantages. Paul était un garçon gentil et accommodant, et elle devait s'estimer chanceuse de l'avoir pour fiancé. Un homme au caractère plus fort, plus autoritaire, aurait trouvé Minty trop intraitable, trop dominatrice. Voilà pourquoi Paul lui convenait si bien. Mais si l'on découvrait que Paul lui avait confié des secrets – fût-ce en toute innocence –, cela lui coûterait sa place. Lui n'aurait pas commis de délits d'initié, mais il la perdrait quand même. Et si l'on découvrait que la fraudeuse était Minty, non seulement elle perdrait sa place, elle aussi, mais c'en serait fini de sa carrière dans la finance. Son monde s'écroulerait, et si le seul moyen d'éviter ce désastre était de provoquer un tragique accident, va pour l'accident. La notion de conscience morale ne signifiait rien pour les Minty Auchterlonie, non plus que l'idée d'une vie après la mort, d'une forme ou une autre de jugement. En conséquence, leur seul rempart contre la pulsion de meurtre ne pouvait se fonder que sur le sens inné du bien et du mal ; et à cet égard, conclut Isabel, il n'était pas besoin d'être grand clerc pour comprendre que Minty Auchterlonie en était dépourvue.

— Notre chère Minty, dit-elle, souffre d'un trouble de la personnalité. La plupart des gens ne doivent pas s'en rendre compte, mais c'est pourtant la vérité.

— Le syndrome de Lady Macbeth ? suggéra Jamie.

— Peut-être, s'il existe. Je pensais plutôt à une affection plus répandue. Minty est une sociopathe, ou une psychopathe, appelle ça comme tu voudras. Sa pathologie consiste à n'éprouver aucun scrupule lorsqu'elle doit agir pour ses intérêts. C'est aussi simple que ça.

— Au point de pousser un homme du haut de l'Usher Hall ?

— Oui, dit Isabel. Absolument.

Jamie réfléchit un moment. L'explication d'Isabel semblait plausible et il était prêt à l'adopter, mais que pouvaient-ils faire ensuite ? Tout cela n'était qu'une hypothèse, rien de plus, et il leur faudrait sûrement une preuve s'ils voulaient aller plus loin. Or ils n'en avaient aucune. Rien de rien, sinon une théorie sur le mobile du crime.

— Et maintenant ? Qu'est-ce qu'on fait ? demanda-t-il.

— Aucune idée, répondit Isabel en souriant.

Devant son insouciance, Jamie ne put cacher son irritation :

— Nous ne pouvons pas en rester là ! Nous sommes allés trop loin. Pas question d'abandonner la partie.

— Qui te parle d'abandonner quoi que ce soit ? répliqua Isabel d'un ton apaisant. Peu importe que je n'aie pas d'idée pour le moment. Une période d'inactivité tombera à point nommé.

Voyant que Jamie en restait bouche bée, elle s'expliqua :

— Je crois qu'elle a compris, dit-elle. Elle sait pourquoi nous sommes venus.

— Elle t'a dit quelque chose ?

— Oui. Pendant que tu parlais avec Paul, elle m'a dit que, selon son fiancé, je m'intéressais à Mark Fraser. C'est le mot qu'elle a employé : je m'intéressais. Elle attendait une réponse, mais j'ai hoché la tête sans rien dire. Un peu plus tard, elle est revenue sur le sujet, pour me demander si je l'avais bien connu. De nouveau, j'ai éludé la question. Et j'ai senti qu'elle était mal à l'aise, ce qui n'a rien pour me surprendre.

— Alors, à ton avis, elle sait que nous la soupçonnons ?

Isabel but une gorgée de vin. De la cuisine, une odeur d'ail et d'huile d'olive flottait jusqu'à eux.

— Sens ça ! dit-elle. Un délice. Si elle sait que nous savons ? Peut-être. Mais qu'elle le sache ou pas, nous n'allons pas tarder à avoir de ses nouvelles, j'en suis presque sûre. Elle voudra en savoir davantage, et c'est elle qui nous fera signe. Donnons-lui seulement quelques jours.

Jamie ne semblait pas convaincu.

— Les psychopathes comme elle, qu'est-ce qu'ils ressentent intérieurement ? interrogea-t-il.

— De l'indifférence. Isabel sourit, non sans amertume. Ils sont indifférents. Un chat en train de commettre une mauvaise action ne ressent aucune émotion. Les chats sont des psychopathes. C'est leur état naturel.

— Mais peut-on le leur reprocher ? Est-ce qu'ils sont fautifs ?

— On ne peut pas reprocher aux chats d'être des chats, dit Isabel. Donc de se conduire en chats, en mangeant les oiseaux du jardin ou en jouant avec leurs proies. Aucun chat ne peut s'en empêcher.

— Et les gens qui se comportent de la même façon ? Est-ce qu'ils peuvent s'en empêcher ? s'enquit Jamie.

— Là est tout le problème. Sont-ils fautifs ou non ? Il existe toute une littérature passionnante sur le sujet. On peut soutenir que leurs actes sont la conséquence de leur psychopathologie. Ils les commettent parce que leur personnalité est ce qu'elle est, mais ils n'ont jamais choisi d'être atteints de ce trouble. Or comment pourrait-on les tenir pour responsables d'une condition qu'ils n'ont pas choisie ?

Jamie regarda vers la cuisine. Il aperçut le chef qui trempait son doigt dans un bol, puis le léchait consciencieusement. Un chef psychopathe serait un vrai cauchemar.

— Voilà un beau sujet de discussion pour tes amis et toi, observa-t-il. Ton club des philosophes pourrait en débattre, non ? La responsabilité morale des personnes atteintes de psychopathie.

Isabel eut un sourire mélancolique.

— Oui, si j'arrivais à réunir les membres, soupira-t-elle.

— Le dimanche n'est pas un jour très facile, tu sais ?

— En effet, convint Isabel. C'est aussi l'avis de Cat.

Elle s'interrompit. Mieux valait ne pas trop parler de Cat en présence de Jamie, cela lui donnait l'air tellement triste, presque perdu. Comme chaque fois.

17

Ce dont j'ai besoin, pensa Isabel, c'est de quelques jours sans intrigues. Besoin de reprendre mon travail pour la revue, de finir mes mots croisés sans m'interrompre et de marcher de temps en temps jusqu'à Bruntsfield pour bavarder avec Cat de choses insignifiantes. Ce dont je n'ai pas besoin, c'est de passer mon temps à conspirer avec Jamie dans des bars et des restaurants, ni de me frotter à des financiers retors aux goûts artistiques dispendieux.

Elle avait mal dormi la nuit précédente. Après avoir quitté le restaurant, elle avait dit au revoir à Jamie mais n'était arrivée chez elle que bien après 23 heures. Une fois couchée, la lumière éteinte et le clair de lune projetant dans sa chambre l'ombre de l'arbre proche de sa fenêtre, elle était restée longtemps éveillée, songeant à l'impasse dans laquelle – craignait-elle – ils se trouvaient engagés. Même si la balle était maintenant dans le camp de Minty Auchterlonie, il lui fallait prendre des décisions difficiles. Sans parler de toute cette histoire autour de Cat et Toby. Elle aurait voulu n'avoir jamais eu la sotte idée de le suivre ! Car ce qu'elle avait découvert la plaçait devant un dilemme. Elle avait décidé de ne rien entreprendre pour le moment, mais elle savait bien qu'elle ne faisait que repousser le problème et qu'elle devrait l'affronter tôt ou tard. Comment se comporterait-elle la prochaine fois qu'elle verrait Toby ? Réussirait-elle à garder son attitude habituelle, qui, à défaut de vraie chaleur, restait au moins empreinte d'une politesse de circonstance ?

Le sommeil finit par la gagner, mais seulement par intermittence. Elle dormait profondément quand Grace arriva le lendemain matin. Si jamais elle ne la trouvait pas au rez-de-chaussée, Grace ne manquait jamais de monter prendre de ses nouvelles et de lui apporter une tasse de thé revigorante. Isabel se réveilla en l'entendant frapper à la porte.

— Mauvaise nuit ? demanda Grace en posant la tasse de thé sur sa table de chevet.

Isabel se redressa en se frottant les yeux.

— Oui. Je ne crois pas m'être endormie avant 2 heures, répondit-elle.

— Des soucis ?

— Des soucis et des doutes. Sur diverses choses.

— Je connais ça, dit Grace. Ça m'arrive aussi. Tout d'un coup, je m'inquiète pour le monde. Je me demande comment il finira.

— « Non dans un éclat, mais dans une plainte », marmonna Isabel d'un ton vague. C'est la fin d'un poème de T. S. Eliot qu'on cite à tout bout de champ. Mais c'est une phrase très bête, je trouve. Je suis sûre qu'il a regretté de l'avoir écrite.

— Quel grand nigaud ! Votre ami M. Auden n'aurait jamais dit ça, n'est-ce pas ?

— Non, certainement, dit Isabel en se tournant dans son lit pour prendre sa tasse de thé. Encore qu'il ait écrit quelques sottises dans sa jeunesse.

Elle but une gorgée de thé, qui eut comme toujours pour effet immédiat de lui éclaircir les idées.

— Et dans sa vieillesse, aussi. Mais, entre les deux, c'était presque toujours un esprit d'une grande acuité.

— Il prenait des cuites ?

— Un esprit subtil, si vous préférez.

Isabel s'assit au bord de son lit et ses pieds tâtonnèrent la descente de lit en quête de ses pantoufles.

— S'il écrivait quelque chose que par la suite il trouvait erroné, ou tape-à-l'œil, il revenait dessus et le corrigeait, chaque fois qu'il le pouvait. Il y a même des poèmes qu'il a complètement reniés. *1er Septembre 1939*, par exemple.

Elle ouvrit les rideaux. C'était un matin de printemps limpide, et le soleil annonçait les prémices de l'été.

— À l'en croire, c'était un poème malhonnête. Pourtant, je trouve qu'il contient des vers splendides. Et dans les *Lettres d'Islande*, l'un d'eux ne veut strictement rien dire, mais il est merveilleux à écouter. « Et les ports ont des noms pour la mer ». C'est beau, non ? Et pourtant, ça ne veut rien dire.

— Non, confirma Grace. Je ne vois pas comment les ports peuvent avoir des noms pour la mer. Je ne vois pas.

De nouveau Isabel se frotta les yeux.

— J'aimerais passer une journée tranquille. Pouvez-vous m'y aider ?

— Bien sûr, dit Grace.

— Pourriez-vous répondre au téléphone ? Dites à tout le monde que je travaille, ce que je compte faire du reste. Dites que je rappellerai demain.

— À tout le monde ?

— Excepté Cat. Et Jamie. Même si j'espère qu'ils ne téléphoneront pas aujourd'hui. Les autres attendront.

Grace acquiesça. Elle aimait prendre le contrôle de la maison, et s'entendre prier d'éconduire tout le monde était un ordre qu'elle appréciait particulièrement.

— Enfin, vous vous décidez ! Vous êtes sans cesse à la disposition des autres. Vous méritez un peu de temps pour vous.

Isabel sourit. Grace était sa meilleure alliée. Quelque désaccord qu'elles pussent avoir, elle savait que Grace, au bout du compte, n'avait à cœur que son intérêt. C'était une loyauté fort rare en ces temps d'égocentrisme et de complaisance. Une vertu à l'ancienne, dont ses confrères philosophes faisaient l'éloge tout en se montrant bien incapables de la pratiquer. Et Grace, malgré sa tendance à dénigrer certaines personnes, avait beaucoup d'autres vertus. Elle croyait en un Dieu qui, le jour venu, rendrait justice à ceux qu'on avait traités injustement. Elle croyait au travail, et à l'importance de ne jamais être en retard ni prendre un jour de congé sous prétexte d'une prétendue maladie. Et au devoir de ne jamais ignorer un appel à l'aide – de qui que ce soit, sans souci des conditions sociales ni de la faute qui avait peut-être causé le désarroi. Telle était la vraie générosité de l'âme, parfois cachée sous un abord un peu revêche.

— Vous êtes merveilleuse, Grace, dit Isabel. Que deviendrions-nous si vous n'étiez pas là ?

Elle travailla toute la matinée. Le facteur avait apporté d'autres articles à lire pour la revue, et elle en nota les références dans le cahier prévu à cet effet. Elle soupçonnait que plusieurs ne passeraient pas le cap de la lecture éliminatoire, mais au premier regard, l'un d'eux, intitulé « Le jeu : une analyse éthique », révéla certaines qualités. Quels problèmes éthiques soulevait le jeu ? Isabel se dit qu'on pouvait répondre très simplement, dès lors qu'on se fondait sur les critères de l'utilitarisme. Si l'on avait six enfants, comme cela semblait si souvent le cas des joueurs (une autre forme de jeu ? se demanda-t-elle), on avait le devoir de bien gérer ses ressources dans l'intérêt des enfants. Mais si l'on était riche et sans personne à sa charge, y avait-il quelque chose d'intrinsèquement immoral à placer sinon son dernier sou, du moins l'argent superflu sur une table de jeu ? Isabel réfléchit un moment.

Les kantiens répondraient sans hésitation, mais c'était le problème avec la morale kantienne : elle était complètement prévisible et ne laissait aucune place à la subtilité. Comme Kant lui-même. Au sens purement philosophique, être allemand devait comporter de grandes exigences, songea-t-elle. Mieux valait, et de loin, être français (c'est-à-dire irresponsable et ludique) ou grec (grave, mais avec légèreté). Quant à elle, assurément, son hérédité était enviable : d'un côté, l'Écosse avec ses philosophes du sens commun; de l'autre, les pragmatistes américains. Une combinaison parfaite. À condition, bien sûr, d'avoir passé quelques années à Cambridge – et donc d'avoir étudié Wittgenstein et une bonne dose de philosophie du langage. Mais cela n'avait jamais fait de mal à personne, pour peu qu'on sût s'en éloigner en mûrissant. Et, autant le reconnaître, je suis une femme mûre, se dit-elle en regardant par la fenêtre le jardin aux buissons couverts de feuilles et les premières fleurs blanches du magnolia.

Pour ce matin, elle choisit un des articles les plus prometteurs. S'il en valait la peine, elle l'enverrait à des collègues lecteurs dès cet après-midi, cela lui donnerait le sentiment du travail accompli – elle en avait grand besoin. Le titre avait attiré son attention, d'abord parce que la génétique – qui fournissait l'arrière-plan au problème posé – était une question très actuelle, mais aussi parce que le problème lui-même était, une fois encore, la parole véridique. Elle se sentait environnée par les questions de véracité. Il y avait eu cet article sur la parole véridique dans les relations sexuelles, qui l'avait tant amusée et qu'un de ses consultants avait déjà commenté favorablement. Puis l'affaire Toby, qui avait placé le dilemme du dire et du non-dire au centre de sa vie de moraliste. Le monde, lui semblait-il, était bâti sur des mensonges et des demi-vérités, et une des tâches de l'éthique appliquée était d'aider à se frayer un chemin parmi tant de faux-semblants. Oui, que de mensonges, partout ! Et pourtant, le pouvoir même de la vérité n'en semblait aucunement diminué. N'était-ce pas Soljenitsyne qui, en recevant son prix Nobel, avait déclaré : « Un mot de vérité conquerra le monde » ? De la part d'un homme qui avait vécu dans un enchevêtrement orwellien de mensonges d'État, s'agissait-il d'un vœu pieux ou d'une foi justifiée dans la puissance de la vérité, qui toujours brillerait dans les ténèbres ? Il fallait que ce fût la seconde réponse ; sinon, la vie serait trop sinistre pour qu'on voulût la poursuivre. Sur ce point, Camus avait raison : la question philosophique par excellence était le suicide. S'il n'y avait pas de vérité, alors rien n'avait de sens et notre vie était pareille à celle de Sisyphe. Et si la vie était sisyphienne, à quoi bon la continuer ? Mentalement, elle établit une liste d'adjectifs lugubres : « orwellien », « sisyphien », « kafkaïen ». En existait-il d'autres ? Une fois, elle était tombée sur « hemingwayen », qui pouvait s'appliquer à une vie consacrée à la pêche au gros et aux corridas ; en revanche, elle ne connaissait aucun adjectif pour décrire l'univers d'échec et de déréliction où Graham Greene avait situé ses drames moraux. « Greenesque » ? Non. Trop laid. « Greenien », peut-être. Bien sûr, « Greenwich » existait déjà.

Donc la parole véridique de nouveau, dans un article signé d'un certain Dr Chao, cette fois, un professeur de philosophie à l'université de Singapour. Son exposé s'intitulait : « Les paternités douteuses », et portait en sous-titre : « Filiation et véridicité dans la génétique ». Isabel se leva de son bureau et alla s'asseoir dans le fauteuil près de la fenêtre – sa place préférée pour lire. Au même moment, le téléphone sonna au rez-de-chaussée. Au bout de trois sonneries, il se tut et elle attendit. Aucun signe de Grace. Elle se concentra donc sur « Les paternités douteuses ».

Le texte, écrit dans un style clair, commençait par un récit. Les praticiens de la génétique, expliquait le Dr Chao, se trouvaient souvent confrontés à des paternités attribuées par erreur, et ces cas leur posaient de délicats problèmes : comment révéler de telles erreurs, à supposer qu'on dût les révéler ? Suivait une histoire exemplaire.

M. et Mme B. avaient eu un premier enfant atteint d'une maladie génétique. Bien que les jours du bébé ne soient pas en danger, il s'agissait d'une maladie assez grave pour qu'on envisage, lors de futures grossesses, de faire passer des examens à Mme B. : certains fœtus pouvaient être affectés aussi, mais tous ne le seraient pas. Le seul moyen de s'en assurer était l'échographie.

Jusque-là, tout était clair, pensa Isabel. Évidemment, l'échographie soulevait des problèmes plus larges, dont le plus inquiétant était le risque d'eugénisme, mais le Dr Chao s'abstenait de les aborder, avec raison : son sujet était « Filiation et véridicité ». M. et Mme B., poursuivait-il, avaient dû subir des examens génétiques pour vérifier leur statut de porteurs : pour que le bébé souffre de cette maladie, il fallait que ses deux parents soient porteurs du gène concerné. Mais quand le praticien avait reçu les résultats, il avait constaté que si tel était bien le cas de Mme B., son mari n'était pas porteur du gène déficient. L'enfant était donc forcément d'un autre homme, et Mme B. (B pour « Bovary », peut-être ? songea Isabel) avait un amant.

Une solution possible consistait à faire venir Mme B. pour lui expliquer la situation en privé, puis de lui laisser le choix d'en parler ou non à son mari. À première vue, ce parti avait de quoi séduire : ainsi s'éviterait-on la responsabilité d'une possible rupture entre les époux. À cela il y avait toutefois une objection : si M. B. n'était pas informé, il vivrait désormais en se croyant à tort porteur d'un gène dangereux. Était-il justifié que le généticien, avec qui il était lié professionnellement, lui révèle la vérité ? De toute évidence, il avait certains devoirs envers lui, mais dans quelles limites ?

Isabel arriva à la dernière page. Elle y trouva diverses références, notées comme il se devait, mais aucune conclusion. Le Dr Chao ne savait pas comment résoudre le problème qu'il avait soulevé. C'était assez raisonnable, estima Isabel : poser des questions auxquelles on ne pouvait (ou voulait) apporter de réponses n'avait rien que de légitime. Mais, en général, elle préférait les articles qui prenaient position.

L'idée l'effleura de demander à Grace ce qu'elle en pensait. L'heure était venue d'une pause-café, et cela lui fournissait une excuse pour faire un tour du côté de la cuisine. Elle y trouva Grace occupée à vider le lave-vaisselle.

— Je vais vous raconter une histoire un peu compliquée, annonça-t-elle. Tout ce que je vous demande, c'est de me dire comment vous réagiriez. Inutile d'exposer vos raisons, dites-moi seulement ce que vous feriez.

Elle lui raconta l'histoire de M. et Mme B., tandis que Grace l'écoutait en continuant d'empiler les assiettes. Quand elle eut fini, elle laissa son travail de côté.

— J'écrirais une lettre à M. B., dit-elle fermement. Je lui dirais de ne pas faire confiance à sa femme.

— Je vois, dit Isabel.

— Mais je ne signerais pas, ajouta Grace. Ce serait une lettre anonyme.

Isabel ne put cacher sa surprise.

— Anonyme ? Pourquoi ?

— Je ne sais pas, répondit Grace. Vous m'avez dit que vous n'aviez pas besoin de raisons. Que je devais seulement vous dire ce que je ferais. Voilà, vous le savez maintenant.

Isabel resta silencieuse. Elle avait l'habitude que Grace lui exprime des opinions inattendues, mais cette curieuse préférence pour une lettre anonyme la laissait stupéfaite. Elle allait insister pour qu'elle s'explique, mais Grace changea de sujet.

— Cat a téléphoné, dit-elle. Elle n'a pas voulu vous déranger, mais elle aimerait bien passer prendre le thé cet après-midi. J'ai dit que vous rappelleriez.

— Parfait. Je serai contente de la voir.

La parole véridique. La paternité. Elle n'était pas plus avancée, mais tout à coup elle se décida. Il lui fallait l'avis de Grace.

— Maintenant, imaginez ceci, commença-t-elle. Vous avez découvert que Toby trompait Cat, sans que Cat soit au courant. Que feriez-vous ?

Grace fronça les sourcils.

— Difficile à dire, répondit-elle. Je crois que je ne lui dirais rien.

Isabel poussa un soupir. Au moins, elles étaient d'accord sur ce point.

— Tout de même, poursuivit Grace, il me semble que j'irais trouver Toby et que je lui dirais de cesser de voir Cat, sinon je le dénoncerais à l'autre fille. Comme ça, il débarrasserait le plancher. Parce que je ne voudrais pas que Cat se marie avec un type pareil. Oui, c'est ce que je ferais.

— Je vois, dit Isabel. Et vous n'auriez aucune hésitation ?

— Aucune, répondit Grace. Absolument aucune. Au bout d'un instant, elle ajouta : Mais il n'y a pas de risque que ça arrive, j'espère ?

Isabel hésita : une fois de plus, un mensonge pouvait tenir lieu de réponse. Cet instant d'indécision suffit.

— Oh, mon Dieu ! s'écria Grace. Pauvre Cat ! Pauvre petite ! Il ne m'a jamais plu, ce garçon, vous savez ? Jamais. Je ne voulais pas vous le dire, mais voilà, c'est fait. Ces jeans couleur fraise, vous voyez ? Ceux qu'il porte si souvent. Eh bien ! Je savais ce que ça voulait dire, depuis le début. Vous voyez ? Je le savais !

18

Cat arriva peu avant 16 heures, après avoir laissé Eddie s'occuper de la boutique. Grace lui ouvrit la porte et la regarda bizarrement – du moins lui sembla-t-il. Mais Grace était bizarre de toute façon, elle l'avait toujours été et Cat le savait. Grace avait des théories et des convictions sur quasiment tout, et on ne savait jamais vraiment ce qui lui trottait par la tête. Comment Isabel s'accommodait de ses bavardages dans la cuisine, c'était ce dont Cat n'avait aucune idée. Peut-être, la plupart du temps, n'y faisait-elle pas attention.

Isabel s'était installée dans la gloriette pour corriger des épreuves. C'était un petit bâtiment octogonal, en bois peint de vert foncé, qui s'élevait au bout du jardin contre le haut mur de clôture. Au temps de sa maladie, son père y avait passé des journées entières : il contemplait la pelouse, réfléchissait et lisait, bien que tourner les pages lui soit devenu si difficile qu'Isabel devait s'en charger. Après sa mort, quelques années avaient passé sans qu'elle trouvât le courage d'y entrer, tant les souvenirs l'assaillaient ; mais, au fil du temps, elle s'était accoutumée à y travailler, même en hiver, car on pouvait la chauffer au moyen du poêle à bois norvégien placé dans un angle. L'intérieur était presque nu, hormis trois photographies encadrées qu'on avait accrochées au mur du fond. Son père arborant l'uniforme des Camerounais, sous le brûlant soleil de Sicile, debout devant une villa réquisitionnée. Que de courage, que de sacrifices en ces temps lointains – mais pour une cause juste, absolument juste ! Sa mère, sa « sainte mère américaine » (que Grace, une fois, avait appelée sa mère « sanitaire »), assise avec son père à la terrasse d'un café de Venise. Et elle-même, enfant, avec ses parents, lors d'un pique-nique, semblait-il. Les photographies aux bords jaunis avaient besoin d'être restaurées, mais pour le moment elle n'avait pas l'intention d'y toucher.

C'était une chaude journée de printemps, presque estivale, et elle avait ouvert la double porte vitrée. Elle vit Cat s'approcher en traversant la pelouse, un petit sac en papier brun à la main. Quelque chose de sa boutique, sans doute. Cat n'arrivait jamais les mains vides et offrait à Isabel une petite terrine de pâté truffé ou un assortiment d'olives.

— Tiens. Des souris en chocolat belge, dit-elle en posant le sachet sur la table.

— Merci, petit chat. Les chats aiment bien offrir des souris, dit Isabel en écartant le paquet d'épreuves. Ma tante – ta grand-tante – avait un chat qui en attrapait et qui venait les déposer sur son lit. C'était d'une grande délicatesse.

Cat s'assit dans le fauteuil en rotin près d'Isabel.

— Grace m'a dit que tu t'étais recluse. Que personne n'avait le droit de te déranger, sauf moi.

Grace avait du tact, pensa Isabel. Mieux valait ne pas mentionner Jamie trop souvent.

— Ma vie est assez compliquée ces derniers temps. J'avais besoin d'un ou deux jours de travail, histoire de laisser les choses reprendre leur cours habituel. Tu dois savoir ce que c'est.

— Oh, oui ! répondit Cat. Les jours où on n'a qu'une envie : se recroqueviller à l'écart du reste du monde. Ça m'arrive aussi.

— Grace va nous apporter du thé et nous pourrons bavarder, dit Isabel. J'ai assez travaillé pour aujourd'hui.

— Moi aussi, je rends mon tablier. Eddie peut s'occuper de tout jusqu'à la fermeture. Je vais rentrer me changer, et ensuite… ensuite, nous sortons.

— Très bien.

Nous. Toby, évidemment.

— Nous avons quelque chose à fêter, ajouta Cat. Au restaurant, d'abord. Ensuite, nous irons danser.

Isabel retint sa respiration. C'était une surprise, mais une surprise qu'elle redoutait depuis un certain temps. Et voilà, on y arrivait.

— Quelque chose à fêter ?

Cat fit oui de la tête. Quand elle répondit, elle avait détourné les yeux en direction du jardin. Le ton de sa voix était précautionneux.

— Toby et moi, nous sommes fiancés, dit-elle. Depuis hier soir. Nous ferons paraître une annonce la semaine prochaine. Je voulais que tu sois la première à le savoir. (Elle s'interrompit. Puis :) Je crois qu'il l'a dit à ses parents tout à l'heure, mais à part eux, personne n'est au courant. Sauf toi.

Isabel se pencha vers sa nièce et lui prit la main.

— Bravo, ma chérie. Félicitations.

Elle avait fourni un suprême effort, comme une chanteuse qui lance un contre-ut, mais en vain. Sa voix était dépourvue de couleur et d'enthousiasme. Cat la dévisagea.

— Tu es sincère ?

— Tout ce que je désire, c'est que tu sois heureuse, dit Isabel. Si c'est une décision qui doit te rendre heureuse, alors oui, bien sûr, je suis sincère.

Cat soupesa ces mots quelques instants.

— Des félicitations de philosophe ! répliqua-t-elle. Tu n'as rien de plus personnel ?

Elle ne lui laissa pas le temps de répondre, mais Isabel n'avait aucune réponse en tête et aurait eu grand-peine à en trouver une.

— Tu ne peux pas le supporter, n'est-ce pas ? Tu n'es pas disposée à lui donner sa chance. Même pour moi.

Isabel baissa les yeux. Cette fois, elle ne pouvait pas mentir.

— C'est vrai, je ne le trouve toujours pas sympathique. Je le reconnais. Mais je te promets de faire tous les efforts possibles, même si c'est dur.

Cat la prit au mot. Sa voix s'éleva, plus forte, trahissant son indignation :

— Même si c'est dur ? répéta-t-elle. Et pourquoi est-ce si dur ? Pourquoi faut-il que tu me dises une chose pareille ?

Isabel était trop bouleversée pour contrôler ses émotions. La nouvelle était catastrophique, et elle en oublia sa résolution de ne rien révéler à sa nièce. Les mots sortirent tout seuls :

— Parce que je crois qu'il ne t'est pas fidèle ! Je l'ai vu avec quelqu'un d'autre. Voilà pourquoi !

Elle se tut, horrifiée par ses propres paroles. Elle n'avait pas eu l'intention de les prononcer, elle savait que ce n'était pas bien, et pourtant ces mots lui avaient échappé, comme si c'était une autre qui parlait par sa bouche. Immédiatement, elle se sentit accablée. Voilà comment on fait le mal, pensa-t-elle : sans réfléchir, tout simplement. Mal faire ne posait aucune difficulté, n'était précédé d'aucune pensée subtile ; c'était une chose fortuite, et tellement facile ! Ainsi l'avait perçu Hannah Arendt, non ? La pure banalité du mal. Seul le bien relevait de l'héroïsme.

Cat était complètement immobile. Isabel posa une main légère sur son épaule, mais elle la secoua.

— Laisse-moi comprendre, dit-elle. Tu es en train de me dire que tu as surpris Toby avec une autre femme. C'est bien ça ?

Isabel fit oui de la tête. Elle ne pouvait plus reculer maintenant, et n'avait d'autre choix que la franchise.

— Oui. Je suis désolée. Je ne voulais pas te le dire, parce que j'estime que ce ne sont pas mes affaires et que je n'ai pas à interférer. Mais je l'ai vu, oui. Il est allé chez elle, et je les ai vus sur le seuil de son appartement. Je… je passais par là, et je les ai vus s'embrasser.

— Où était-ce ? demanda-t-elle d'une voix neutre. Où exactement les as-tu vus ?

— Dans Nelson Street.

Cat resta un moment silencieuse. Puis elle se mit à rire et la tension la quitta.

— C'était sa sœur, Fiona ! Elle habite Nelson Street, tu ne savais pas ? Ma pauvre Isabel ! Tu n'as rien compris. Il va souvent voir Fiona. Et bien sûr qu'ils s'embrassent ! Ils s'aiment beaucoup. Et ils sont très affectueux dans la famille.

Non, pensa Isabel. Affectueux, non. En tout cas, pas au sens que je donne à ce mot.

— Ce n'était pas sa sœur. C'était sa colocataire.

— Lizzie ?

— Je ne sais pas comment elle s'appelle.

Cat renifla dédaigneusement.

— C'est absurde, dit-elle d'une voix ferme. Tu as mal interprété une simple bise sur la joue. Et tu n'es pas prête à admettre que tu t'es trompée. Tout serait différent si tu voulais bien le reconnaître, mais non, pas question. Tu le détestes tellement !

Isabel se récria :

— Je ne le déteste pas. Tu n'as pas le droit de me dire ça.

Mais elle savait que Cat avait raison car, tout en parlant, l'image qui lui vint à l'esprit fut celle d'une avalanche, et elle se sentit honteuse. Cat se leva brusquement.

— Ce qui vient de se produire me rend très triste. Je comprends ce qui t'a poussée à me dire ce que tu m'as dit, mais je crois que tu fais preuve d'une injustice totale. J'aime Toby. Nous allons nous marier. Il n'y a rien à ajouter.

Et sur ces mots elle sortit de la gloriette.

Isabel se leva si vivement qu'elle éparpilla la liasse d'épreuves.

— Cat, je t'en prie ! Tu sais combien je t'aime. Tu le sais. S'il te plaît…

Elle n'alla pas plus loin. Cat traversait la pelouse en courant et rentrait dans la maison. Grace était apparue à la porte de la cuisine, un plateau entre les mains. Elle s'écarta pour la laisser passer et le plateau tomba sur le sol.

Le reste de la journée fut tout sauf serein. Isabel passa une bonne heure à discuter de la situation avec Grace, qui fit de son mieux pour la rassurer.

— C'est comme ça qu'elle réagit sur le coup, dit-elle. Pour le moment, elle rejette en bloc ce que vous lui avez dit. Mais elle y réfléchira, et peu à peu l'idée fera son chemin. Elle se dira que peut-être, peut-être seulement n'est-elle pas si loin de la réalité. Et les écailles commenceront à lui tomber des yeux.

Isabel était abattue, mais dut reconnaître que Grace n'avait pas tort.

— En attendant, elle n'est pas près de me pardonner.

— Probablement, répondit Grace, pragmatique. Tout de même, ça ne serait pas mal que vous lui écriviez, pour lui dire combien vous regrettez. Elle finira par vous pardonner, mais ce sera plus facile si vous lui avez ouvert la porte.

Isabel suivit le conseil de Grace et écrivit à Cat une courte lettre. Elle s'excusait pour la peine qu'elle lui avait causée et espérait qu'elle lui pardonnerait. Mais tout en écrivant « puisses-tu me pardonner », elle se souvint qu'elle-même, quelques semaines plus tôt, avait fait observer à Cat que certains pardons pouvaient s'avérer prématurés. Au sujet du pardon, beaucoup de sottises étaient proférées, par des gens qui n'avaient rien compris à la thèse du Pr Strawson (ou n'en avaient jamais entendu parler) sur l'importance des attitudes réactives. Le ressentiment nous était nécessaire, affirmait Peter Strawson dans *Liberté et Ressentiment*, car c'était lui qui nous rendait les mauvaises actions plus sensibles et identifiables. Sans ressentiment, notre sens du bien et du mal risquerait de s'affaiblir, parce que la différence ne nous toucherait plus assez. Mieux valait donc ne point pardonner trop vite. C'était pour cette raison, probablement, que le pape Jean-Paul II avait attendu des années avant de rendre visite à son agresseur dans sa cellule. Isabel se demanda ce que le pape avait pu dire à l'homme qui avait voulu le tuer. « Je te pardonne » ? Ou bien des paroles très différentes, des paroles qui ne pardonnaient rien du tout ? Cette pensée la fit sourire. Les papes étaient des êtres humains, après tout, et réagissaient en êtres humains. Parfois ils devaient se regarder dans la glace et se demander : Est-ce que c'est vraiment moi, dans cet habit un peu ridicule, qui m'apprête à apparaître au balcon pour saluer tous ces gens, avec leurs drapeaux, leurs espoirs et leurs larmes ?

Une hypothèse échafaudée dans un restaurant, après plusieurs verres de bon vin italien et en compagnie d'un charmant jeune homme, était une chose ; une hypothèse capable de tenir debout sous la froide lumière du jour en était une autre. Isabel avait bien conscience que ses soupçons à l'égard de Minty Auchterlonie ne reposaient que sur des conjectures. En admettant que des irrégularités aient été commises chez McDowell, et en admettant que Mark Fraser en ait eu connaissance, rien ne permettait d'affirmer que Paul Hogg avait un lien avec elles. Sur ce point, les suppositions d'Isabel étaient certes plausibles, mais sans plus. Pour autant qu'elle sache, McDowell était une firme importante et il n'y avait aucune raison pour que la découverte de Mark concerne Paul Hogg plutôt qu'un autre membre du personnel.

Pour mieux étayer ses présomptions (ou même les rendre simplement crédibles), il lui faudrait en savoir davantage sur la société McDowell. À Édimbourg, le milieu financier (de même que le milieu juridique) ressemblait beaucoup à un village, et des potins devaient circuler. Mais les potins ne suffiraient pas. Ce qu'elle avait besoin de savoir, c'était comment on s'y prenait pour mettre au jour de possibles délits d'initié. En surveillant les transactions boursières ? Mais comment s'y retrouver pour savoir qui achetait quoi dans le flot d'opérations effectuées chaque année ? Sans oublier que les fraudeurs prenaient évidemment le plus grand soin de couvrir leurs traces, en recourant à des intermédiaires et aux facilités offertes par les paradis fiscaux. Si les poursuites étaient rares – et les condamnations plus encore –, c'était pour une bonne raison : il était difficile de prouver de tels délits. Dans ces conditions, même si Minty Auchterlonie s'était livrée à des spéculations en soutirant des confidences à son fiancé, ses transactions seraient indécelables. Minty pouvait agir en toute impunité, à moins – et c'était une réserve de taille – qu'un de ses confrères, quelqu'un comme Mark Fraser, ne soit capable de faire le lien entre ses profits et les affaires dont Paul Hogg s'occupait. Mais Mark était mort à présent. En conséquence, il ne restait plus à Isabel qu'à rendre visite à son ami Peter Stevenson, financier de son état, discret philanthrope et directeur de l'Orchestre Épouvantable.

19

West Grange House était une grande demeure blanche et carrée, bâtie au XVIIIe siècle sur un vaste domaine du district de La Grange, une élégante banlieue proche de Morningside et de Bruntsfield où l'on pouvait facilement se rendre à pied de la maison d'Isabel, et plus facilement encore de la boutique de Cat. Si loin que remontaient ses souvenirs, Peter Stevenson avait convoité cette propriété et bondi sur l'occasion de l'acheter quand elle avait été subitement mise en vente.

Après une belle carrière dans la banque, Peter avait décidé vers quarante-cinq ans d'en débuter une autre, indépendante, de consultant pour entreprises en difficulté. Les sociétés en proie à une crise financière recouraient à ses conseils pour tenter un rétablissement, de même qu'on faisait appel à lui pour résoudre les conflits entre administrateurs lorsque ceux-ci survenaient. À sa façon tranquille, il avait maintes fois ramené la paix au sein d'entreprises en pleine tempête, en persuadant les gens de s'asseoir autour d'une table pour examiner les difficultés une par une.

— Il y a toujours une solution, répondit-il à Isabel, qui l'interrogeait sur son travail alors qu'il l'escortait vers son petit salon. Toujours. L'important est de mettre les difficultés à plat et de partir sur de bonnes bases. Ensuite, il suffit de faire une liste et de se montrer raisonnable.

— Ce que les gens acceptent rarement, remarqua Isabel.

Peter sourit.

— C'est un écueil qu'on peut contourner. Beaucoup de gens peuvent se montrer raisonnables, même s'ils ne le sont pas au début.

— Certains ne le seront jamais, insista Isabel. Les gens profondément déraisonnables par nature. Et ils sont assez nombreux, morts et vifs. Idi Amin Dada ou Pol Pot, pour n'en nommer que deux.

Peter réfléchit à ses paroles. Sauf dans les vieux films, qui parlait encore de gens morts ou vifs ? Bien des gens ne comprenaient plus le sens premier de « vif » et auraient été fort perplexes en entendant quelqu'un s'y référer. Mais c'était dans les habitudes d'Isabel de maintenir un mot en vie, tel un jardinier soignant une plante malade. Et elle faisait bien.

— Les gens follement déraisonnables ne sont pas enclins à diriger des entreprises, dit-il, même si certains dirigent des États. Les hommes politiques sont différents des hommes d'affaires. La politique attire des personnalités redoutables.

Isabel était d'accord.

— Absolument. Tous ces ego hypertrophiés ! C'est justement cette hypertrophie qui les pousse à entrer en politique. Ils aspirent à dominer les autres. Ils aiment le pouvoir et ses chausse-trappes. Peu font de la politique par désir de rendre le monde meilleur. Quelques-uns, je suppose, mais pas beaucoup.

— Il y a tout de même les Gandhi, les Mandela, observa Peter après un instant de réflexion. Et Jimmy Carter.

— Jimmy Carter ?

Peter fit oui de la tête.

— Un type bien. Beaucoup trop gentil pour la politique. Je crois qu'il s'est retrouvé à la Maison-Blanche par erreur. Il était trop honnête aussi. Rappelez-vous ses confidences, d'une honnêteté embarrassante, sur ses tentations personnelles. La presse en a fait ses choux gras, mais parmi tous ceux qui l'ont pris à partie il n'y avait pas une seule personne qui n'ait des pensées similaires. Qui n'en a pas ?

— Oui. Des fantasmes. Je connais ça, dit Isabel. Et je comprenais ce que Carter voulait dire…

Elle s'interrompit car Peter la regardait d'un air surpris. Puis s'empressa de préciser :

— Pas le genre de fantasmes auquel vous pensez. Il me vient des idées d'avalanches…

— Ma foi, chacun ses rêves, dit Peter en souriant et lui désignant un siège.

Confortablement assise, Isabel tourna les yeux vers la pelouse. Le jardin était plus grand que le sien, et plus ouvert. Peut-être sa maison serait-elle plus lumineuse si elle abattait un arbre ou deux, mais elle savait que jamais elle ne pourrait s'y résoudre et que ses arbres lui survivraient. À cet égard, les chênes vous rendaient plus sage : chaque fois qu'on les regardait, ils vous rappelaient qu'ils seraient encore là longtemps après votre disparition. Elle regarda Peter. Il était un peu comme un chêne, pensa-t-elle, non pas à proprement parler (sa silhouette faisait plutôt songer à une glycine), mais par la confiance qu'il inspirait. De surcroît, il était discret et l'on pouvait lui parler en toute sécurité. Si elle lui demandait son opinion sur McDowell – ce qu'elle fit –, personne ne saurait qu'elle s'y intéressait.

Il prit quelques instants pour soupeser la question qu'elle venait de lui poser.

— Je connais plusieurs personnes chez McDowell, dit-il. Une boîte fiable, pour autant que je sache. (Il fit une pause. Puis :) Je songe à quelqu'un qui pourrait vous en parler mieux que moi. Il me semble qu'il a quitté McDowell récemment, après je ne sais quelle bisbille. Il vous renseignerait peut-être.

Isabel s'empressa de répondre. C'était ce qu'il lui fallait : Peter connaissait tout le monde et pouvait la mettre en relation avec n'importe qui.

— C'est exactement ce que je cherche, dit-elle. Merci beaucoup.

— Mais soyez prudente, poursuivit Peter. D'abord je ne le connais que de vue, donc je ne peux pas me porter garant de son honnêteté. Et puis, n'oubliez pas qu'il a peut-être des griefs contre McDowell. On ne sait jamais. Mais si vous voulez le rencontrer, il vient de temps en temps à nos concerts. Sa sœur joue dans l'orchestre. Venez nous écouter demain soir. Il y a un pot après le concert, et je m'arrangerai pour que vous puissiez lui parler.

Isabel se mit à rire.

— Votre orchestre ? L'Orchestre Épouvantable ?

— Lui-même, répondit Peter. Ça m'étonne que vous ne soyez jamais venue à un de nos concerts. Je suis sûr de vous avoir invitée.

— C'est exact, mais j'étais en voyage. J'ai regretté de ne pas y assister. D'après ce qu'on m'a dit, c'était…

— Épouvantable, dit Peter. Oui, nous sommes très mauvais, mais nous nous amusons. De toute façon, le public vient pour rire, le fait que nous jouions comme des crécelles n'a donc pas la moindre importance.

— Du moment que vous faites de votre mieux ?

— Tout à fait. Et notre mieux n'est pas terrible. Tant pis !

De nouveau Isabel regarda le jardin. Que des gens qui avaient très bien réussi dans un domaine voulussent en maîtriser un autre, sans succès, voilà qui était intéressant. Peter avait fait une brillante carrière dans la finance ; maintenant c'était un clarinettiste de troisième ordre. Sans doute la réussite passée rendait-elle l'échec moins pénible. À coup sûr ? Loin de là. Peut-être l'accoutumance aux succès avivait-elle la frustration de ne pouvoir les reproduire ailleurs. Mais Isabel savait que tel n'était pas le cas de Peter : il était content de jouer de la clarinette « en toute modestie », comme il disait.

Isabel ferma les yeux et écouta. Assis dans l'auditorium de l'école de filles St George – qui accueillait patiemment les prestations de l'Orchestre Épouvantable –, les musiciens s'attaquaient à une partition au-dessus de leurs capacités. Purcell n'avait pas voulu cela et n'aurait probablement pas reconnu son œuvre. Elle était vaguement familière à Isabel (ou, du moins, certains passages l'étaient), mais elle avait l'impression que les différentes sections de l'orchestre jouaient des morceaux différents à des moments différents. Les cordes étaient particulièrement chaotiques et sonnaient plusieurs tons trop bas, cependant que les trombones, censés jouer en six/huit comme le reste de l'orchestre, semblaient rester à quatre temps. Elle ouvrit les yeux et observa les trombonistes, qui se concentraient sur leur musique en fronçant des sourcils inquiets. S'ils avaient regardé le chef, sans doute auraient-ils respecté la mesure, mais lire les notes était une tâche bien assez ardue. Isabel échangea un sourire avec son voisin. Le public prenait du bon temps, comme toujours avec l'Orchestre Épouvantable.

Purcell s'acheva, au soulagement visible des musiciens, dont beaucoup posèrent leur instrument en prenant une profonde inspiration comme des athlètes à la fin d'une course. Il y eut quelques rires étouffés dans l'assistance, et le bruissement des pages du programme qu'on tournait. Mozart devait suivre, puis, curieusement, *Yellow Submarine*. Pas de Stockhausen, remarqua Isabel avec satisfaction ; et l'espace d'un instant elle se remémora avec tristesse le concert à l'Usher Hall. Somme toute, si elle se trouvait ici pour écouter l'Orchestre Épouvantable se frayer un laborieux chemin dans son programme, devant son public médusé mais loyal, c'était à cause de cette soirée.

À la fin du concert des applaudissements s'élevèrent, enthousiastes, et le chef, en gilet à soutaches dorées, revint saluer plusieurs fois. Ensuite spectateurs et musiciens se retrouvèrent dans la cour, où les attendaient du vin et des sandwiches offerts par l'orchestre pour remercier le public d'être venu.

— C'est le moins que nous puissions faire, avait dit le chef dans son adresse finale. Vous avez été d'une telle patience !

Isabel connaissait bon nombre des musiciens et des membres de l'auditoire, et se trouva bientôt happée par un groupe d'amis qui rôdaient autour d'un plateau de sandwiches au saumon fumé.

— Je pensais qu'ils s'amélioraient, dit l'un, mais à présent je n'en suis plus si sûr. Le morceau de Mozart…

— Ah, c'était du Mozart ?

— C'est une thérapie, dit un autre. Voyez comme ils avaient l'air heureux ! Ce sont des gens qui ne pourraient jamais jouer dans un autre orchestre. C'est de la thérapie de groupe. Et c'est formidable.

Un hautboïste qui par sa taille dominait l'assemblée se tourna vers Isabel.

— Vous pourriez vous joindre à nous, suggéra-t-il. Vous jouez de la flûte, je crois ?

— Je pourrais, oui, répondit Isabel. J'y songe.

Mais elle pensait surtout à Johnny Sanderson, qui devait être l'homme que Peter lui amenait en la regardant à travers la foule.

— Je voulais que vous fassiez connaissance, dit Peter après avoir fait les présentations. Peut-être arriverons-nous à persuader Isabel de se joindre à l'orchestre, Johnny. Elle est bien meilleure que nous, mais une autre flûtiste ne serait pas de trop.

— Beaucoup de choses ne seraient pas de trop, dit Johnny. Des leçons de musique, pour commencer…

Isabel se mit à rire.

— Ce n'était pas si mal. J'ai bien aimé *Yellow Submarine*.

— Leur cheval de bataille ! dit Johnny en tendant la main vers le plateau de saumon.

Ils parlèrent quelques minutes de l'orchestre, après quoi Isabel changea de sujet. Il avait travaillé chez McDowell, aux dires de Peter. En avait-il gardé un bon souvenir ? Oui. Mais au bout d'un instant de réflexion il lui jeta un regard en coin et prit une mine faussement soupçonneuse.

— C'est pour ça que vous vouliez me rencontrer ? Ou, plutôt, que Peter voulait nous présenter ?

Isabel le regarda à son tour. Inutile de nier, se dit-elle. À l'évidence, Johnny Sanderson ne manquait pas d'astuce.

— Oui, dit-elle simplement. Je voudrais en savoir un peu plus sur McDowell.

— Il n'y a pas grand-chose à savoir. C'est une boîte classique. Des gens assez ennuyeux, pour la plupart. J'étais en bons termes avec certains, mais dans l'ensemble je les trouvais un peu… barbants. Désolé si je vous semble arrogant, mais c'est la vérité. Des esprits comptables. Des matheux.

— Paul Hogg ?

Johnny haussa les épaules.

— Plutôt sympa. Un peu sérieux à mon goût, mais compétent. Le profil type du cadre maison. Certains nouveaux sont assez différents. Paul, c'est la finance d'Édimbourg à l'ancienne. Droiture et modération.

Isabel lui passa le plateau de saumon et il prit un autre sandwich. Elle but une gorgée de vin, bien meilleur que ce qu'on servait d'habitude dans ce genre de circonstances. L'œuvre de Peter, pensa-t-elle.

Dans la réponse de Johnny Sanderson, une remarque avait retenu son attention. Si Paul avait le profil type de McDowell, tout de « droiture et modération », selon ses termes, qu'en était-il des nouveaux venus ?

— Alors McDowell est en train de changer ?

— Bien sûr, dit Johnny. Comme le reste du monde. Tout change. Les banques, les fonds d'investissement, les courtiers... Tout le monde. La nouvelle vague est beaucoup plus dure. On ne prend plus de gants. C'est la même chose partout, non ?

— Je suppose, dit Isabel.

Il avait raison, bien sûr. Partout les vieilles certitudes morales s'effaçaient, supplantées par l'intérêt personnel et la brutalité.

Johnny avala le dernier morceau de son sandwich et se lécha le bout des doigts.

— Paul Hogg, marmonna-t-il pensivement. Paul Hogg. Hmmm... Pour tout vous dire, je le croyais du genre petit garçon à sa maman. Mais ensuite, il est arrivé avec cette Gorgone assoiffée de sang qu'il appelle sa fiancée, Minty quelque chose. Auchter-muchty. Auchendinny.

— Auchterlonie, souffla Isabel.

— Pas une cousine à vous, j'espère. Je n'ai pas gaffé, au moins ?

— Non, dit Isabel en souriant. Votre appréciation correspond à peu près à la mienne, en un peu plus charitable.

— Nous nous comprenons, à ce que je vois. Dure comme le granit ! Elle travaille pour cette boîte de North Charlotte Street, la Banque d'Écosse. Une vraie roulure, si vous voulez mon avis. Elle court après deux ou trois jeunes mecs qui bossent avec

Paul. Je l'ai vue à l'œuvre quand il s'absentait. Et à Londres aussi. Une fois, je suis tombé sur elle dans un bar de la City. Elle devait croire que personne d'Édimbourg ne traînait dans le coin, mais j'étais là et je l'ai vue. Écroulée sur les genoux d'un type. Une étoile montante d'Aberdeen, qui s'est fait embaucher chez McDowell parce qu'il sait jongler avec les chiffres et prendre des risques payants. Un nommé Ian Cameron. Il joue au rugby dans je ne sais plus quelle équipe. Une espèce de bûcheron, mais ça ne l'empêche pas d'être malin.

— Écroulée sur ses genoux ?

Johnny fit une mimique.

— Comme je vous le dis. Littéralement écroulée ! Un langage corporel peu platonique.

— Mais elle est fiancée avec Paul…

— Oui.

— Et Paul, est-ce qu'il est au courant ?

Johnny secoua la tête.

— Paul est un innocent. Un innocent subjugué par une femme un peu trop ambitieuse pour lui. Ce sont des choses qui arrivent.

Isabel but une autre gorgée de vin.

— Mais qu'est-ce qu'elle lui trouve ? Pourquoi s'encombre-t-elle de Paul ?

— Question de respectabilité, dit Johnny avec assurance. Si elle veut mener sa barque dans le monde financier d'Édimbourg, Paul est une bonne caution. Son père est un membre fondateur de Scottish Montreal et du Gullane Fund. Si l'on n'est personne et qu'on veut devenir quelqu'un, pas de meilleur choix que ce pauvre Paul. Il est parfait. Toutes les relations qu'il faut. Les dîners assommants pour bonnes œuvres huppées. Les invitations au Festival l'été, avec souper mondain après l'opéra. Parfait !

— Et pendant ce temps-là, elle poursuit sa propre carrière ?

— Absolument. Elle aime l'argent, et pas grand-chose d'autre à mon avis. Ou plutôt si. Les hommes. Du genre grosse brute, comme Ian Cameron.

Isabel resta silencieuse. L'infidélité n'avait apparemment rien d'inhabituel. La conduite de Toby l'avait surprise, mais à présent qu'elle savait comment se comportait Minty Auchterlonie, elle songea que, peut-être, ce qu'il faisait était des plus prévisibles. Et si c'était la constance dont on devait plutôt s'étonner, comme semblaient le penser les sociobiologistes ? À les croire, il existait chez les hommes un puissant désir de multiplier les partenaires afin d'assurer la perpétuation de leur patrimoine génétique. Mais les femmes ? Peut-être éprouvaient-elles une attirance inconsciente pour les hommes eux-mêmes inconsciemment portés à garantir au maximum leur perpétuation génétique – en sorte que Minty et Ian étaient parfaitement assortis.

Isabel se sentait troublée, mais pas assez pour oublier de poser une deuxième question de son air le plus innocent :

— Et je suppose que Minty et Ian peuvent échanger des confidences sur l'oreiller, à propos de marchés, de capitaux et ainsi de suite. Vous voyez ce que je veux dire ?

— Très douteux, dit Johnny. S'ils le faisaient, ce serait du délit d'initié et j'aurais personnellement grand plaisir à les clouer par les oreilles à la porte du New Club.

Isabel se représenta l'image, presque aussi réjouissante que celle de Toby englouti par une avalanche. Mais elle se reprit.

— Pourtant, je pense que c'est exactement ce qui s'est passé.

Johnny s'immobilisa, son verre à mi-chemin de ses lèvres. Il regarda fixement Isabel.

— Vous êtes sérieuse ?

Elle hocha la tête.

— Je ne peux pas vous dire exactement pourquoi je le pense, mais je peux vous assurer que j'ai de bonnes raisons. Pourriez-vous m'aider à le prouver ? À trouver une trace des transactions, je veux dire ?

Johnny posa son verre.

— Oui. Je pourrais. Du moins, je peux essayer. Les fraudeurs à la Bourse ont le don de me mettre en rogne. Ils sont la plaie du marché. Ils nous minent, tous autant que nous sommes – et salement. Un véritable fléau.

— Merci, dit Isabel. Je suis contente.

— Mais quoi que vous fassiez, gardez-le pour vous, ajouta Johnny. Parce que si vous vous trompez, nous aurons tous les deux de sérieux ennuis. Pas question de diffamer des gens avec ce genre de choses. Ils porteraient plainte. Et j'aurais l'air d'un imbécile. Vous comprenez ?

Oui, elle comprenait.

20

Le soir qui suivit l'avertissement par lequel Isabel avait accueilli la bonne nouvelle du prochain mariage, Cat et Toby sortirent dîner plus tôt que prévu, car aucune table du restaurant n'était libre ensuite. Un colloque de l'Association franco-britannique des juristes s'était tenu à la faculté de droit, et beaucoup des participants avaient réservé pour le dîner qui suivrait. L'endroit conviendrait bien à des conversations sur la jurisprudence du Conseil d'État et, bien sûr, d'autres sujets plus allègres.

Cat avait quitté la maison d'Isabel en pleurs. Grace avait essayé de lui parler quand elle était entrée dans la cuisine, mais elle n'avait pas voulu l'écouter. À ce moment, l'émotion qui la dominait tout entière était la colère. Isabel n'aurait pu dévoiler plus clairement quels sentiments Toby lui inspirait. D'emblée elle l'avait traité avec distance, le considérant avec tant de dégoût, pensait Cat, qu'il n'y aurait rien de surprenant à ce que lui-même s'en soit rendu compte, bien qu'il n'ait jamais rien dit de tel. Elle comprenait, bien entendu, que leur appréciation de Toby soit différente ; mais rien ne justifiait qu'Isabel se monte si dédaigneuse. Toby n'était pas un intellectuel au sens où Isabel l'était, mais quelle importance ? Ils avaient assez de terrains d'entente pour ne pas rester étrangers. Toby n'avait rien d'un ignare, comme elle l'avait fait observer à sa tante en plusieurs occasions.

Et pourtant Isabel avait gardé son attitude distante, sans cesser d'établir à son détriment des comparaisons avec Jamie. Cela l'irritait au plus haut point. Les relations amoureuses ne pouvaient donner lieu à des comparaisons. Cat savait ce qu'elle attendait d'une liaison : de la gaieté, et aussi de la passion. Toby était passionné. Il la désirait avec une urgence excitante. Pas Jamie. Il parlait trop et s'efforçait toujours de la contenter. Où étaient ses envies à lui ? N'avaient-elles vraiment aucune importance ? Cela, peut-être qu'Isabel ne le comprenait pas. Comment l'aurait-elle pu ? Elle avait fait un mariage désastreux qui remontait à de longues années, et depuis lors, pour autant que Cat sache, n'avait eu aucun amant. Elle était donc mal placée pour comprendre, et a fortiori pour commenter, des choses dont elle n'avait quasiment aucune idée.

Quand elle eut regagné l'épicerie, sa colère du moment s'était calmée. Elle avait même songé à rebrousser chemin pour tenter une réconciliation avec Isabel, mais si elle comptait retrouver Toby à 18 heures comme prévu, il lui faudrait rentrer chez elle assez vite. Les clients n'étaient pas très nombreux, et Eddie semblait bien se débrouiller. Il paraissait moins chagrin depuis quelques jours, ce qu'elle trouvait encourageant. Pour autant, Cat préférait ne pas trop se reposer sur lui : il lui faudrait encore du temps, elle le sentait. Des années, peut-être.

Elle parla quelques instants avec lui, puis reprit le chemin de son appartement. Sa conversation avec Isabel la préoccupait toujours, mais elle fit un effort résolu pour la chasser de son esprit. Ce soir, Toby et elle célébreraient leurs fiançailles en tête-à-tête, et elle ne voulait pas que cette occasion soit gâchée plus qu'elle ne l'était déjà. Isabel avait tort, voilà tout.

Ponctuel, Toby monta l'escalier en quelques bonds et se présenta à sa porte avec un gros bouquet d'œillets. Dans son autre main, il tenait une bouteille de champagne, enveloppée dans de l'essuie-tout mais glacée. Ils se dirigèrent vers la cuisine, où Cat prépara un vase pour les fleurs tandis que Toby s'occupait d'ouvrir la bouteille. Il l'avait secouée en grimpant l'escalier, si bien que le bouchon sauta avec un grand bruit d'explosion et que la mousse coula sur les côtés. Voyant cela, il sortit une plaisanterie qui la fit rougir.

Chacun porta un toast à l'autre, après quoi ils passèrent au salon pour finir leurs coupes. Puis, peu avant l'arrivée du taxi, ils allèrent s'étreindre dans la chambre. Toby déclara qu'il aimait l'odeur de cette chambre ; ses mains relevèrent sa robe, et elle dut lutter pour rester maîtresse d'elle-même.

Jamais je n'ai ressenti quelque chose d'aussi fort, pensa-t-elle, jamais.

Au dîner, ils parlèrent de choses et d'autres : les termes du faire-part dans le *Scotsman* et la réaction des parents de Toby à l'annonce de la nouvelle.

— Mon père a carrément eu l'air soulagé, tu sais ? Il a fait un grand sourire en marmonnant : « Bon sang, pas trop tôt ! », ou quelque chose dans ce genre. Ensuite, je lui ai dit que j'aurais besoin d'une augmentation et le sourire a disparu.

— Et ta mère ? demanda Cat.

— Elle n'en finissait plus de dire à quel point tu étais une chic fille, une fille bien, etc., etc., répondit Toby. Elle aussi, elle avait l'air soulagée. Je crois qu'elle a toujours eu peur que j'épouse une horrible dévergondée ! Alors qu'elle n'a jamais eu la moindre raison de se faire une idée pareille.

— Bien sûr que non, dit Cat, un peu moqueuse. Toby lui sourit. Il lui prit la main.

— Je suis heureux que tu aies dit oui. Si tu avais refusé, ça m'aurait démoli.

— Qu'est-ce que tu aurais fait ? demanda Cat. Tu aurais trouvé quelqu'un d'autre ?

Sa question flotta dans l'air un instant. Elle l'avait posée sans y penser, mais tout soudain elle sentit quelque chose dans la main de son compagnon, comme s'il avait reçu une petite décharge électrique. Une sorte de léger frémissement. Elle le regarda, et l'espace d'une seconde ou deux vit passer une ombre ou un changement dans la clarté de ses yeux. Ce fut presque imperceptible, mais elle le vit.

Elle retira sa main et, dans un moment de trouble, chassa les miettes autour de son assiette.

— Moi ? Mais pourquoi ferais-je une chose pareille ? dit Toby.

Il sourit de nouveau :

— Non. Pas mon genre.

Cat sentit son cœur battre la chamade dans sa poitrine. L'avertissement d'Isabel, refoulé jusque-là, venait de lui revenir.

— Je sais bien, dit-elle d'un ton léger. Je sais bien.

Mais l'image de Toby et de l'autre fille, la colocataire de Fiona, se formait dans sa tête : il était nu et debout devant la fenêtre, regardant au-dehors, comme il faisait toujours quand il sortait du lit, et la fille le regardait. Elle ferma les yeux pour chasser cette pensée, cette affreuse image, mais elle ne voulait pas s'en aller.

— Alors, qu'est-ce qu'on fait ? demanda-t-elle tout à coup.

— Qu'est-ce qu'on fait ? Quand ?

Cat s'efforça de sourire.

— Maintenant ! On rentre à l'appartement ? Si on allait annoncer la nouvelle à quelqu'un ? J'ai envie de voir des gens.

— À condition qu'ils soient chez eux, dit Toby. Richard et Emma ? Ils ne sortent jamais. Nous pourrions apporter une bouteille de champagne...

Cat réfléchit rapidement. La défiance, telle une crispation gagnant tous ses muscles, la poussait à agir.

— Non. Ils habitent Leith, c'est trop loin. Pourquoi pas Fiona ? C'est ta sœur, après tout. Il faut boire une coupe avec elle ! Allons, un taxi pour Nelson Street.

Elle l'observait. Tandis qu'elle parlait, ses lèvres s'étaient entrouvertes comme s'il allait l'interrompre, mais il la laissa finir.

— Pas la peine, dit-il. Nous la verrons demain chez mes parents. Inutile d'y aller maintenant.

— Si, allons-y, insista-t-elle. Il faut aller voir Fiona ! Ça me fera vraiment plaisir.

Il ne protesta pas davantage, mais elle voyait qu'il était mal à l'aise. Dans le taxi, il garda le silence, regardant par la fenêtre tandis que la voiture contournait le Mound avant de s'engager dans George Street. Elle ne dit rien non plus, sauf pour prier le chauffeur de faire halte devant la boutique d'un caviste encore ouvert. Toby descendit en silence, acheta une bouteille de champagne, puis remonta dans le taxi. Il dit quelque chose à propos de l'homme qui lui avait vendu la bouteille, puis une ou deux phrases anodines sur leur visite chez ses parents, prévue pour le lendemain. Cat hocha la tête, mais sans écouter ce qu'il disait.

Devant la maison de Nelson Street, le chauffeur s'arrêta et Toby paya, tandis que Cat attendait sur le perron. Il y avait de la lumière dans l'appartement : Fiona était chez elle. Elle sonna, tout en l'observant à la dérobée. Il tripotait le papier de soie entourant la bouteille de champagne.

— Tu vas le déchirer, dit-elle.

— Quoi ?

— Le papier. Tu vas le déchirer.

La porte s'ouvrit. Ce n'était pas Fiona, mais une autre jeune femme. Elle regarda Cat d'un air étonné, puis aperçut Toby.

— Est-ce que Fiona..., commença Cat.

— Elle est sortie, dit la jeune femme.

Elle s'avança vers Toby, qui eut un bref mouvement de recul ; mais elle tendit la main et le saisit par le poignet.

— Tu veux me présenter ton amie ? dit-elle. Toby ! Qui...

— Je suis Cat. Sa fiancée.

21

Isabel avait posté sa lettre d'excuses à Cat le jour du concert de l'Orchestre Épouvantable, et Cat lui avait répondu deux jours plus tard. Elle avait écrit son mot sur une carte illustrée d'un fameux tableau de Raeburn : le portrait du révérend Robert Walker patinant sur la glace du Loch Duddingston, une œuvre aussi intense et reconnaissable, à sa façon purement écossaise, que *La Naissance de Vénus*. La grande peinture, trouvait-elle, avait sur ses admirateurs un effet apaisant : on faisait halte et on la contemplait avec une émotion respectueuse. C'était exactement ce que Damien Hirst ou Andy Warhol ne pouvaient produire : cette émotion si particulière. Ils vous arrêtaient, vous surprenaient peut-être, mais ne provoquaient rien de tel. Inspirer le respect était une autre affaire. Elle retourna l'ecclésiastique sur le dos et lut le message de Cat : « Bien sûr que tu es pardonnée. Tu l'es toujours. D'autant plus que les événements m'ont prouvé que tu avais raison. Voilà, je pensais que ce serait difficile à écrire, et d'ailleurs je ne me trompais pas. Mon stylo s'est presque arrêté.

Quoi qu'il en soit, passe donc prendre un café pour que je te fasse goûter un nouveau fromage que je viens de recevoir. Il vient du Portugal et il sent les olives. Cat. »

Isabel se réjouit que sa nièce soit une si bonne nature, même si un des aspects de cette nature était son manque de discernement quand il s'agissait des hommes. Beaucoup de jeunes femmes n'auraient pas pardonné si facilement une indiscrétion comme la sienne ; et moins encore, bien sûr, auraient reconnu que sur un sujet aussi délicat leur tante avait vu juste. C'était une heureuse nouvelle, et Isabel était impatiente d'apprendre comment Toby avait été démasqué. Peut-être que, tout comme elle, Cat l'avait suivi et avait tiré ses conclusions de la preuve la plus convaincante qui soit : celle qu'on voyait de ses propres yeux.

Elle marcha jusqu'à Bruntsfield, savourant la tiédeur toute neuve de l'air d'avril. Un chantier encombrait Merchiston Crescent, où des maçons coinçaient une maison sur un petit terrain entre deux autres, et des sacs de ciment gisaient sur le trottoir boueux. Quelques pas plus loin, elle aperçut des mouettes tournoyant au-dessus des toits, qui cherchaient un endroit où nicher. Le voisinage tenait pour nuisibles ces grands oiseaux criards, prompts à plonger sur quiconque s'approchait de leurs nids ; mais nous, les humains, bâtissons aussi, répandant du ciment, des pierres et des détritus, et nous montrons tout aussi jaloux de notre territoire. L'année suivante, la *Revue d'éthique appliquée* devait consacrer un numéro à l'éthique de l'environnement, et Isabel avait sollicité des articles sur le sujet. Peut-être un des rédacteurs devrait-il écrire un papier sur l'éthique des détritus. Non qu'il y ait grand-chose à en dire : les détritus étaient sans conteste une mauvaise chose, et personne n'aurait l'idée d'en faire l'éloge. Pourtant, qu'y avait-il de moralement blâmable à jeter des détritus ? Le problème était-il purement esthétique et tenait-il au simple fait que la pollution superficielle causait une impression de laideur ? Ou bien cette perception esthétique était-elle liée à celle du mal-être ressenti par autrui en présence de détritus ? Si tel était le cas, peut-être devrait-on considérer comme un devoir d'offrir une apparence agréable aux autres, afin de leur éviter un mal-être équivalent. Ce qui impliquait quelques conséquences intéressantes.

Une de ces conséquences se présenta à Isabel une cinquantaine de mètres plus loin, devant le bureau de poste, d'où surgit un jeune homme d'environ vingt-cinq ans – l'âge de Jamie, plus ou moins – qui arborait plusieurs pointes en métal fichées dans sa lèvre inférieure et son menton. Les pointes se dressaient avec arrogance, comme autant de minuscules phallus aiguisés – ce qui, par association, fit penser à Isabel à l'inconfort qu'on devait ressentir en embrassant un homme ainsi hérissé. Passe encore lorsqu'il s'agissait d'une barbe (bien que certaines femmes se plaignent avec véhémence de la réaction de leur peau au contact d'un visage barbu), mais combien plus désagréable devait être la sensation de ces pointes métalliques contre les lèvres et les joues. Froides, peut-être ; acérées, sûrement. Mais qui voudrait embrasser un garçon à l'aspect si peu avenant ? Isabel se posa la question, et la réponse lui vint tout aussitôt : bon nombre de jeunes filles, sans doute, le voudraient et probablement le faisaient. Des filles qui portaient des anneaux dans le nez et le nombril, et des colliers à clous. Somme toute, pointes et anneaux n'étaient-ils pas complémentaires ? Les unes s'inséraient dans les autres, et cet oiseau n'avait qu'à chercher des oiselles au plumage idoine.

En traversant la rue pour rejoindre l'épicerie de Cat, elle vit que le jeune homme barbelé la traversait lui aussi, d'un pas si pressé qu'il buta contre le bord du trottoir. Il trébucha et tomba, un genou à terre. Isabel se hâta dans sa direction et lui tendit la main pour l'aider. Il se releva et jeta un coup d'œil à son pantalon en jean délavé, qui s'était déchiré. Puis il regarda Isabel et lui sourit.

— Merci, dit-il.

Sa voix était douce, avec un soupçon d'accent irlandais.

— C'est si facile de trébucher, remarqua-t-elle. Tout va bien ?

— Je crois, oui. J'ai déchiré mon jean, c'est tout. Mais on achète des jeans déchirés exprès. Moi, j'en ai un gratuitement !

Isabel sourit et, tout à coup, les mots sortirent de sa bouche sans qu'elle le voulût ni s'y attendît :

— Pourquoi avez-vous ces pointes sur le visage ?

Il ne sembla pas fâché.

— Mes piercings ? (Il en toucha un, qui jaillissait de sa lèvre.) Ce sont mes bijoux, en quelque sorte.

— Vos bijoux ? répéta Isabel en le regardant fixement et en remarquant un petit anneau doré dans son arcade sourcilière.

— Oui, dit le jeune homme. Vous en portez, non ? Moi aussi. J'aime ça. Et ça montre que je m'en fiche.

— Vous vous fichez de quoi ?

— De l'opinion des gens. Ça montre que j'ai mon propre style. Ce qu'on voit, c'est moi. Je ne suis l'otage d'aucun uniforme.

Isabel lui sourit. Elle aimait bien son ton direct, et son accent de Belfast aussi, avec ses cadences bien marquées.

— Les uniformes sont une mauvaise invention.

Elle se tut, observant le soleil qui faisait briller une des pointes et jetait sur sa lèvre supérieure un minuscule reflet dansant.

— À moins que dans votre rejet farouche des uniformes vous n'ayez fini par en adopter un autre, reprit-elle. C'est une possibilité, non ?

Le jeune homme inclina la tête en arrière.

— D'accord, dit-il en riant. Je suis comme tous les gens qui ont des piercings. Et alors ?

Isabel le regarda. C'était une étrange conversation, et elle aurait aimé la prolonger. Mais elle se rappela qu'elle était venue pour voir Cat et ne pouvait passer la matinée sur ce trottoir, à parler de piercings avec ce garçon. Ils se dirent donc au revoir, et elle marcha jusqu'à la boutique, où Eddie, debout devant une étagère, empilait des boîtes de sardines portugaises. Il jeta un coup d'œil dans sa direction, puis regarda intensément ses sardines.

Elle trouva Cat dans son bureau, qui finissait de parler au téléphone. Elle raccrocha et la regarda avec une expression dénuée de ressentiment, observa Isabel, soulagée. La carte reflétait bien les sentiments de sa nièce. Tant mieux.

— Tu as reçu mon mot ?

— Oui. Et encore une fois, je suis vraiment désolée de t'avoir fait de la peine. Ce que tu m'écris n'est pas une nouvelle réjouissante.

Tout en parlant, elle eut conscience de son hypocrisie et termina sa phrase en bredouillant. Mais Cat se mit à sourire.

— Peut-être que non. Ou peut-être que si. Mais n'en parlons pas pour le moment, si tu veux bien.

Elles s'assirent pour boire un café, puis Isabel rentra chez elle. Du travail l'attendait – outre la carte, une nouvelle moisson d'articles était arrivée au courrier –, mais elle s'aperçut qu'elle ne pouvait se concentrer. Elle se demandait quand elle aurait des nouvelles de Johnny Sanderson, à supposer qu'il songe à l'appeler.

Il téléphona, comme promis, quelques jours après le concert de l'Orchestre Épouvantable et proposa qu'elle le retrouve au siège de la Société des amateurs de whisky, à Leith, le vendredi suivant à 18 heures. Une dégustation était prévue et elle pourrait en profiter si le cœur lui en disait, ou plutôt le gosier. Il avait des renseignements pour elle, qu'il lui donnerait sur place. Ils auraient tout loisir de parler.

Isabel ne connaissait pas grand-chose au whisky et en buvait rarement. Mais elle savait que ce genre d'événement ressemblait beaucoup à une dégustation de vins, quoique le langage soit différent. Les « nez » du whisky, comme ils s'appelaient, fuyaient le vocabulaire œnologique, qu'ils trouvaient prétentieux. Là où les passionnés du vin usaient d'adjectifs ésotériques, les passionnés du whisky parlaient le langage de tous les jours et décelaient des saveurs d'« algue moisie », voire d'« essence diesel ». À juste titre, estimait Isabel. Ainsi les malts des îles – dont elle pouvait à peine avaler une gorgée, malgré l'enthousiasme de son père autrefois – lui faisaient penser à du désinfectant, ainsi qu'à l'odeur de la piscine de l'école ; et, quant à leur goût, « essence diesel » lui semblait une parfait analogie. Évidemment, elle se garderait d'exprimer ces opinions au siège de la Société des amateurs de whisky – ou même de les avouer à Johnny Sanderson : certains prétendaient qu'il avait du scotch dans les veines, en raison d'une hérédité qui comptait quatre générations de distillateurs des Highlands et dont le premier représentant, soulignait-il avec fierté, était un humble fermier qui cachait un alambic clandestin derrière sa bergerie. Mais, bien sûr, les producteurs d'alcool étaient connus pour fonder des dynasties. Tel avait été le cas d'un homme politique que le grand-père d'Isabel avait un temps fréquenté avant-guerre. Son grand-père, un homme de principes, ne s'était pas laissé duper longtemps et avait repoussé une offre avantageuse du politicien pour sa société. Par la suite, il s'était borné à hausser les épaules chaque fois qu'on mentionnait son nom : commentaire assez éloquent et qui en disait plus que les mots eux-mêmes.

Isabel trouvait amusant que les références verbales soient accompagnées de mimiques. Ainsi observait-elle, intriguée, des catholiques dévots qui se signaient dès qu'on mentionnait la Bienheureuse Vierge Marie – ou la « BVM », comme disaient certains (et le sigle lui plaisait, qui rendait Marie si rassurante par sa modernité et sa compétence, comme une DRH ou une SICAV, voire une BMW). En Sicile, elle avait vu des gens cracher de côté en entendant citer le nom de leurs ennemis, de même qu'en Grèce quand on mentionnait la Turquie ou simplement un Turc. Elle se rappelait l'oncle grec d'une amie, que sa famille protégeait de toute allusion à la Turquie de crainte qu'il n'ait une attaque. Ou encore le propriétaire d'un hôtel dans le Dodécanèse, qui refusait d'admettre que, de sa terrasse, on distinguait au loin la côte turque : il niait qu'on puisse voir une terre et ne la voyait pas. Il était donc possible d'annihiler la Turquie du moment qu'on le désirait. De telles attitudes, bien sûr, étaient à proscrire ; Isabel le savait, qui jamais de sa vie n'avait craché en entendant un nom, ni même levé les yeux au ciel – sauf une ou deux fois, peut-être, en entendant celui d'une figure du monde des arts imbue d'elle-même. Mais c'était pleinement justifié, jugeait-elle, à la différence de l'aversion des Grecs pour les Turcs (et, probablement, des Turcs pour les Grecs).

Johnny Sanderson était déjà là quand elle arriva, et il l'emmena vers un fauteuil tranquille dans un coin de la salle.

— Une question pour commencer, dit-il. Est-ce que vous aimez le whisky? Si vous détestez ça, j'irai vous chercher un verre de vin.

— J'aime bien certains whiskies, répondit-elle. Certains seulement.

— Par exemple ?

— Les speysides. Les whiskies doux. Ceux qui ne brûlent pas.

Johnny hocha la tête.

— Je vous comprends, dit-il. Que diriez-vous d'un Macallan ? C'est un excellent speyside de quinze ans d'âge, qui ne peut agresser personne.

Tandis que Johnny s'éloignait vers le bar, Isabel s'adossa à son fauteuil. Ce temple du whisky lui plaisait, où l'air circulait sous de hauts plafonds. Et les gens aussi, avec leurs visages francs et ouverts : des gens qui croyaient à la camaraderie, à la bonne humeur ; et peu enclins, sans doute, à blâmer leur prochain, comme tant de personnes éprises de vertu qui passaient leur temps à censurer les mœurs. Tolérants, comme le sont souvent les gourmets, ils posaient sur le monde un regard compréhensif et débonnaire. Les mélancoliques, les anxieux étaient des obsédés des régimes.

Un article lui était arrivé, dont l'auteur estimait que la minceur était un devoir. Son titre – « L'embonpoint : un problème éthique » – l'avait intriguée ; mais l'argumentation était pauvre, aussi prévisible que démoralisante. Trop de gens souffraient de la faim pour qu'on s'autorise à être gros. Et tant que tout le monde n'aurait pas son content de calories, l'excès de poids demeurerait immoral. De sorte que les gros outrepassaient leurs droits, en fonction du principe de « juste répartition ».

Isabel avait lu ces pages avec une irritation croissante ; mais ensuite, quand elle les avait mises de côté pour aller manger une tranche de gâteau dans la cuisine, elle s'était arrêtée en regardant son assiette, hésitante, puis pensive. L'autrice de « L'embonpoint : un problème éthique » était peut-être une femme sentencieuse, mais elle avait raison : le droit de manger à sa faim était un droit moral, d'un genre particulier. On ne pouvait ni l'ignorer ni s'en détourner, même si ceux qui le revendiquaient au nom des nécessiteux semblaient des rabat-joie. Ce ton réprobateur était peut-être le grand défaut de l'article et ce qui l'avait agacée : une condescendance moralisatrice, qui lui donnait l'impression qu'on l'accusait de gloutonnerie et d'égoïsme. Il n'en contenait pas moins une vérité fondamentale :

on ne pouvait hausser les épaules en entendant les plaintes de gens affamés. Il fallait mettre en cause la surconsommation qui privait les autres de nourriture. Sur cette réflexion, Isabel avait regardé son gâteau ; puis elle l'avait remis dans sa boîte en fer, et la boîte dans le placard.

Johnny leva son verre.

— Celui-ci est délicieux, dit-il. Quinze années de tranquillité dans son fût. Il y a quinze ans, j'avais, laissez-moi réfléchir, trente ans. Nous venions d'avoir notre premier enfant. Je me croyais très malin et j'étais sûr de gagner un million de livres avant mes quarante ans.

— Vous avez réussi ?

— Non. Je n'ai jamais gagné un million, mais j'ai atteint mon quarantième anniversaire, et d'une certaine façon c'est un plus grand privilège.

— Tout à fait, dit Isabel. Certains donneraient un million pour une seule année. Alors, quarante, n'en parlons pas.

Johnny scruta son verre.

— La cupidité, dit-il. La cupidité prend beaucoup de formes. Voilées ou toutes nues. Mais c'est toujours la même chose au fond. Notre chère Minty, par exemple…

— Vous avez découvert quelque chose ?

Johnny regarda par-dessus son épaule. Un groupe s'était formé autour d'une table au fond de la salle, où étaient disposées des rangées de verres et des carafes d'eau en cristal de roche.

— Charlie va commencer, dit-il. Il hume l'air.

Isabel jeta un coup d'œil vers le « nez », un homme solidement bâti qui arborait un confortable costume en tweed et une grosse moustache. Il se versait un verre de whisky et l'élevait à la lumière.

— Je le connais, dit-elle.

— Tout le monde le connaît. Charlie Maclean. Il flaire une odeur de whisky à cinquante mètres.

Isabel baissa les yeux vers son modeste malt, puis en but une petite gorgée.

— Dites-moi ce que vous avez appris sur Minty.

Johnny secoua la tête.

— Rien. Tout ce que j'ai dit, c'est qu'elle était cupide, et elle l'est sans aucun doute. Mais j'ai trouvé plus intéressant. J'ai trouvé ce que trafiquait son jeune ami, Ian Cameron. Je le savais déjà en partie, bien sûr, mais j'ai appris pas mal d'autres choses par des amis mécontents de McDowell.

Isabel ne dit rien, attendant qu'il poursuive. À l'autre bout de la pièce, Charlie Maclean soulignait une qualité de son whisky pour son auditoire attentif, et deux ou trois personnes approuvaient de la tête.

— Mais d'abord un peu d'histoire, reprit Johnny. Les boîtes comme McDowell ne sont pas très anciennes. Si je ne me trompe, elle a fêté son vingtième anniversaire récemment. Et elle n'a pas commencé avec un capital énorme. Au départ, il y a deux associés avec cinquante mille livres, guère plus. Mais pour eux, cinquante mille livres doivent être de la petite monnaie maintenant.

Tout en l'écoutant, Isabel l'observait. Il regardait son whisky et faisait tourner doucement le verre dans sa main pour faire monter le liquide en minces vagues concentriques, exactement comme Charlie Maclean devant son public à l'autre bout de la salle.

— La société s'est agrandie rapidement, continua Johnny. En prenant la gestion de fonds de pension et en les plaçant dans des valeurs sûres. Évidemment, le marché se portait bien et les perspectives étaient excellentes. À la fin des années 1980, le chiffre d'affaires dépassait les deux milliards. Et même si les honoraires étaient tombés un peu au-dessous d'un demi pour cent, vous imaginez ce que ça donnait en termes de bénéfices.

» Quand je suis entré chez McDowell, nous avons engagé plusieurs collaborateurs brillants. Nous guettions ce qui se passait en Asie et dans les pays émergents, et nous investissions et désinvestissions en gagnant beaucoup d'argent, mais, bien sûr, nous nous sommes brûlé les doigts avec la bulle d'internet, comme tout le monde ou presque. Pour la première fois, nous avons eu une frayeur. Et c'est à ce moment-là que l'ambiance a changé, je m'en souviens. Je revois encore Gordon McDowell à un conseil d'administration. On aurait dit qu'il avait vu un fantôme. Blanc comme un linge !

« Ça ne nous a pas coulés, il a seulement fallu que nous soyons plus alertes. Et puis nous avons dû travailler un peu plus dur pour garder nos clients qui s'inquiétaient beaucoup pour leurs capitaux et se demandaient s'ils ne feraient pas mieux de les placer à Londres. Après tout, s'ils avaient choisi Édimbourg, c'était pour la solidité, la fiabilité. Mais si Édimbourg se mettait à vaciller, autant s'en remettre aux risque-tout de la City.

« C'est vers cette époque que nous avons cherché de nouvelles recrues. Nous avons embauché le nommé Cameron et quelques autres dans son genre. Il s'est mis à l'affût des nouvelles émissions, parce qu'il n'y avait guère que là qu'on pouvait faire des bénéfices décents. Mais, comme d'habitude, les souscripteurs étaient les grosses boîtes de Londres et de New York, alors qu'Édimbourg n'avait pas vraiment voix au chapitre. Il y avait de quoi râler quand on voyait les actions gagner deux ou trois cents pour cent en quelques mois. Et ceux qui en profitaient, c'étaient les gens qui faisaient copain-copain avec les sociétés émettrices à Londres.

« Cameron en a pourtant déniché, de ces actions. Il s'est aussi chargé de quelques autres opérations, en retirant tout doucement des fonds de sociétés qu'il jugeait plus mal embarquées. Il est très adroit pour ce genre de choses, notre ami Cameron ! Pas mal d'actions ont été vendues, en toute discrétion, un mois environ avant une prise de bénéfice. Rien de très visible, mais cela avait bien lieu. Je n'en ai rien su avant de parler aux amis qui ont travaillé avec lui, dans un autre service. Mais ils m'ont signalé deux grosses ventes qui avaient été effectuées dans les six derniers mois, toutes les deux avant qu'on annonce une prise de bénéfice.

Isabel avait écouté avec la plus grande attention. C'était la chair dont le squelette de sa théorie avait besoin.

— Et y aurait-il une preuve concrète de connivence frauduleuse dans ces deux cas ? Un fait sur lequel on puisse mettre le doigt ?

— Voilà toute la question, répondit Johnny en souriant. Mais vous n'aimerez pas la réponse, j'en ai bien peur. Le fait le plus intéressant, c'est que les deux ventes concernaient des actions dans des sociétés que conseillait la banque de Minty Auchterlonie. Donc il se peut très bien qu'elle lui ait communiqué des informations confidentielles. Seulement, il se peut tout aussi bien que non ! Et, à mon avis, il n'existe aucun moyen de prouver quoi que ce soit. Je crois que pour chacune des ventes il y a un compte rendu de la réunion au cours de laquelle Cameron a suggéré qu'on vende les actions. Mais dans les deux cas, il a donné des raisons très pertinentes.

— N'empêche que la vraie raison pourrait être ce que Minty lui a dit ?

— Oui.

— Et il n'y a pas moyen de prouver que de l'argent a changé de mains entre Cameron et Minty ?

Johnny parut surpris.

— Je ne pense pas que de l'argent ait nécessairement changé de mains, à moins qu'il n'ait partagé sa prime avec elle. Non, le plus vraisemblable, c'est qu'ils aient fait ça pour plusieurs motifs à la fois. Elle avait une liaison avec lui et elle voulait le garder.

C'est tout à fait possible. Les gens font des faveurs à leurs amants parce qu'ils sont leurs amants. Une vieille rengaine.

— Ou alors ? souffla Isabel.

— Ou alors, Minty avait de réelles inquiétudes que le service de Paul Hogg n'entre en ligne de mire et elle voulait aider à le promouvoir, parce que Paul fait partie de son plan d'ensemble pour pénétrer le cœur de l'*establishment* financier d'Édimbourg. En tant que future Mme Paul Hogg, ce n'est pas dans son intérêt de lier son destin à celui d'un homme mis au placard.

Isabel réfléchit.

— Donc ce que vous êtes en train de me dire, c'est que des délits d'initié ont peut-être été commis, mais qu'on ne pourra jamais le prouver. C'est bien ça ?

Johnny fit oui de la tête.

— Je suis désolé, mais nous en sommes là. Vous pourriez essayer de regarder de plus près la situation financière de Minty pour voir si elle a bénéficié d'aubaines inexpliquées, mais je ne vois pas comment vous y parviendrez. Sa banque, ce doit être Adam & Company. Ils sont très discrets et vous n'arriverez jamais à faire causer un membre du personnel. Ils sont tous très stricts. Dans ces conditions, qu'allez-vous faire ?

— Laisser tout tomber ?

Johnny soupira.

— Je ne vois pas d'autre solution. Ça ne m'enchante pas, mais je doute que nous puissions aller plus loin.

Isabel approcha son verre de ses lèvres et but une autre gorgée de son whisky. Initialement, elle comptait ne rien dire à Johnny de ce qu'elle soupçonnait vraiment, mais elle lui était reconnaissante de ses recherches et eut envie de se confier à une autre personne que Jamie. Si Johnny trouvait que sa théorie sur l'accident de l'Usher Hall était tirée par les cheveux, alors peut-être ferait-elle mieux d'abandonner, en effet. Elle posa son verre sur la table.

— Puis-je vous faire une confidence ?

— Tout ce que vous voudrez, dit Johnny avec un geste insouciant. Je sais faire preuve de discrétion.

— Il y a quelque temps, commença Isabel, un jeune homme a fait une chute mortelle du paradis de l'Usher Hall. Vous l'avez probablement lu dans les journaux.

Johnny réfléchit un moment avant de répondre :

— Oui, je crois m'en souvenir. Horrible histoire.

— Oui. Ça m'a beaucoup secouée. Il se trouve que j'étais présente ce soir-là, ce qui, en soi, n'a pas d'importance. Plus intéressant : ce garçon travaillait chez McDowell. Il a dû y entrer après votre départ, mais il travaillait sous les ordres de Paul Hogg.

Johnny avait porté son verre à ses lèvres et regardait Isabel par-dessus le bord.

— Je vois.

Ça ne l'intéresse pas, pensa Isabel.

— Ensuite, je me suis mêlée de cette affaire, poursuivit-elle. Parce que le hasard a voulu que j'apprenne de quelqu'un qui le connaissait bien qu'il avait découvert des choses très gênantes pour une personne de la firme.

Elle s'interrompit. Johnny regardait ailleurs, dans la direction de Charlie Maclean.

— C'est pourquoi on l'a poussé dans le vide, conclut-elle d'une voix calme. Poussé.

Il tourna de nouveau la tête vers elle. Elle n'aurait pu définir son expression : il était intéressé maintenant, mais, lui sembla-t-il, son intérêt se teintait d'incrédulité.

— C'est très improbable, marmonna-t-il au bout d'un instant. Personne ne ferait une chose pareille. Personne.

Isabel sourit.

— Moi, je crois que certains seraient capables de le faire, répliqua-t-elle. Et voilà pourquoi je voulais en savoir plus sur Minty et les délits d'initié. Tout pourrait s'imbriquer.

Johnny secoua la tête.

— Non. À mon avis, vous feriez mieux de laisser tomber. Cette idée ne vous mènera nulle part, croyez-moi.

— J'y réfléchirai. En tout cas, je vous remercie infiniment.

Johnny accueillit ses remerciements en baissant les yeux.

Puis :

— Si vous avez besoin de me joindre, voici mon numéro de portable. Appelez-moi quand vous voulez. Je ne me couche jamais avant minuit.

Il lui tendit une carte avec un numéro griffonné, qu'Isabel glissa dans son sac.

— Allons écouter ce que raconte Charlie, proposa-t-il en se levant.

— De la paille mouillée, proclamait Charlie Maclean de l'autre côté de la salle en reniflant son verre. Sentez-moi ça, tout le monde. Et sur mes tablettes, ça veut dire une distillerie des Borders. De la paille mouillée.

22

Johnny avait raison, estimait Isabel. Bien évidemment. Et le lendemain matin, elle avait pris une décision en conséquence. C'en était fini de son enquête. Jamais elle ne pourrait prouver que Minty Auchterlonie avait commis des délits d'initié ; et quand bien même elle y parviendrait, encore faudrait-il établir un lien entre ses fraudes et la mort de Mark. Johnny connaissait ce milieu beaucoup mieux qu'elle, et sa théorie l'avait laissé incrédule. Il lui fallait s'y résigner et ne plus s'occuper de toute cette histoire.

Elle avait abouti à cette conclusion dans la nuit qui avait suivi la dégustation de whisky, alors que, ne parvenant pas à fermer l'œil, elle contemplait les ombres au plafond. Au bout de quelques minutes, elle avait pris sa décision. Le sommeil était revenu peu après, et au matin – un matin splendide, à mi-chemin entre le printemps et l'été – elle eut un sentiment d'extraordinaire délivrance, comme au terme d'un examen, quand on pose plume et crayon et qu'il n'y a plus rien à ajouter. Maintenant son temps lui appartenait :

elle pouvait se consacrer à la revue et à la pile de livres qui l'invitait dans son bureau; elle pouvait s'offrir des cafés matinaux chez Jenners, observer les dames chics d'Édimbourg en train de se raconter des potins. Il lui aurait été si facile de se laisser happer par ce monde-là, mais elle l'avait évité par un acte délibéré d'autodétermination. Dieu merci! Et pourtant, était-elle plus heureuse que ces femmes, avec leurs maris « fiables » et leurs enfants déjà tout prêts à devenir semblables à leurs parents et à perpétuer ce monde imperturbable de la haute bourgeoisie d'Édimbourg? Probablement non. Elles étaient heureuses à leur façon (pas de condescendance! s'intima-t-elle), comme elle l'était à la sienne. De même que Grace, à sa façon à elle, et Jamie, et Minty Auchterlonie... Elle s'arrêta : l'état d'esprit de Minty Auchterlonie ne me concerne en rien, voilà qui est dit, pensa-t-elle. Non, elle n'irait pas chez Jenners ce matin; elle marcherait plutôt jusqu'à Bruntsfield, pour acheter à la crémerie Mellis un fromage agréablement odorant, puis prendrait un café avec Cat. Et, ce soir, il y avait une conférence au Musée royal d'Écosse à laquelle elle pourrait assister. Elle avait déjà écouté le Pr Butler, de l'université de Pau, un conférencier toujours divertissant, qui parlerait de Beckett, comme d'habitude. Cela faisait assez d'agréments pour la journée.

Mais d'abord, les mots croisés. Descendue au rez-de-chaussée, elle ramassa les journaux sur le paillasson de l'entrée et jeta un coup d'œil aux gros titres. NOUVELLES INQUIÉTUDES POUR LES STOCKS DE MORUE, lut-elle en première page du *Scotsman* ; et, au-dessous, une photographie de bateaux de pêche désœuvrés dans le port de Peterhead. Un nouveau coup pour l'Écosse et pour un mode de vie qui avait produit une si vigoureuse culture. Les pêcheurs avaient composé leurs chansons ; mais quelle culture laisserait derrière elle une génération d'informaticiens ? Elle répondit elle-même à sa question : plus de choses qu'on ne pouvait imaginer. Une culture électronique, de récits par e-mails et d'images créées par ordinateur, mais une culture tout de même.

Elle s'absorba dans les mots croisés et reconnut aussitôt plusieurs définitions. « Vide les baignoires et remplit les lavabos » (8 lettres) ne lui demanda qu'un instant de réflexion : entracte. Une vieille lune pour les amateurs, et Isabel s'en irrita, elle qui aimait les définitions nouvelles, même médiocres. Ensuite, pour que les « Yankees » (3 vertical) rejoignent les « Phanariotes » (9 vertical), il fallait trouver « Un mot ancien, mais l'écrivain ne peut guère s'en passer » (11 horizontal, 11 lettres). Pensive, Isabel regarda son stylographe, ce qui lui donna la solution. Puis elle tomba sur « Pour unir les bœufs d'Hésiode, et les termes aujourd'hui » (6 lettres). Ce ne pouvait être que « zeugma » – un joug en grec ancien, et une figure de style –, mais le mot ne lui était pas familier et il l'obligea à se plonger dans les *Usages de l'anglais moderne*, de James Pinson, qui confirma ce qu'elle supposait. Elle appréciait Pinson (chasseur de mots à plumes, pensa-t-elle), pour ses jugements clairs et sans ambages. Le zeugma, expliquait-il, était une figure à éviter, parce que peu correcte, à la différence de la syllepse, avec laquelle on le confondait habituellement. Ainsi, « Miss Bolo rentra chez elle en grand émoi et en chaise à porteurs » était une syllepse, car un seul mot demandait qu'on le comprenne en deux sens différents. À la différence de « Voyez Pan avec ses troupeaux, Pomone avec des fruits pour couronne » – un zeugma, qui exigeait l'ajout des mots « pour couronne » afin que la phrase prenne son sens.

Quand Grace apparut, Isabel avait fini son petit déjeuner et jeté un coup d'œil au courrier du matin. Grace était en retard, si bien qu'elle arriva en toute hâte et en taxi : une arrivée sylleptique, songea Isabel. Sa gouvernante ne transigeait pas avec la ponctualité et détestait être en retard, fût-ce de quelques minutes. Cela expliquait le taxi et l'empressement qu'elle manifestait à présent.

— C'est à cause des piles de mon réveil, s'excusa-t-elle en entrant dans la cuisine. On ne pense jamais à les changer, et puis un matin, voilà, elles sont à plat.

Isabel avait préparé le café et lui en servit une tasse, tandis que Grace rajustait sa coiffure devant le petit miroir qu'elle avait accroché à la porte du garde-manger.

— Je suis allée à ma réunion hier soir, dit Grace en buvant une gorgée de café. Il y avait plus de monde que d'habitude. Et une très bonne médium, une femme d'Inverness vraiment remarquable. Elle allait droit au cœur des choses. C'était troublant.

Le premier mercredi de chaque mois, Grace se rendait à une séance de spiritisme du côté de Queensferry Place. Une ou deux fois, elle avait invité Isabel à l'accompagner ; mais celle-ci, qui craignait de ne pouvoir se retenir de rire, avait décliné son offre et Grace n'avait pas insisté. Isabel n'appréciait pas les médiums : la plupart, selon elle, étaient des charlatans, et beaucoup des gens qui se rendaient à ces réunions semblaient avoir perdu un proche (ce n'était pas le cas de Grace) et vouloir désespérément lui parler au-delà de la mort. Et au lieu de les aider à vivre avec ce deuil, les médiums les encourageaient à croire qu'on pouvait entrer en contact avec les défunts. C'était de la cruauté et de la manipulation.

— Cette femme d'Inverness s'appelle Annie McAllum, continua Grace. Il suffit de la regarder pour voir que c'est une médium. Elle a un teint gaélique, vous voyez ? La peau translucide sous des cheveux noirs. Et les yeux verts, aussi. On le devine tout de suite, qu'elle a le don. Tout de suite.

— Mais je croyais que tout le monde pouvait être médium, objecta Isabel. Qu'il n'y avait pas besoin d'avoir l'air spectral des Highlanders.

— Oh, je sais ! Une fois, nous avons eu une femme de Birmingham. Même d'Angleterre, et d'une ville pareille ! N'importe qui peut recevoir le don.

Isabel réprima un sourire.

— Et qu'avait-elle à vous dire, cette Annie McAllum ?

— C'est presque l'été, observa Grace en regardant par la fenêtre.

Isabel la fixa des yeux avec stupeur.

— C'est ça qu'elle vous a dit ? Ah ! Je suis impressionnée. Il faut avoir le don pour le deviner.

Grace rit de bon cœur.

— Non, non ! Je regardais le magnolia. C'est moi qui ai dit que c'était presque l'été. Mais elle nous a dit beaucoup de choses.

— Par exemple ?

— Eh bien, il y a une dame qui vient aux réunions, Lady Strathmartin. Elle a dans les soixante-quinze ans, et apparemment elle vient depuis de longues années, bien avant que j'entre dans le groupe. Voyez-vous, elle a perdu son mari, un juge, il y a déjà longtemps. Et elle aime bien entrer en contact avec lui dans l'au-delà.

Isabel ne dit rien et Grace poursuivit :

— Elle habite au nord d'Ainslie Place, et la consule d'Italie, une dame, habite l'appartement du dessous. Elles font beaucoup de choses ensemble, mais elle n'avait jamais amené Mme le Consul à une de nos réunions. Mais hier soir elle est venue. Elle était assise dans notre cercle, et voilà qu'Annie

McAllum s'est tournée vers elle en disant : « Je vois Rome. Oui, je vois Rome. » J'en ai eu le souffle coupé. C'était incroyable ! Et puis elle a dit : « Oui, je crois que vous êtes en contact avec Rome. »

Il y eut un silence : Grace regardait Isabel d'un air d'expectative, et Isabel la fixait des yeux sans mot dire. Enfin elle parla, d'un ton prudent :

— Ma foi, ce n'est peut-être pas si surprenant. Après tout, c'est la consule d'Italie, et il est assez normal de s'attendre que la consule d'Italie soit en contact avec Rome, non ?

Grace secoua la tête, non pour nier que les consuls d'Italie soient en contact avec Rome, mais comme si elle devait expliquer quelque chose de très simple à une personne qui n'avait rien compris.

— Mais elle ne pouvait pas le savoir, que c'était la consule d'Italie ! Comment voulez-vous que cette femme venue d'Inverness sache qu'elle avait affaire à la consule d'Italie ? Comment voulez-vous qu'elle devine ?

— Que portait-elle ?

— Une longue toge blanche, répondit Grace. En fait, c'était un drap blanc, transformé en robe.

— La consule d'Italie ? En longue toge blanche ?

— Non, expliqua Grace du même ton patient. Les médiums portent souvent ce genre de tenues. Ça les aide pour le contact. Non, la consule d'Italie portait une robe très chic, si je me souviens bien. Une robe très chic et d'élégantes chaussures italiennes.

— Vous voyez bien.
— Je ne vois pas ce que ça change, dit Grace.

Si elle avait eu le don, Grace aurait pu lui dire : « Attendez-vous à un coup de fil d'un jeune homme qui habite Great King Street », car ce fut ce qui se produisit ce matin-là vers 11 heures. Isabel était dans son bureau, ayant reporté à midi sa promenade jusqu'à Bruntsfield, et plongée dans un article sur l'éthique de la mémoire, qu'elle abandonna à contrecœur pour prendre l'appel. Elle n'avait pas prévu que Paul Hogg lui téléphonerait, ni qu'il l'inviterait à prendre un verre en début de soirée. Une petite réunion tout à fait improvisée, souligna-t-il.

— Minty aimerait beaucoup que vous soyez des nôtres. Avec votre jeune ami. Elle espère que vous pourrez venir.

Isabel réfléchit rapidement. Minty Auchterlonie ne l'intéressait plus : elle avait pris la décision de ne plus s'occuper de toute cette affaire, les délits d'initié et la mort de Mark, et n'était pas sûre de devoir maintenant accepter une invitation qui, semblait-il, relancerait sa fréquentation des gens dont elle était précisément résolue à ne plus se soucier. Et pourtant il y avait quelque chose de terriblement fascinant dans la perspective de voir de nouveau Minty de près, comme on observe un spécimen. Une horrible femme, sans aucun doute, mais les créatures horribles exercent une étrange séduction, comme les serpents au venin mortel.

On aime les regarder, les fixer droit dans les yeux. Elle accepta donc, en ajoutant qu'elle ne pouvait garantir que Jamie serait libre, mais qu'elle lui poserait la question. Paul Hogg parut content et ils se mirent d'accord sur l'heure. Seules deux ou trois autres personnes seraient présentes, précisa-t-il, et la « petite réunion » ne durerait pas si longtemps qu'elle ne puisse ensuite se rendre au musée pour la conférence du Pr Butler.

Elle retourna à l'article sur l'éthique de la mémoire, renonçant à sa marche jusqu'à Bruntsfield. L'auteur se demandait jusqu'à quel point l'oubli de faits personnels concernant les autres représentait un manquement coupable à la volonté de se souvenir. « Il est de notre devoir, écrivait-il, de nous efforcer de nous rappeler ce qui est important pour autrui. C'est la moindre des choses. Ainsi, dans une relation d'amitié ou d'interdépendance, le moins qu'on puisse faire est de se rappeler le nom de l'autre personne. Il peut arriver qu'on l'oublie, et l'oubli peut être indépendant de notre volonté, se définir comme une faiblesse et non une faute ; mais si d'emblée on n'a pas fait l'effort de le mémoriser, alors on est coupable de ne pas accorder à l'autre quelque chose qui est son dû, la reconnaissance d'un aspect important de son identité. » Sans conteste, il disait vrai. Notre nom nous importe, il exprime notre essence. Nous tenons à le protéger et éprouvons du mécontentement si quelqu'un nous appelle autrement : à un James, il peut déplaire d'être appelé « Jim », et une Margaret n'apprécie pas forcément qu'on lui donne du « Maggie ». Les nommer ainsi malgré eux revient à leur porter tort dans ce qu'ils ont de plus intime : cela revient à effectuer un changement unilatéral dans ce qu'ils sont profondément.

Pour illustrer cette pensée, Isabel se demanda : Quel est le nom de l'auteur de l'article ? Elle se rendit compte qu'elle n'aurait su le dire et ne s'en était pas souciée en retirant le manuscrit de son enveloppe. Lui avait-elle manqué de respect ? Aurait-il espéré qu'elle garde son nom à l'esprit en lisant son travail ? Oui, probablement.

Elle y réfléchit quelques minutes, puis elle se leva. Elle ne parvenait pas à se concentrer et devait sans conteste à l'auteur une attention sans mélange. Au lieu de quoi, elle pensait à ce qui l'attendait : une réunion autour d'un verre dans l'appartement de Paul Hogg, fomentée de toute évidence par Minty Auchterlonie. Minty se trahissait : cela, au moins, était clair ; ce qui l'était moins, c'était ce qu'il convenait de faire à présent. Son instinct lui soufflait de s'en tenir à sa décision et de garder ses distances. Il faut que j'oublie tout cela, se dit-elle ; que j'accomplisse un acte d'oubli délibéré (à supposer que ce soit possible), l'acte d'un sujet moral assez mature pour reconnaître les limites du devoir envers autrui... Mais comment Minty Auchterlonie serait-elle habillée ? se demanda-t-elle. Elle se prit à rire d'elle-même. Je suis peut-être une philosophe, mais je suis aussi une femme ; et les femmes se préoccupent de ce que portent les autres femmes : même les hommes savent cela ! Les femmes n'avaient aucune raison d'en avoir honte : c'étaient les hommes qui n'y voyaient pas clair, un peu comme s'ils ne remarquaient pas le plumage d'un oiseau, ou la forme des nuages, ou la rousseur du renard le long du mur, qui filait à cet instant devant la fenêtre d'Isabel. Frère Renard.

23

Elle retrouva Jamie à l'angle de Great King Street, après l'avoir vu monter la pente aux pavés glissants de Howe Street.

— Je suis contente que tu aies pu venir, dit-elle. Je ne suis pas sûre que j'aurais pu faire face à ces gens toute seule.

Jamie haussa un sourcil.

— C'est un peu comme si nous entrions dans la cage du lion, non ?

— De la lionne, corrigea Isabel. Un peu, oui. Mais sans rechercher quoi que ce soit, je pense. J'ai décidé que je ne m'engagerais pas plus avant.

— Tu laisses tomber ? demanda Jamie, l'air surpris.

— Oui. Hier soir, j'ai eu une longue conversation avec un certain Johnny Sanderson. Il a travaillé chez McDowell et il connaît bien ce milieu. Selon lui, nous ne pourrons jamais rien prouver. Quant au possible rôle de Minty dans la mort de Mark, il s'est montré plus que sceptique. J'y ai mûrement réfléchi. On pourrait dire qu'il m'a ramenée sur terre.

— Tu n'arrêteras jamais de me surprendre, dit Jamie. Mais, honnêtement, je suis plutôt soulagé. J'ai toujours été contre ta manie de te mêler des problèmes des autres. Tant mieux ! Tu deviens plus raisonnable !

Isabel lui tapota le poignet.

— Je pourrais encore te surprendre ! De toute façon, si j'ai accepté cette invitation, c'est seulement parce que j'ai cédé à une attirance coupable. Cette femme est un peu comme un serpent. Et j'ai envie de l'observer de près encore une fois.

Jamie fit la grimace.

— Elle me met très mal à l'aise, avoua-t-il. C'est toi qui l'as qualifiée de psychopathe. Je veillerai à ce qu'elle ne te pousse pas par la fenêtre.

— Tu sais bien que tu lui plais, objecta Isabel.

— Je préfère ne pas le savoir. D'ailleurs, je me demande ce qui t'a mis ça dans la tête.

— Il suffit de regarder les gens, répondit Isabel au moment où ils atteignaient la porte. (Elle tendit le bras vers la sonnette marquée P. HOGG). La plupart se trahissent toutes les dix secondes. Observe les mouvements de leurs yeux. Ils te révéleront tout ce que tu as besoin de savoir.

En montant l'escalier, Jamie resta silencieux, et il avait toujours l'air pensif quand Paul Hogg ouvrit la porte de l'appartement. Isabel se demandait si elle avait bien fait de dire à Jamie ce qu'elle venait de lui dire : en général – et à l'encontre des idées reçues –, les hommes n'appréciaient guère qu'une femme les trouve séduisants, à moins que la séduction soit réciproque. Sinon, ils s'en agaçaient vite : le savoir était un fardeau qui les mettait mal à l'aise. Voilà pourquoi ils fuyaient les femmes qui leur couraient après, de même que Jamie se tiendrait loin de Minty à présent qu'il savait lui plaire. Non qu'Isabel le regrette. Quelle image effroyable, pensa-t-elle soudain, qu'un Jamie embobeliné par Minty Auchterlonie, qui l'ajouterait à sa liste de conquêtes ! Cette perspective était tellement atroce qu'Isabel ne pouvait supporter d'y songer un seul instant. Pourquoi ? Parce que j'ai pour lui des sentiments protecteurs, reconnut-elle, et que je ne peux souffrir qu'il appartienne à une autre. Même à Cat ? Désirait-elle vraiment que leur couple se reforme, ou était-ce uniquement parce qu'elle savait la chose impossible qu'elle pouvait se bercer d'une telle idée ?

Elle n'eut pas le temps de répondre à ces questions. Paul Hogg les accueillit chaleureusement et les précéda au salon, le grand salon avec son Crosbie attribué à un autre et son vibrant Peploe. Deux invités étaient déjà là et, au moment des présentations, Isabel se souvint qu'elle les avait rencontrés dans le passé : un avocat qui manifestait des ambitions politiques et une chroniqueuse dans un journal, dont elle lisait les papiers de temps en temps. Elle les trouvait ennuyeux : leur thème sempiternel – les détails ordinaires de la vie des journalistes – lui semblait d'un intérêt très relatif, et elle se demanda si la conversation de la dame serait de la même farine. Elle la regarda, qui lui souriait d'un air affable, et se sentit aussitôt mieux disposée ; elle se dit qu'elle devrait peut-être faire un effort. Le juriste souriait lui aussi et serra vigoureusement la main de Jamie. La journaliste l'observa, puis son regard revint brièvement sur Isabel et celle-ci, captant ce rapide mouvement des yeux, sut immédiatement ce que cette femme pensait : Jamie et elle formaient un couple, de sorte qu'elle révisait déjà son opinion sur elle. Isabel avait vu juste : la femme baissait les yeux pour examiner sa silhouette. C'était tellement flagrant ! Mais aussi curieusement agréable qu'une autre femme la croie pourvue d'un amant beaucoup plus jeune, surtout un beau garçon comme Jamie. La chroniqueuse, aucun doute là-dessus, en avait conçu une jalousie immédiate, car son compagnon à elle passait ses soirées à la bibliothèque du palais de justice, rentrait épuisé, était tout sauf divertissant et parlait sans arrêt de politique – comme faisaient immanquablement tous les politiciens. Voici donc ce qu'elle se disait : « Cette bonne femme a un jeune amant sexy – voyez-moi cette merveille ! – et, pour être vraiment honnête, c'est exactement ce dont j'ai envie, moi aussi... » Mais, se demanda Isabel, était-il légitime de laisser les gens se faire une idée fausse sur un fait significatif, ou fallait-il les détromper ? Par moments, le statut de directrice de la *Revue d'éthique appliquée* se révélait pesant : il était si difficile de ne pas se sentir de service, comme l'aurait certainement observé le professeur... le professeur...

Ce fut alors que Minty fit son entrée. Elle arrivait de la cuisine et apportait un plateau d'argent chargé de canapés. Elle le posa sur la table, s'avança vers l'avocat et l'embrassa sur les deux joues.

— Rob, j'ai voté pour toi deux fois depuis la dernière réunion ! Deux fois !

Puis ce fut au tour de la journaliste :

— Kirsty, comme c'est gentil d'avoir répondu à une invitation si tardive !

Enfin, Isabel :

— Isabel !

Ce fut tout. Mais une lueur nouvelle apparut dans son regard, infime mais perceptible.

— Et vous êtes Jamie, n'est-ce pas ?

Le langage corporel changea : elle se tint tout près de Jamie pour le saluer, et Isabel vit avec satisfaction que Jamie reculait légèrement, comme un aimant devant une attraction négative.

Paul, cependant, préparait des cocktails à l'autre bout de la pièce. Il revint avec des verres, et chacun se tourna vers les autres. La conversation s'engagea, fluide – d'une fluidité inattendue, pensa Isabel. Paul interrogea Rob sur une campagne électorale en cours, et Rob répondit par le récit cocasse d'une bataille pour une circonscription. Les protagonistes étaient bien connus : un mégalomane invétéré et un coureur de jupons notoire, qui s'affrontaient pour des broutilles. Puis Minty cita le nom d'un autre politicien, et Rob renifla dédaigneusement.

Un peu plus tard, alors que Jamie bavardait avec Kirsty – Isabel comprit qu'il s'agissait de changements au sein de l'orchestre du Scottish Opera –, elle se retrouva près de Minty, et celle-ci la prit doucement par le bras pour l'emmener vers la cheminée. Les invitations exposées sur le manteau étaient plus nombreuses que la dernière fois, remarqua-t-elle, mais elle ne pouvait les examiner en détail (sauf une, imprimée en gros caractères, sans doute pour que les invités pussent la lire facilement).

— Je suis très contente que vous ayez pu venir, dit Minty à mi-voix.

De toute évidence, ce dont elle comptait l'entretenir ne devait pas être entendu des autres. Aussi Isabel répondit-elle d'une voix également confidentielle :

— J'ai eu l'impression que vous souhaitiez me parler.

Le regard de Minty se détourna légèrement.

— Une petite chose m'intrigue, oui. J'ai cru comprendre que vous vous intéressiez à McDowell. Et je me suis laissé dire que vous aviez eu une conversation avec Johnny Sanderson.

Isabel ne s'attendait pas à cela. On avait donc signalé à Minty son conciliabule avec Johnny le soir de la dégustation de whisky ?

— Oui, je l'ai rencontré. Je le connais vaguement.

— Et il est allé trouver certaines personnes chez McDowell. Il y a longtemps travaillé, bien sûr.

— Je le sais.

Minty but une gorgée de vin.

— Alors permettez-moi de vous poser une question : qu'est-ce qui vous intéresse au sujet de cette firme ? D'abord vous avez posé des questions à Paul, maintenant vous en parlez avec Johnny Sanderson et je ne sais qui encore, et cela me conduit à me demander la raison de cet intérêt soudain. Vous n'êtes pas dans la finance, il me semble ? Qu'est-ce qui vous intéresse dans nos affaires ?

— Vos affaires ? Je ne savais pas que vous travailliez pour McDowell.

Minty révéla ses dents avec un sourire indulgent.

— Les affaires de Paul sont étroitement liées aux miennes. Après tout, je suis sa fiancée.

Isabel réfléchit quelques secondes. À l'autre bout de la pièce, Jamie s'était tourné vers elle et ils échangèrent un regard. Elle ne savait comment réagir. Mais elle ne pouvait guère nier son intérêt, alors pourquoi ne pas dire la vérité ?

— Je me suis intéressée à McDowell, en effet. Un temps. Mais plus maintenant.

Elle marqua une pause. Minty l'observait et écoutait avec une attention intense.

— Je ne me sens plus concernée. Mais je l'étais. Voyez-vous, j'ai vu un jeune homme faire une chute fatale il y a quelque temps. J'étais la dernière personne qu'il ait vue sur cette terre, et il m'a semblé que je devais comprendre ce qui s'était vraiment passé. Comme vous le savez, il travaillait chez McDowell. Il était au courant de faits plutôt gênants survenus au sein de la firme, et je me suis demandé s'il existait un lien. C'est tout.

Isabel guetta l'effet de ses mots sur Minty. Si c'était une meurtrière, ils valaient une accusation directe. Mais Minty ne blêmit pas et resta parfaitement immobile. Elle ne trahit ni choc ni panique, et quand elle parla, ce fut d'une voix tout à fait calme :

— Donc vous avez pensé que ce jeune homme pourrait avoir été éliminé ? C'est bien ça ?

Isabel fit oui de la tête.

— C'était une possibilité que j'ai cru devoir explorer. Mais à présent que je l'ai fait, je me rends compte qu'il n'existe aucune preuve pour étayer cette hypothèse.

— Et qui aurait pu faire cela, si je puis me permettre ?

Isabel sentait son cœur battre à tout rompre. Elle avait envie de répondre : « Vous ! » Ç'aurait été un moment tout simple, un moment délicieux ; au lieu de quoi, elle dit seulement :

— Une personne qui craignait d'être dénoncée, évidemment.

Minty posa son verre et se massa légèrement la tempe, comme pour s'aider à réfléchir.

— Manifestement, vous êtes douée d'une imagination fertile. Une telle idée me laisse pour le moins sceptique, dit-elle. Et, quoi qu'il en soit, vous devriez avoir la sagesse de ne pas écouter ce que raconte Johnny Sanderson. Vous savez que McDowell lui a demandé sa démission ?

— Je savais qu'il était parti. J'ignorais dans quelles circonstances.

Minty s'anima tout à coup :

— Eh bien, peut-être auriez-vous dû vous renseigner. Il ne s'entendait pas avec le reste du personnel parce qu'il était incapable de s'adapter aux nouveautés. Les choses avaient changé. Mais ce n'était pas la seule raison. On le soupçonnait de délits d'initié, ce qui, au cas où vous ne le sauriez pas, consiste à se servir d'informations confidentielles pour jouer avec le marché. Comment croyez-vous qu'il finance son train de vie ?

Isabel ne dit rien. Elle ignorait tout du train de vie de Johnny Sanderson.

— Il possède une grande propriété dans le Perthshire, continua Minty, ainsi qu'un hôtel particulier dans Heriot Row. Et une villa au Portugal, et j'en passe. Sans compter de gros capitaux placés un peu partout.

— On ne sait jamais d'où les gens tiennent leur argent, objecta Isabel. Il y a les héritages, pour commencer. Il a pu hériter d'une fortune.

— Le père de Johnny Sanderson était un alcoolique invétéré. Son affaire a été placée deux fois sous administration judiciaire. Je doute qu'il ait eu la moindre fortune à lui léguer.

Minty reprit son verre.

— Ne croyez rien de ce qu'il vous dit, conclut-elle. Il déteste McDowell et tout ce qui touche à McDowell. Suivez mon conseil et restez à distance de lui.

Le regard qu'elle darda sur Isabel à cet instant était un avertissement, qu'elle n'eut aucune peine à interpréter : elle la mettait en garde contre tout nouveau contact avec Johnny Sanderson. Là-dessus, elle se détourna de son invitée et s'en retourna au côté de Paul. Isabel s'attarda un moment près de la cheminée, regardant le tableau accroché à sa droite. Il était temps de prendre congé, comme le lui avait clairement signifié son hôtesse. En outre, l'heure était venue de monter jusqu'au Musée royal pour la conférence sur Beckett.

24

La conférence avait attiré un public nombreux et le Pr Butler était en forme. Beckett survécut à son analyse, au grand soulagement d'Isabel, et ensuite, à la réception, elle eut l'occasion de causer avec plusieurs vieilles connaissances également présentes. Les deux événements – la survie de Beckett et la rencontre de vieux amis – contribuèrent à égayer son humeur. L'entretien avec Minty avait été un moment désagréable, mais elle était pleinement consciente que les choses auraient pu se passer plus mal. Elle ne s'était pas attendue à ce que Minty lance un assaut contre Johnny Sanderson – et pour cause : comment aurait-elle pu deviner que la jeune femme d'affaires avait eu vent de leur rencontre ? Peut-être avait-elle eu tort de s'en étonner : à Édimbourg, il était difficile de faire quoi que ce soit sans susciter des ragots. Ainsi de la liaison de Minty avec Ian Cameron. Sans doute ne soupçonnait-elle pas que d'autres étaient au courant.

Isabel se demanda quelles conclusions Minty tirerait de leur rencontre. Sans doute serait-elle rassurée qu'Isabel ne soit plus un danger pour elle. Même à supposer qu'elle ait causé la mort de Mark (ce que son air impavide quand Isabel en avait parlé semblait exclure désormais), elle conclurait que sa visiteuse n'avait rien découvert. Aussi était-il peu probable qu'elle ait d'autres nouvelles de Minty Auchterlonie ou de l'infortuné Paul Hogg. Curieusement, ils lui manqueraient : par eux, elle avait tissé des liens avec un monde jusqu'alors inconnu.

Elle ne quitta la réception qu'avec les derniers invités. Entretemps, elle avait eu une brève conversation avec le Pr Butler.

— Ma chère, comme je suis content que vous ayez goûté mon bavardage ! Un de ces jours, j'aurai certainement d'autres choses à dire sur le sujet, mais je m'en voudrais beaucoup de vous infliger ça.

Elle appréciait son urbanité, qualité de plus en plus rare dans le monde universitaire contemporain, où des spécialistes dénués de culture générale avaient évincé les érudits courtois. Il existait de nombreux philosophes, pensa-t-elle, qui ne s'adressaient qu'à leurs pareils, tant leur échappaient les subtilités de discours à portée plus universelle, et tant leur expérience du monde au sens large était réduite. Pas tous, bien sûr. Elle avait en tête une liste d'exceptions, mais cette liste semblait se rétrécir d'année en année.

Quand elle prit sa place dans la petite file à l'arrêt de l'autobus de George IV Bridge, il était un peu plus de 22 heures. Des taxis roulaient alentour, leur signal jaune allumé, mais elle avait opté pour le bus : il la laisserait à Bruntsfield, presque en face de la boutique de Cat, et les dix minutes de marche jusqu'à chez elle – par Merchiston Crescent, puis sa rue – lui feraient le plus grand bien.

Le bus arriva et, en consultant l'horaire affiché, elle vit qu'il était d'une ponctualité parfaite. Demain, elle le dirait à Grace. Ou peut-être que non, car elle risquait de déclencher une diatribe contre la régie des transports. C'est facile d'être à l'heure à 22 heures, quand il n'y a plus personne dans les rues ! Ce qui compte, c'est d'avoir des bus ponctuels pendant la journée, quand on en a vraiment besoin.

Elle monta, acheta son ticket et alla prendre place à l'arrière. Les autres passagers étaient peu nombreux : un homme en par-dessus, la tête baissée sur la poitrine ; deux amoureux dans les bras l'un de l'autre, indifférents au monde environnant ; et un adolescent portant un foulard noir autour du cou, façon Zorro. Isabel sourit. Un microcosme de la condition humaine, songea-t-elle. La solitude et son désarroi ; l'amour et son égocentrisme à deux ; sans oublier l'adolescence, qui était un monde en soi. Le garçon descendit au même arrêt qu'Isabel, mais partit dans la direction opposée. Elle traversa et se mit en route. Hormis quelques rares automobiles et un cycliste avec une lampe clignotante dans le dos, elle cheminait seule le long des rues désertes.

Elle atteignit l'entrée de sa tranquille avenue bordée d'arbres embellis de jeunes feuilles. Un chat courut devant elle et sauta sur le mur d'un jardin, puis disparut. Dans la maison à l'angle de la rue, une lumière s'alluma et une porte claqua. Elle continua de marcher le long du trottoir en direction de sa maison, dépassant le grand portail en bois de la première bâtisse et les pelouses soigneusement tondues des voisines. Sous l'arbre au coin de sa propriété, elle s'arrêta. Un peu plus loin, à quelques dizaines de mètres, deux voitures étaient garées. Elle reconnut la première, celle du fils d'un couple de voisins. L'autre, une Jaguar élancée, avait ses veilleuses allumées. Elle s'approcha et jeta un coup d'œil à l'intérieur, puis à la maison devant laquelle on l'avait garée. Elle était plongée dans l'obscurité : le propriétaire de la Jaguar ne s'y trouvait sûrement pas. Ma foi, il n'y avait pas moyen de le prévenir. La batterie tiendrait peut-être quelques heures, mais ensuite il aurait besoin d'aide pour démarrer.

Elle rebroussa chemin. Devant son portail elle s'arrêta, sans trop savoir pourquoi. Un moment, elle scruta les ombres sous les feuillages et perçut un mouvement. C'était le chat tigré de la maison d'à côté, qui aimait venir se tapir sous ses arbres.

Elle aurait aimé l'avertir que Frère Renard rôdait dans les parages et pourrait bien dévorer un chat s'il se sentait en appétit. Mais elle n'avait pas les mots qu'il fallait et le pria intérieurement de faire attention à lui.

Elle ouvrit le portail et avança dans l'allée menant à sa porte, dans l'ombre – l'épicéa et un petit bouquet de bouleaux cachaient le réverbère qui éclairait la rue. Et ce fut alors qu'elle sentit la peur s'abattre sur ses épaules : une peur irrationnelle, mais glacée. Ce soir-là, avait-elle parlé à une femme qui, avec froideur et minutie, avait machiné un assassinat ? Et cette femme avait-elle prononcé un avertissement à son encontre ?

Elle fouilla dans sa poche à la recherche de la clé de la maison et, avant de la glisser dans la serrure, appuya doucement sur le battant. Il ne bougea pas d'un millimètre, ce qui signifiait que la serrure de sûreté était bien fermée. Elle tourna la clé et entendit les pênes glisser à l'intérieur. Puis, ouvrant avec précaution, elle fit un pas dans le vestibule et tâtonna pour trouver l'interrupteur.

Isabel possédait une alarme, mais ne la branchait que lorsqu'elle s'absentait pour la nuit. Si elle l'avait branchée ce soir-là, elle se serait sentie plus en sécurité ; faute de quoi, elle ne pouvait savoir si l'on était ou non entré chez elle. Mais personne n'était entré, évidemment ; c'était une idée ridicule. Une conversation franche avec Minty Auchterlonie ne signifiait pas que celle-ci soit maintenant aux aguets. Elle fit un effort pour écarter cette pensée, comme il convenait de faire de toutes les peurs. Pour une femme qui vivait seule, il importait de ne pas être craintive, car tous les bruits nocturnes de la maison – tous les grincements et soupirs dont bruissait une demeure victorienne – risquaient de vous mettre en alerte. Mais la peur s'était emparée d'elle et elle ne pouvait la réprimer. Ce fut cette peur qui la fit entrer dans la cuisine et allumer toutes les lampes, puis traverser de pièce en pièce le rez-de-chaussée en allumant partout. Il n'y avait rien à voir, naturellement, et au moment de monter l'escalier elle s'apprêtait à éteindre toutes ces lumières. Mais elle entra dans son bureau pour vérifier son répondeur et vit le petit signal rouge lui cligner de l'œil. Des messages. Elle hésita un instant, puis appuya sur le bouton d'écoute. Il n'y en avait qu'un : « Isabel, ici Minty Auchterlonie. Serait-il possible que nous nous voyions prochainement pour parler de nouveau ? J'espère que vous ne m'avez pas jugée trop impolie ce soir. Appelez-moi et nous trouverons un moment pour un café ou un déjeuner. Merci d'avance. Voici mon numéro de portable… »

Surprise mais rassurée, Isabel nota le numéro sur un papier qu'elle glissa dans sa poche. Puis elle ressortit du bureau en éteignant derrière elle. Elle n'était plus effrayée ; encore un peu mal à l'aise, peut-être, et intriguée que Minty veuille lui parler une nouvelle fois.

Elle monta dans sa chambre, une pièce spacieuse qui donnait sur la rue, pourvue d'une fenêtre en saillie garnie d'une banquette à l'intérieur. Elle avait laissé les rideaux tirés, et la pièce était plongée dans une obscurité totale. Elle alluma sa lampe de chevet, une petite lampe pour lire qui déversait une minuscule flaque de clarté dans la vaste pièce ombreuse. Inutile d'allumer le lustre : elle comptait seulement s'étendre sur son lit et lire un quart d'heure, avant de se coucher pour de bon. Son esprit était en pleine activité, et il était trop tôt pour le sommeil.

Elle fit glisser ses chaussures de ses pieds, prit le livre posé sur sa table de nuit et s'allongea. L'ouvrage était un récit de voyage en Équateur, qui relatait avec humour les mille et un périls et autres péripéties auxquels l'auteur avait dû faire face. Son histoire l'amusait beaucoup, et pourtant sa pensée revenait sans cesse à son entretien avec Johnny Sanderson. Il s'était montré si serviable, si rassurant ! Il l'avait même encouragée à lui téléphoner à n'importe quelle heure. « Je ne me couche jamais avant minuit. » De toute évidence, c'était pour mieux la dissuader d'entreprendre des investigations supplémentaires que Minty avait laissé entendre que l'auteur des fraudes était en réalité Johnny. Et, de toute évidence aussi, c'était une idée extravagante, dont mieux valait ne rien lui dire. À moins que… Si Johnny était au courant, verrait-il l'affaire d'un autre œil ? Il se pourrait qu'il change d'opinion s'il apprenait que Minty se donnait tant de mal pour la décourager. Et, à la réflexion, rien ne l'empêchait d'appeler Johnny tout de suite, pour en discuter avec lui ; sinon, elle resterait étendue sur son lit à ruminer tout cela sans trouver le sommeil.

Isabel tendit le bras et saisit le téléphone sur sa table de nuit. La carte de Johnny dépassait de son carnet d'adresses. Elle la prit et la regarda à la faible lumière de sa lampe de chevet. Puis elle décrocha et composa le numéro.

Quelques secondes passèrent. Puis un son lui vrilla les tympans : une sonnerie aiguë, bien distincte, qui retentissait juste derrière la porte de sa chambre.

25

Sur son lit, le combiné à la main, Isabel était pétrifiée. La petite lampe de chevet brillait seule dans la chambre obscure, et les ombres, les placards, les rideaux, sa coiffeuse étaient invisibles. Quand elle se sentit de nouveau capable de bouger, il lui était possible de s'élancer vers l'interrupteur ; au lieu de quoi elle sauta de son lit, faillit trébucher, laissa tomber le téléphone derrière elle et en deux ou trois bonds atteignit la porte. Puis, se tenant à l'épaisse rampe en bois pour assurer son équilibre, elle se jeta presque dans l'escalier. Elle aurait pu tomber, mais parvint à garder l'équilibre et courut sans glisser dans le couloir pour saisir la poignée de la porte vitrée qui la séparait du vestibule. Elle n'était pas fermée et elle la fit tourner sur ses gonds pour la claquer avec violence, brisant le panneau en vitrail qui l'ornait. Au son du verre brisé s'écrasant sur le sol, elle laissa échapper un cri. Ce fut alors qu'une main se posa sur son bras.

— Isabel ?

Elle fit volte-face. Une lampe était restée allumée dans la cuisine, qui éclairait le couloir et lui permit de distinguer la personne debout à côté d'elle. Johnny Sanderson.

— Isabel, je vous ai fait peur ? Excusez-moi.

Isabel le regarda fixement. Sa main serrait son bras très fort et lui faisait presque mal.

— Qu'est-ce que vous faites ici ?

Sa voix s'enroua et, par réflexe, elle s'éclaircit la gorge.

— Calmez-vous, dit Johnny. Je suis vraiment désolé si je vous ai causé une frayeur. J'étais venu vous voir et j'ai trouvé la porte ouverte. Ça m'a un peu inquiété, parce que la maison était dans le noir. Alors je suis entré pour vérifier que tout allait bien. Ensuite, je suis ressorti dans le jardin pour jeter un coup d'œil aux alentours. J'ai pensé que vous aviez peut-être été cambriolée.

Isabel réfléchit à toute vitesse. Ce que disait Johnny pouvait être la vérité. Si l'on trouvait une maison avec la porte ouverte, et sans aucun signe du propriétaire, il n'était pas impossible qu'on décide d'entrer pour vérifier que tout était normal. Seulement, que faisait son téléphone portable au premier étage ?

— Et votre téléphone ? dit Isabel en tendant la main vers l'interrupteur pour allumer la lumière. J'ai fait votre numéro et il s'est mis à sonner.

Johnny la regarda d'un air étrange.

— Mais il est dans ma poche ! Regardez.

Il glissa la main dans la poche de sa veste, puis s'immobilisa.

— Ou, du moins, il y était.

Isabel inspira profondément.

— Vous avez dû le laisser tomber.

— On dirait bien, dit Johnny. (Il sourit :) Vous avez dû avoir une peur bleue !

— C'est le moins qu'on puisse dire.

— Bien sûr, oui. Je vous comprends. Encore une fois, je suis désolé.

Isabel se dégagea de l'emprise de sa main, et il ne la retint pas. Elle baissa les yeux vers le vitrail brisé. Il représentait le port de Kirkcudbright, mais la coque du bateau de pêche était en miettes à présent. Tandis qu'elle regardait les débris de verre, une pensée lui vint tout à coup, qui réduisit à rien toutes ses suppositions. Minty avait raison ! Ce n'était pas Minty, la personne que Jamie et elle auraient dû soupçonner. C'était Johnny. Par une coïncidence, ils s'étaient adressés directement à l'homme qui était derrière ce que Mark avait découvert.

Ce fut une prise de conscience foudroyante. Elle n'avait aucun besoin de remettre en question une telle évidence, debout dans le couloir en face de Johnny Sanderson. Le bien était le mal, la lumière était les ténèbres ; c'était aussi simple que cela. Une route suivie de bonne foi se révélait une route qui ne menait nulle part ; elle s'arrêtait brusquement, sans aucun signe avant-coureur, à un panneau dépourvu d'ambiguïté, qui annonçait : VOIE SANS ISSUE. Et tout à coup l'esprit humain, projeté loin de ses certitudes, avait le choix entre refuser la réalité ou changer de chemin. Minty était peut-être ambitieuse et dure, retorse et débauchée (le tout enveloppé dans un joli paquet-cadeau), mais elle ne serait pas allée jusqu'à pousser un jeune homme du haut d'une salle de concerts. Johnny Sanderson, lui, était un membre sympathique et cultivé de la bonne société d'Édimbourg, mais il était avide, aussi, et l'argent pouvait suborner n'importe qui. Ensuite, pour peu que son monde fût menacé par quelque dénonciation, il lui était tellement facile d'abolir cette menace...

Elle regarda Johnny.

— Pourquoi étiez-vous venu me voir ?

— Il y avait quelque chose dont je voulais vous parler.

— Quoi ?

Johnny sourit de nouveau.

— Je doute que le moment soit propice à la conversation. Après... après tout ce tapage !

Isabel le fusilla du regard, stupéfaite de tant d'effronterie.

— Un tapage dont vous êtes la cause, répliqua-t-elle.

Johnny soupira, comme devant une objection pédante.

— Je voulais seulement reparler de ce dont nous avons discuté l'autre soir. C'est tout.

Isabel ne répondit rien, et au bout de quelques secondes il reprit :

— Mais ce sera pour un autre jour. Je suis sincèrement désolé de vous avoir effrayée.

Il se tourna et jeta un coup d'œil vers l'escalier.

— Vous permettez que je récupère mon téléphone ? Il est dans votre chambre, m'avez-vous dit. Je peux ?

Quand Johnny fut reparti, Isabel alla chercher un balai et une pelle dans la cuisine. Elle ramassa avec soin les plus gros débris de verre et les emballa dans du papier journal ; puis elle balaya les petits fragments avec la pelle et emporta le tout. Enfin, elle s'assit devant le téléphone de la cuisine et composa le numéro de Jamie. Un moment s'écoula avant qu'il répondît, et Isabel devina qu'elle l'avait réveillé.

— Excuse-moi, dit-elle. Il fallait que je te parle.

La voix de Jamie était alourdie de sommeil :

— Ça n'a pas d'importance.

— Tu pourrais venir ? Venir maintenant ?

— Tout de suite ?

— Oui. Je t'expliquerai. Je t'en prie, Jamie. Et puis pourrais-tu rester dormir cette nuit ? Juste pour une nuit.

Il semblait complètement réveillé à présent.

— Je serai chez toi dans une demi-heure. Ça ira ?

Isabel entendit le taxi arriver et alla l'accueillir sur le seuil. Il portait un anorak et tenait un petit sac en cuir dans sa main.

— Tu es un ange. Vraiment.

Il secoua la tête d'un air d'incrédulité.

— J'ai du mal à imaginer de quoi tu veux me parler. Mais enfin, les amis sont là pour ça.

Isabel l'emmena dans la cuisine, où elle avait préparé du thé. Elle s'assit et lui en servit une tasse.

— Tu ne vas pas croire cette histoire, commença-t-elle. J'ai eu une soirée mouvementée.

Elle lui raconta ce qui s'était passé. Les yeux de Jamie s'agrandirent à mesure qu'il l'écoutait. Mais elle sut qu'il ne mettait pas ses propos en doute un seul instant.

— Ce qu'il dit ne tient pas debout ! s'exclama-t-il. Personne n'entrerait inspecter une maison simplement parce que la porte est ouverte... à supposer qu'elle l'ait vraiment été.

— Ce dont je doute, précisa Isabel.

— Alors qu'est-ce qu'il était venu faire ?

Qu'est-ce qu'il avait dans la tête ? T'assassiner ?

Isabel haussa les épaules.

— À mon avis, il s'interroge sur mes intentions. Si c'est l'homme que nous aurions dû soupçonner depuis le début, il peut craindre que je n'aie des preuves en ma possession. Des documents qui le lient aux délits d'initié.

— Tu crois ?

— Ça me paraît vraisemblable. À moins qu'il n'ait eu un projet plus radical, ce qui paraîtrait pour le moins précipité.

— Donc, que faisons-nous maintenant ?

Isabel baissa les yeux vers le sol.

— Aucune idée. Du moins pour le moment. Je crois que je ferais mieux d'aller me coucher. Nous en parlerons demain.

Elle marqua une pause.

— Tu es sûr que ça ne t'ennuie pas de rester ? Je n'ai pas le courage de dormir seule dans la maison cette nuit.

— Bien sûr que non, ça ne m'ennuie pas, dit Jamie. Je n'accepterais jamais de te laisser seule. Après toutes ces frayeurs !

— Grace garde une des chambres d'amis toute prête, à l'arrière de la maison. Une pièce très calme.

Elle le précéda au premier étage et lui montra la chambre. Puis elle lui souhaita bonne nuit et le laissa debout sur le seuil. Il sourit et lui envoya un baiser.

— Je ne bougerai pas, dit-il. Si ce Sanderson fait la moindre tentative pour troubler ton sommeil, tu n'as qu'à crier.

— Je doute que nous le revoyions cette nuit, répondit Isabel.

Elle se sentait maintenant plus en sûreté, mais la pensée la taraudait encore qu'à moins de trouver un plan d'action, le problème posé par Johnny Sanderson resterait sans réponse. Pour cette nuit, Jamie était là ; mais il n'y serait plus la nuit suivante, ni celle d'après.

26

Le lendemain matin Grace eut la surprise de trouver Jamie dans la maison, mais elle fit comme si de rien n'était. Quand elle entra, il était seul dans la cuisine et, pendant quelques instants, sembla trop pris au dépourvu pour être capable de parler. Grace avait ramassé le courrier dans le vestibule et ce fut elle qui rompit le silence :

— Encore quatre articles ce matin. D'éthique appliquée. On n'est pas en manque d'éthique appliquée !

Jamie hocha la tête et regarda la pile d'enveloppes.

— Vous avez remarqué la porte ?

— Oui.

— Quelqu'un s'est introduit dans la maison.

Grace se figea.

— C'est ce que je pensais. Ah, cette alarme ! Ça fait des années, des années que je lui dis de s'en servir. Mais non. Elle n'écoute jamais rien ! (Elle reprit son souffle.) En fait, je ne pensais rien du tout. Je ne savais pas quoi penser. J'ai cru qu'hier soir vous aviez peut-être fait la bringue…

Jamie sourit.

— Non. Je suis venu quand elle m'a appelé. Et je suis resté pour la nuit. Mais dans une des chambres d'amis !

Grace écouta gravement Jamie lui raconter les événements de la nuit précédente. Au moment où il achevait son récit, Isabel entra dans la cuisine et tous trois prirent place autour de la table, pour discuter de la situation.

— Tout ça est allé trop loin, affirma Jamie. Maintenant, tu es dépassée. Il faut que tu remettes cette affaire dans d'autres mains.

Isabel sembla perplexe.

— Dans les mains de qui ?

— De la police.

— Mais que pouvons-nous lui remettre, au juste ? objecta Isabel. Nous n'avons aucune preuve de quoi que ce soit. Seulement le soupçon que Johnny Sanderson est mêlé à des malversations financières et que ces malversations sont peut-être en rapport avec la mort de Mark Fraser.

— Ce que je n'arrive pas à comprendre, dit Jamie, c'est que McDowell a dû le soupçonner aussi. Tu m'as dit hier que, selon Minty Auchterlonie, c'est justement pour cette raison qu'il a été remercié. Et si chez McDowell on est déjà au courant, qu'est-ce que ça peut lui faire que tu découvres quelque chose ?

Isabel réfléchit. Il devait y avoir une raison.

— Il est fort possible que McDowell ait préféré étouffer cette histoire. Ce qui, évidemment, aurait fait l'affaire de Johnny. Et s'il s'en est tiré à si bon compte, ça ne lui plairait sûrement pas qu'une personne extérieure à la firme – c'est-à-dire toi et moi – en sache assez pour divulguer les faits sur la place publique. Ce ne serait pas la première fois que la bonne société d'Édimbourg resserre les rangs !

— Seulement, il y a son intrusion cette nuit, dit Jamie. Ça, au moins, c'est un fait concret.

Isabel secoua la tête.

— Son intrusion ne prouve rien. Il a une version et il s'y tiendra. Le plus probable est que les policiers s'en contenteront. Ils n'auront pas envie de mettre le nez dans un différend d'ordre privé.

— Mais nous pouvons insister sur le lien entre sa visite et ce que nous savons des fraudes chez McDowell, argua Jamie. Nous pouvons leur répéter ce que Neil t'a dit. Leur parler des tableaux, aussi. C'est assez pour éveiller des soupçons raisonnables.

Isabel restait sceptique.

— Je ne crois pas. La police n'a pas le droit d'exiger des gens qu'ils lui expliquent d'où ils tiennent leur argent. Ce n'est pas comme ça qu'elle procède.

— Et Neil ? insista Jamie. Tout ce qu'il t'a dit sur Mark et sur sa peur d'éventuelles représailles ?

— Neil a déjà refusé d'aller trouver la police. Il nierait probablement m'avoir parlé. S'il revenait sur ses déclarations au sujet de Mark, on pourrait l'accuser d'avoir induit les autorités en erreur. À mon avis, il ne dira rien.

Jamie se tourna vers Grace, en se demandant si elle le soutiendrait.

— Qu'en pensez-vous ? Vous êtes d'accord avec moi ?

— Non. Pas du tout, répondit Grace sans détour.

Il regarda Isabel, qui haussait un sourcil. Une idée se formait dans sa tête.

— Lançons la voleuse sur les traces du voleur, dit-elle. Comme tu dis, ça nous dépasse. Nous ne pouvons rien prouver sur ces fraudes financières. Encore moins sur les liens entre ces fraudes et la mort de Mark. On dirait bien que ce n'est pas le problème, d'ailleurs, et qu'il n'existe peut-être aucun lien de ce genre. Ce qu'il faudrait maintenant, c'est faire comprendre à Johnny Sanderson que cette histoire ne nous intéresse plus. Ça devrait le dissuader de revenir me chercher noise.

— Tu crois vraiment qu'il pourrait… qu'il pourrait s'en prendre à toi ? s'enquit Jamie.

— Il m'a fait une vraie frayeur hier soir. Et je me dis que ce n'est pas impossible, reconnut Isabel. Mais je viens de penser à une solution : que Minty lui dise qu'elle est parfaitement au courant de sa visite la nuit dernière. Si elle lui annonce qu'elle sait qu'il me surveille, je doute qu'il se risque à de nouvelles tentatives de ce genre. Si les choses tournaient mal, il aurait au moins une ennemie jurée qui le dénoncerait immédiatement.

Jamie n'était pas convaincu.

— Alors il faudrait en parler à Minty ?

— Oui. Mais moi, franchement, j'aurais du mal ! Est-ce que tu pourrais…

Grace se leva soudain.

— Non. C'est moi qui m'en chargerai, trancha-t-elle. Dites-moi où je peux trouver cette Minty et j'irai lui dire deux mots. Ensuite, pour que les choses soient claires, j'irai aussi dire deux mots au nommé Sanderson. Je lui ferai comprendre qu'il n'a pas intérêt à remettre les pieds dans cette maison.

Isabel jeta un regard vers Jamie, qui approuva de la tête.

— Grace peut montrer beaucoup d'autorité, dit-il. (Et d'ajouter en toute hâte :) Au meilleur sens du terme, bien sûr.

— Bien sûr, acquiesça Isabel en souriant.

Elle resta silencieuse quelques instants, puis poursuivit :

— Tu sais, je ne suis pas fière de moi. Quel terrible manque de courage moral ! J'ai fait quelques pas dans un monde extrêmement déplaisant, et voilà, je m'enfuis en courant, uniquement parce que j'ai peur. Une vraie poule mouillée !

— Que pourrais-tu faire de plus ? répliqua Jamie avec humeur. Tu es intervenue dans la limite de tes possibilités. Il n'y a rien d'autre que tu puisses faire. Maintenant il est parfaitement légitime que tu te protèges. Sois raisonnable, pour une fois !

— J'abandonne toute cette affaire, répondit Isabel d'une voix sans timbre. Je l'abandonne parce qu'un individu m'a fait très peur. C'est exactement ce qu'ils voulaient.

L'agacement de Jamie était palpable à présent.

— Eh bien, d'accord ! riposta-t-il. Dis-nous donc ce que tu peux faire de plus. Dis-nous comment agir désormais. Tu ne peux pas ! Je me trompe ? Tu ne peux pas, pour la simple raison qu'il n'y a plus rien que tu puisses faire.

— Exactement, renchérit Grace. C'est Jamie qui a raison. Vous, vous dites des bêtises. Vous n'êtes pas lâche, ni moralement ni autrement. Vous êtes le contraire de la lâcheté. Le contraire !

— Je suis d'accord, dit Jamie. Tu es courageuse, Isabel. Et c'est pour ça qu'on t'aime. Tu es courageuse et bonne, même si tu sembles l'ignorer.

Isabel passa dans son bureau pour s'occuper du courrier, laissant Jamie et Grace conférer dans la cuisine. Au bout de quelques minutes, Jamie regarda sa montre.

— J'ai un élève à 11 heures, dit-il. Mais je peux revenir ce soir.

Grace estima que ce serait plus sûr et accepta au nom d'Isabel.

— Seulement pour quelques jours, dit-elle. Si ça ne vous ennuie pas…

— Aucun problème, répondit Jamie. Je ne la laisserai pas toute seule dans cette situation.

Alors qu'il partait, Grace le rattrapa dans l'allée et le prit par le bras. Elle jeta un regard par-dessus son épaule, vers la maison, et baissa la voix pour lui parler :

— Vous êtes formidable, vous savez ? Vraiment formidable. Beaucoup de jeunes gens ne se donneraient pas tant de peine. Vous, si.

— Ça ne me gêne pas. Je vous assure, répondit Jamie, gêné.

— Oui, bon, peut-être. Mais il y a autre chose que je voulais vous dire. Cat a envoyé promener ce type au pantalon fraise écrasée. Elle l'a écrit à Isabel.

Jamie ne dit rien, mais cligna des yeux deux ou trois fois. Grace lui serra le bras plus fort.

— Isabel l'a prévenue, murmura-t-elle. Elle lui a dit que ce Toby allait retrouver une autre fille.

— Elle lui a dit ça ?

— Oui, et Cat était dans tous ses états. Elle est partie en courant et elle pleurait toutes les larmes de son corps. J'ai essayé de lui parler, mais elle n'a pas voulu m'écouter.

Jamie se mit à rire, mais se reprit au bout d'un instant.

— Excusez-moi. Ce n'est pas le chagrin de Cat qui m'amuse. Mais je suis si content qu'elle sache enfin à quel genre de type elle avait affaire ! Je...

Grace approuva de la tête.

— Si elle avait un peu de jugeote, elle serait à vous.

— Merci. J'en serais très heureux, mais je doute qu'elle le veuille.

Grace le regarda droit dans les yeux.

— Puis-je vous dire quelque chose de vraiment personnel ? Vous ne m'en voudrez pas ?

— Bien sûr que non. Allez-y.

La nouvelle annoncée par Grace l'avait aussitôt réjoui et il était prêt à tout entendre.

— Vos pantalons, chuchota Grace. Ils sont toujours d'un terne ! Vous avez un corps superbe… Pardon d'être aussi franche, ce n'est pas dans mes habitudes de parler ainsi à un homme. Mais c'est la vérité. Et votre visage est à tomber par terre. Seulement, il faudrait… il faudrait vous arranger pour être un peu plus sexy. Cat est de ces filles… Comment dire ? Ces choses-là l'intéressent, voilà.

Jamie la regarda avec des yeux ronds. Personne, jamais, ne lui avait parlé de la sorte. Grace, à l'évidence, n'était animée que de bonnes intentions, mais que reprochait-elle à ses pantalons, au juste ? Il baissa les yeux vers ses jambes, puis la regarda. Elle secouait la tête, non de désapprobation, mais de tristesse, pour les occasions manquées, les promesses non tenues.

Jamie revint peu avant 19 heures ce soir-là, rapportant avec lui son petit sac en cuir. Les vitriers étaient passés dans l'après-midi et avaient remplacé le vitrail par un grand panneau de verre blanc. Quand il arriva, Isabel était dans son bureau et le pria d'attendre quelques minutes qu'elle ait fini d'écrire une lettre. Elle semblait de bonne humeur en lui ouvrant la porte, mais au moment de lui dire les dernières nouvelles son expression était plus sombre.

— J'ai reçu deux coups de fil de Minty, déclara-t-elle. Tu veux savoir ce qu'elle m'a dit ?

— Bien sûr. Je n'ai pensé qu'à ça toute la journée.

— Minty était furieuse en apprenant par Grace ce qui s'est passé la nuit dernière. Elle m'a téléphoné pour m'annoncer que Paul et elle iraient trouver Johnny séance tenante, pour lui dire leur façon de penser. Ce qu'ils ont fait, apparemment, parce qu'elle m'a rappelée plus tard dans la journée pour m'assurer que je n'avais plus rien à craindre de lui, qu'elle l'avait très clairement mis en garde. Je crois qu'elle sait d'autres choses sur son compte dont elle s'est servie comme menace, et il a cédé. Donc, j'en ai fini avec lui.

— Et Mark Fraser ? A-t-il été question de sa mort ?

— Non. Pas un mot, répondit Isabel. Mais si tu veux mon avis, je persiste à croire que Mark a très bien pu être poussé du balcon par Johnny Sanderson, ou par quelqu'un qu'il avait payé pour ça. Mais cela, nous ne pourrons jamais le prouver, et j'imagine qu'il le sait. Donc, l'incident est clos. Toutes les traces sont nettoyées. Le milieu financier a caché son linge sale au fond d'un placard et jeté la clé. La mort d'un jeune homme a été escamotée de la même façon. Et les affaires continuent comme si de rien n'était.

Jamie baissa les yeux vers le tapis.

— Nous ne sommes pas des enquêteurs très brillants, pas vrai ?

— Non, dit Isabel en souriant. Nous sommes deux amateurs plutôt piteux. Un bassoniste et une philosophe !

Elle se tut quelques secondes. Puis :

— Au milieu de cette déroute morale, je crois que nous avons quand même une raison de nous réjouir.

Jamie la regarda avec curiosité.

— Laquelle ?

— Cela mérite bien un petit verre de sherry, dit Isabel en se levant. Sabrer le champagne en pareille occasion serait indécent.

Elle se dirigea vers le bar et y prit deux verres.

— Qu'est-ce que nous célébrons au juste ? demanda Jamie.

— Cat n'est plus fiancée, annonça Isabel. Pendant une très brève période, elle a couru un gros risque, celui de devenir la femme de Toby. Mais elle est passée cet après-midi et nous avons pleuré comme deux madeleines dans les bras l'une de l'autre. Toby, c'est du passé.

Isabel sentait qu'elle avait eu raison : il aurait été malséant de fêter au champagne la fin d'une liaison. Mais on pouvait sortir pour dîner au restaurant, pourquoi pas ? Il le lui proposa et elle accepta.

27

Isabel n'aimait pas laisser une tâche inachevée. Si elle s'était mêlée de la mort de Mark Fraser et de tout ce qui l'entourait, c'était par conviction qu'elle en avait le devoir moral, que cela lui plaise ou non. Ce devoir était maintenant accompli, à tous égards sauf un. Elle décida de rendre visite à Neil, pour lui révéler l'issue de son enquête. C'était Neil qui, le premier, lui avait demandé d'agir, et à présent elle lui devait une explication sur la tournure qu'avait prise l'affaire. Savoir qu'on n'avait pu prouver l'existence d'un lien entre les soupçons de Mark et sa chute mortelle pourrait le réconforter, s'il se tourmentait de n'avoir rien fait lui-même.

Mais elle avait une autre raison de vouloir s'entretenir avec Neil. Depuis leur toute première rencontre, lors de cette visite embarrassée où elle l'avait vu courir tout nu dans l'entrée de l'appartement, ce garçon n'avait cessé de l'intriguer. Les circonstances de leur conversation n'avaient, bien sûr, pas été faciles : elle l'avait dérangé alors qu'il était couché avec Hen, ce qui était pour le moins gênant. Mais cela n'expliquait pas tout. Ce soir-là, il s'était montré sur la défensive, et ses réponses aux questions d'Isabel avaient été plus que réticentes. Elle ne pouvait naturellement s'attendre à un accueil chaleureux, tant il était prévisible – et parfaitement légitime – qu'il soit mal disposé envers toute personne venue le questionner sur son ami disparu. Pourtant, elle pressentait qu'il y avait autre chose.

Isabel décida d'aller le voir le lendemain. Elle essaya de l'en prévenir par téléphone, mais le numéro de l'appartement ne répondit pas et il n'était pas disponible à son travail. Aussi se hasarda-t-elle à une autre visite à l'improviste.

En montant l'escalier, elle réfléchit à tout ce qui s'était passé depuis sa précédente visite. Quelques semaines seulement s'étaient écoulées, mais entre-temps il lui semblait avoir subi un véritable essorage émotionnel, aussi complet que salutaire. Et maintenant elle se retrouvait dans cette même maison, exactement à son point de départ. Elle appuya sur la sonnette et, comme la dernière fois, ce fut Hen qui lui ouvrit. Son accueil fut plus chaleureux, et elle lui offrit aussitôt un verre de muscat, qu'Isabel accepta.

— En réalité, c'est Neil que je suis venue voir, dit-elle. Je voulais lui parler encore une fois. J'espère qu'il n'y verra pas d'inconvénient.

— Je suis sûre que non, répondit Hen. Il n'est pas rentré, mais il ne devrait pas tarder.

Isabel se remémora leur première conversation : Hen lui avait dit la même chose, un pur mensonge, et plus tard elle avait vu Neil courir nu dans l'entrée. Elle eut envie de sourire, mais se retint.

— Je m'apprête à partir, annonça Hen d'un ton de conversation détendue. Je déménage. J'ai trouvé un job à Londres et je l'ai saisi au vol. Nouveaux défis. Nouvelles occasions. Vous voyez ce que je veux dire.

— Bien sûr, répondit Isabel. Vous devez être impatiente.

— Mais je regretterai cette maison. Et je suis sûre que je reviendrai en Écosse, un jour ou l'autre. On y revient toujours.

— Comme moi, dit Isabel. J'ai passé quelques années à Cambridge, puis aux États-Unis, mais j'ai fini par revenir. Maintenant, je pense que c'est définitif.

— Donnez-moi d'abord quelques années ! dit Hen. Ensuite, on verra bien.

Isabel se demanda ce que Neil comptait faire. Resterait-il à Édimbourg ou l'emmènerait-elle avec lui ? Pour une obscure raison, elle penchait pour la seconde solution. Elle posa la question.

— Neil reste ici, répondit Hen. Il a son travail.

— Et l'appartement ? Il compte le garder ?

— Je crois.

Hen marqua une pause.

— En fait, il est un peu sens dessus dessous à l'idée que je m'en aille, mais il s'y fera. La mort de Mark a été très dure pour lui. Dure pour tout le monde. Mais Neil l'a vraiment très mal encaissée.

— Ils étaient proches ?

Hen hocha la tête.

— Oui, ils s'entendaient bien. La plupart du temps, au moins. Je crois vous l'avoir déjà dit.

— Bien sûr. Bien sûr, je m'en souviens.

Hen tendit le bras vers la bouteille de muscat pour servir Isabel une nouvelle fois.

— Vous savez, je me surprends encore très souvent à penser à cette soirée. Le soir où Mark est tombé. Je ne peux pas m'en empêcher. Ça me prend à n'importe quelle heure du jour. Je pense à lui, assis en haut de la salle et vivant sa dernière heure. La dernière heure de son existence. Je l'imagine en train d'écouter McCunn. Je connais bien McCunn, ma mère en jouait chez nous. Je l'imagine assis tout là-haut, en train d'écouter.

— Ça m'attriste pour vous, dit Isabel. Je comprends combien ce doit être dur.

McCunn. *Land of the Mountain and the Flood*. Une pièce tellement romantique... Puis une pensée lui vint tout à coup, et pendant une seconde son cœur s'arrêta.

— Vous savez ce qu'on a joué ce soir-là ?

Sa voix s'était réduite à un murmure et Hen la regarda d'un air surpris.

— Oui. J'ai oublié le reste, mais pas McCunn.

— Pas McCunn ?

— Sur le programme, dit Hen en fixant Isabel avec une expression de plus en plus étonnée. Je l'ai vu sur le programme. Qu'y a-t-il de bizarre à cela ?

— Mais d'où le teniez-vous, ce programme ? Quelqu'un vous l'a donné ?

Hen continua de l'observer comme si elle posait des questions absurdes.

— Il me semble que je suis tombée dessus ici, dans l'appartement. D'ailleurs je peux sûrement le retrouver. Vous voulez le voir ?

Isabel fit oui de la tête, et Hen alla fourgonner dans une pile de papiers posée sur une étagère.

— Le voilà. C'est bien le programme du concert. Regardez : McCunn et les autres morceaux.

Isabel le prit d'une main tremblante.

— À qui appartient-il, ce programme ? s'enquit-elle.

— Je ne sais pas. À Neil, peut-être. Tout ce qui est ici est à lui ou à moi. Ou… à Mark.

— Ce doit être celui de Neil, dit Isabel à voix basse. Mark n'est pas revenu du concert.

— Je ne vois pas en quoi il est important, ce programme, marmonna Hen.

Elle semblait vaguement irritée à présent, et Isabel saisit cette occasion pour prendre congé.

— Je vais descendre pour attendre Neil, dit-elle. Je ne veux pas vous retenir plus longtemps.

— Je m'apprêtais à prendre un bain.

— Alors prenez-le, se hâta de dire Isabel. Est-ce que Neil rentre à pied ?

— Oui, répondit Hen en se levant. En traversant le terrain de golf, là-bas.

— Je vais aller à sa rencontre, dit Isabel. La soirée est superbe et ça me fera du bien de marcher.

Elle sortit, s'efforçant de rester calme et de maîtriser sa respiration. Soapy Soutar, le gamin du rez-de-chaussée, tirait sur la laisse de son chien pour l'entraîner vers quelques touffes d'herbe au bord de la chaussée. Au moment de le dépasser, elle s'arrêta pour lui dire un mot :

— Il a l'air gentil, ton chien !

Soapy Soutar leva les yeux vers elle.

— Y m'aime pas. Et y bouffe tout l'temps.

— Les chiens ont toujours faim, dit Isabel. Ils sont comme ça.

— Ouais, mais çui-là, il a un trou à la place du ventre, qu'elle dit, ma mère. Y bouffe, et y veut pas qu'on l'promène.

— Mais je suis sûre qu'il t'aime bien.

— Non. Y m'aime pas.

Là-dessus la conversation s'acheva tout naturellement, et Isabel tourna les yeux vers le terrain de golf. Deux personnes le traversaient par le sentier en diagonale, à une certaine distance l'une de l'autre, et l'une d'elles, haute silhouette enveloppée d'un mince imperméable kaki, ressemblait assez à Neil. Elle s'avança à sa rencontre.

C'était bien Neil. Pendant quelques instants il parut ne pas la reconnaître, mais bientôt elle le vit sourire et il la salua poliment.

— Je suis passée vous voir, et Hen m'a dit que vous rentreriez par ce chemin. Je suis venue à votre rencontre. La soirée est si belle !

— Oui, un temps magnifique, n'est-ce pas ?

Il la regarda, attendant qu'elle dît autre chose. Il se sentait mal à l'aise, pensa-t-elle, mais, après tout, il y avait de quoi. Elle prit une profonde respiration.

— Pourquoi êtes-vous venu chez moi ? demanda-t-elle. Pourquoi teniez-vous à me parler des inquiétudes de Mark ?

Il répondit très vite, attendant à peine qu'elle eût fini sa question :

— Parce que je ne vous avais pas dit toute la vérité.

— Et vous ne me l'avez toujours pas dite.

Il la regarda fixement, et elle vit les jointures de ses doigts blanchir autour de la poignée de sa serviette.

— Vous ne m'avez pas dit que vous étiez au concert de l'Usher Hall. Vous y étiez, n'est-ce pas ?

Elle le regardait bien en face et observa la succession de ses émotions. D'abord il y eut de la colère, mais elle disparut rapidement pour faire place à la peur.

— Je sais que vous y étiez, dit-elle. Et maintenant j'en ai la preuve.

Ce n'était qu'une demi-vérité, mais elle pensa que cela suffirait, compte tenu de ce qu'elle attendait de cette rencontre. Il ouvrit la bouche pour parler :

— Je...

— Est-ce vous qui avez causé sa mort, Neil ? Est-ce vous ? Vous êtes restés tout seuls au deuxième balcon après que tout le monde était descendu… C'est bien ça, n'est-ce pas ?

Il ne put soutenir son regard plus longtemps.

— Oui, j'étais là. C'est vrai.

— Et qu'est-ce qui s'est passé ?

— Nous nous sommes disputés, dit Neil. C'est moi qui ai commencé. J'étais jaloux, vous comprenez ? À cause de lui et de Hen. Ça m'était devenu insupportable. Nous nous sommes disputés et je l'ai poussé, de côté, pour lui montrer que j'étais en colère. Je n'avais aucune intention de lui faire mal. Une simple bourrade, presque rien. C'est tout ce que j'ai fait. Mais il a basculé.

— Est-ce que cette fois vous me dites la vérité, Neil ?

À l'instant où il levait la tête, Isabel plongea ses yeux dans les siens, et elle eut la réponse. Ce qu'elle ignorait encore, c'était les raisons de sa jalousie. Mais était-ce important ? Il lui sembla que non : l'amour et la jalousie peuvent jaillir de mille sources diverses, mais leur force et leur intensité sont toujours les mêmes, d'où qu'ils viennent.

— Oui, c'est la vérité, dit-il lentement. Mais je ne pouvais la dire à personne, vous comprenez ? On m'aurait accusé de l'avoir poussé par-dessus la rambarde, et je n'avais aucun témoin pour affirmer le contraire. On m'aurait traîné en justice. Si vous bousculez quelqu'un et que cette personne en meurt, et que cela vienne à se savoir, vous êtes passible d'une condamnation pour meurtre, même si vous n'aviez aucune intention de tuer cette personne, même si ce n'était qu'une bousculade. C'était un accident, seulement un accident. Jamais je n'aurais voulu, jamais…

Il s'interrompit. Puis :

— Et ensuite j'avais trop peur pour en parler à qui que ce soit. J'avais peur, voilà. J'imaginais ce que serait le reste de ma vie si personne ne me croyait.

— Moi, je vous crois, dit Isabel.

Un homme arrivait sur le sentier et fit quelques pas dans l'herbe pour les éviter. Sans doute se demandait-il (ou, du moins, Isabel le supposa) ce qu'ils faisaient là, debout au milieu du terrain de golf, absorbés dans une conversation si sérieuse sous le ciel assombri. Ils décidaient d'une vie, pensa-t-elle. Ils permettaient aux morts de reposer en paix – et au temps de commencer son œuvre pour le pardon.

Au fil de leurs études, songea Isabel, les philosophes se trouvaient aux prises avec des problèmes de ce genre. Le pardon était un sujet qu'ils affectionnaient, de même que le châtiment. Certes, on avait besoin de châtier, non pour se sentir mieux ensuite – car ce mieux-être se révélait une simple illusion –, mais pour que l'équilibre moral soit maintenu : le châtiment désignait le mal et nourrissait le sentiment de justice. Mais dans un monde juste, on n'aurait puni que ceux qui voulaient faire le mal, qui agissaient par malveillance délibérée. Ce jeune homme – qu'elle comprenait bien maintenant – n'avait jamais voulu mal faire. Jamais il n'avait eu l'intention de faire du mal à Mark. C'était même tout le contraire, et il n'y avait aucune raison, aucune justification concevable, de le tenir pour responsable des terribles conséquences de son geste, qui n'avait jamais été qu'un banal mouvement d'irritation. Si le droit pénal écossais en jugeait autrement, alors le droit pénal écossais était moralement indéfendable, et il n'était pas besoin d'épiloguer davantage.

Neil nageait en pleine confusion. Mais, au bout du compte, tout cela n'avait été qu'une affaire de sexe, de désirs incertains et d'immaturité. Si on le punissait maintenant, pour quelque chose qu'il n'avait jamais souhaité, à quoi cela pourrait-il servir ? Une autre vie serait gâchée, et le monde n'en serait pas plus juste.

— Oui, je vous crois, répéta Isabel.

Elle se tut. La décision était très simple, au fond, et elle n'avait pas besoin de connaître la philosophie morale pour la prendre.

— Et cela met un terme à toute cette affaire. C'était un accident. Vous le regrettez sincèrement. Je crois que nous pouvons en rester là.

Elle le regarda et vit qu'il était en larmes. Elle tendit le bras pour prendre sa main, et elle la garda dans la sienne jusqu'à ce qu'à nouveau il se sente capable d'avancer sur le chemin.

COMPOSITION RÉALISÉE PAR BELLE PAGE
IMPRESSION RÉALISÉE PAR
MAURY MALESHERBES
POUR LE COMPTE DES ÉDITIONS J. C. LATTÈS
17, RUE JACOB, 75006 PARIS
EN NOVEMBRE 2023

PAPIER CERTIFIÉ

LE MASQUE
s'engage pour l'environnement
en réduisant l'empreinte carbone
de ses livres.
Celle de cet exemplaire est de :
245 g éq. CO_2
Rendez-vous sur
www.lemasque-durable.fr

N° d'édition : 01 / N° d'impression : 274533
Dépôt légal : janvier 2024
Imprimé en France